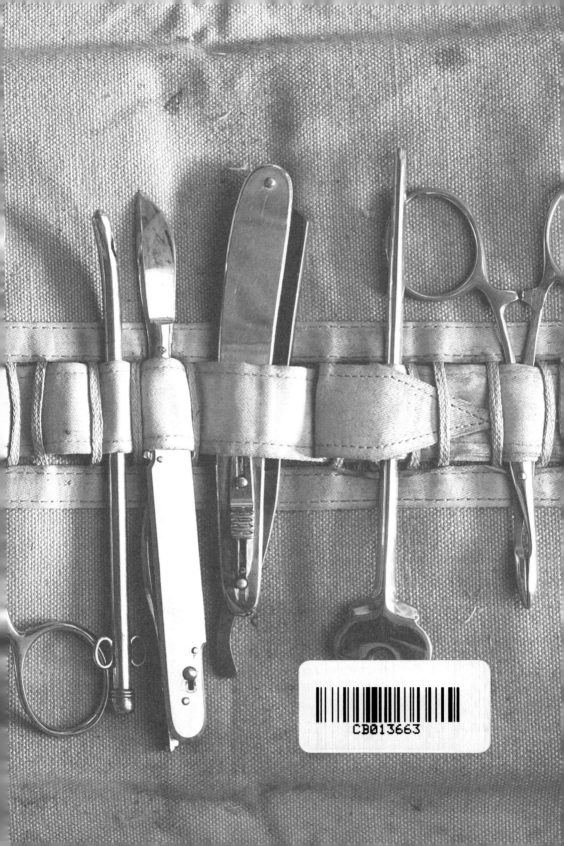

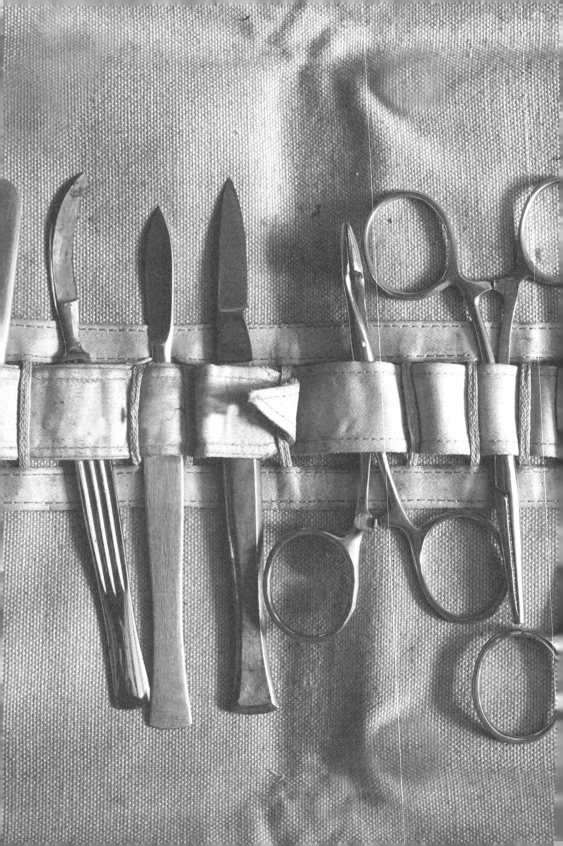

ROBERT LOUIS STEVENSON

O MÉDICO E O MONSTRO

& OUTRAS HISTÓRIAS

Strange Case of Dr Jekyll and Mr Hyde, The Pavilion on the Links, The Rajah's Diamond

© 2021 by Book One
Todos os direitos reservados e protegidos pela Lei 9.610 de 19/02/1998. Nenhuma parte desta publicação, sem autorização prévia por escrito da editora, poderá ser reproduzida ou transmitida sejam quais forem os meios empregados: eletrônicos, mecânicos, fotográficos, gravação ou quaisquer outros.

Tradução: **Bruno Müller**
Preparação: **Sylvia Skallák**
Revisão: **Guilherme Summa e Rhamyra Toledo**
Capa: **Felipe Guerrero**
Arte, projeto gráfico e diagramação: **Francine C. Silva**

Impressão: **IPSIS**

Dados Internacionais de Catalogação na Publicação (CIP)
Angélica Ilacqua CRB-8/7057

S868m	Stevenson, Robert Louis
	O médico e o monstro & outras histórias / Robert Louis Stevenson; tradução de Bruno Müller. – São Paulo: Excelsior, 2020.
	224 p.
	ISBN 978-65-87435-13-8
	Título original: *Strange Case of Dr Jekyll and Mr Hyde, The Pavilion on the Links, The Rajah's Diamond*
	1. Ficção escocesa 2. Contos escoceses I. Título II. Müller, Bruno
20-4552	CDD E823

ROBERT LOUIS STEVENSON

O MÉDICO E O MONSTRO

& OUTRAS HISTÓRIAS

EXCELSIOR
BOOK ONE

São Paulo
2021

O MÉDICO E O MONSTRO

A HISTÓRIA DA PORTA

Sr. Utterson era um advogado cujo semblante austero nunca se iluminava por sorrisos: frio, circunspecto, fala inibida, rude nos sentimentos; magro, alto, pálido, enfadonho e, ainda assim, amável. Em reuniões informais, e quando o vinho lhe agradava, um quê de notavelmente humano refletia-se em seu olhar; de fato, uma característica que nunca transparecia em seu jeito de falar, embora surgisse não apenas por meio de símbolos faciais silenciosos após o jantar, mas também, de modo mais frequente e evidente, nos atos de sua vida. Mantinha-se austero consigo mesmo; bebia gim quando estava só, para abrandar seu gosto por boas safras, e mesmo apreciando teatro, fazia vinte anos que não punha os pés em um. E também aprovava com tolerância os outros; em alguns momentos, encantado, quase com inveja da força de espírito que despejavam em atos de maldade, e, em qualquer dos extremos, inclinado mais ao auxílio que à reprovação. "Compadeço-me da heresia de Caim", costumava dizer de maneira excêntrica. "Deixo meu irmão trilhar seus próprios caminhos até o diabo." Quando assim agia, sua sorte com frequência o colocava como o último conhecido de respeito e a última das boas influências na vida de homens decadentes. E, quanto a estes, a conduta do advogado nem sequer demonstrava sinais de mudança, conquanto frequentassem a casa dele.

Sem dúvida tal feito era fácil ao sr. Utterson, visto ser muito reservado, e mesmo sua amizade parecia fundada em uma similar amabilidade universal. Um homem modesto aceita o círculo de amizades que as oportunidades lhe oferecem, e assim se revelava o comportamento do advogado. Os amigos se restringiam àqueles do próprio sangue dele, ou aos que conhecera havia mais tempo; os afetos pareciam crescer como heras em torno do sr. Utterson ao longo do tempo, e não sugeriam que ele tivesse alguma aptidão para tal. Dessa maneira, não restavam dúvidas de que assim era o vínculo que o unia ao sr. Richard Enfield, um parente distante e notório boêmio da cidade. Muitos consideravam um mistério inexplicável o que ambos viam um no outro, ou que assunto poderiam compartilhar. Aqueles que os encontravam nos passeios de domingo comentavam que os homens não conversavam, parecendo notavelmente entediados e saudando com visível alívio a chegada de qualquer amigo. Apesar disso, eles davam exacerbada importância a essas excursões, consideradas a mais preciosa das joias semanais, e não apenas dispensavam ocasiões de prazer, mas também resistiam aos deveres dos negócios para desfrutá-las sem interrupções.

Em um desses passeios, chegaram a uma pequena e tranquila rua nos arredores de Londres, palco de um comércio intenso em dias de semana. Os habitantes dali aparentavam prosperidade, exibindo-se para parecer ainda mais afortunados, enquanto gastavam seus lucros em ornamentos; o resultado eram fachadas de lojas com um ar convidativo, como fileiras de vendedoras sorridentes. Mesmo no domingo, quando a ruela dissimulava seus encantos mais floridos e tornava-se relativamente vazia, ela ainda fulgurava em contraste com a vizinhança lúgubre, semelhante a fogo em floresta, e as janelas recém-pintadas, os bronzes polidos, o ambiente limpo e a notória vivacidade chamavam atenção e agradavam aos olhos de quem por ali passava.

A duas portas de uma esquina, à esquerda indo a leste, destacava-se a entrada de um pátio cortando o caminho, uma sinistra construção cuja fachada projetava-se sobre a rua. Um edifício de dois pisos que parecia desprovido de janelas, com apenas uma porta no térreo e uma parede reta, descolorida, no andar superior. E, em cada detalhe, registravam-se as marcas de uma negligência sórdida e prolongada. A porta, sem sino ou aldrava, estava escamada e desbotada. Mendigos acocoravam-se na reentrância e acendiam fósforos nos painéis da entrada; crianças dedicavam-se a vendas acomodadas nos degraus; um estudante havia testado a faca nos batentes e, em quase uma geração, ninguém tinha aparecido nem para afugentar esses visitantes aleatórios nem para reparar os danos que causavam.

O sr. Enfield e o advogado estavam do outro lado da rua, mas, tão logo se posicionaram diante da entrada, o primeiro apontou a bengala em direção a ela.

– Você já reparou naquela porta? – Perguntou, e assim que o companheiro confirmou, prosseguiu: – Em minha mente, ela remete a uma história bem estranha – disse.

– É mesmo? – Indagou o sr. Utterson, com o tom de voz levemente alterado. – E qual seria?

– Bem, foi assim – começou o sr. Enfield. – Eu estava voltando para casa de algum lugar no fim do mundo, por volta das três horas de uma madrugada escura de inverno, e meu andar me levou até uma parte da cidade onde literalmente só havia luzes. Rua após rua, e o povo todo dormindo; rua após rua, todas iluminadas como uma procissão, e vazias como uma igreja... Até que me percebi naquele estado mental em que o homem apenas ouve e ouve, e começa a ansiar pela visão de um simples policial. De repente, vi duas figuras: um sujeitinho andando a passos pesados e ritmo acelerado para o leste, e uma garota de talvez oito ou dez anos correndo o tanto quanto podia por uma rua transversal. Bem, naturalmente os dois se chocaram na esquina... e aí ocorreu a parte horrível da história, pois o homem pisoteou calmamente o corpo da criança e a deixou gritando no chão. Apenas contar o caso pouco significa diante daquela visão infernal. É como se o sujeito não fosse um homem, e sim uma carroça desgovernada. Gritei, saí correndo e interpelei o cavalheiro, arrastando-o de volta ao local onde já se aglomeravam pessoas ao redor da criança que gritava. Perfeitamente calmo, ele não resistiu, mas me encarou de modo tão apavorante que comecei a suar.

"As pessoas ali eram os familiares da garota, e logo o médico apareceu. Ora, a menina não estava tão mal, apenas muito assustada, de acordo com ele. Nesse ponto, você deve estar imaginando que a história acabou; no entanto, preciso acrescentar uma circunstância curiosa.

À primeira vista, não só eu havia abominado o cavalheiro, mas também a família, atitude mais que normal. E o doutor? Isso me impressionou mais. Ele era comum, metódico, idade e cor pouco discerníveis, com um forte sotaque de Edimburgo e tão sensível quanto uma gaita de foles. Bem, meu caro, era como o restante de nós, e vi que, cada vez que encarava o agressor, o médico empalidecia de raiva, tomado pelo desejo de matá-lo. Eu sabia o que se passava naquela mente, assim como ele conhecia meus pensamentos... Mas, visto que assassinato estava fora de questão, fizemos o melhor que conseguimos no momento. Dissemos ao homem que éramos capazes de tornar aquele ato um escândalo de tal proporção que o nome dele seria esfregado na lama, de uma ponta de Londres à outra. Caso tivesse amigos ou qualquer reputação, garantimos que perderia tudo.

"E o tempo todo, enquanto o repreendíamos furiosos, fazíamos o possível para manter as mulheres afastadas, pois estavam coléricas feito harpias. Nunca presenciei um círculo de rostos tão rancorosos, e no centro estava o homem, que, mesmo aparentando uma espécie de tranquilidade obscura e desdenhosa (medo também, eu percebia), lidava com aquela situação como o próprio Satanás. 'Se quiser tirar vantagem deste acidente', disse ele, 'naturalmente não terei como me defender. Cavalheiro algum desejaria tal constrangimento', continuou. 'Fale seu preço.' Exigimos cem libras para a família da criança; ele claramente preferiria negociar, mas aquele tumulto pendia à confusão, e no fim o homem cedeu.

"O próximo passo seria pegar o dinheiro... E aonde você imagina que ele nos levou, senão àquele lugar com a porta? Passou a chave, entrou e rapidamente retornou com uma quantia de dez libras em ouro e um cheque com o valor restante, a ser compensado em alguma agência do Coutt's, o pagamento destinado ao portador e assinado por alguém cujo nome que não posso revelar, ainda que importante para minha história, por ser muito conhecido e aparecer com certa frequência nos jornais. O valor era alto, mas a assinatura, caso verdadeira, denunciava alguém com muito mais que aquilo. Tomei a liberdade de dizer ao cavalheiro que aquele negócio todo parecia contestável, e que um homem, na vida real, jamais entra em um local às quatro da manhã e sai com um cheque de quase cem libras para entregar a outro. Ele, porém, continuava em um calmo desdém. 'Fique tranquilo', disse. 'Permanecerei com o senhor até que o banco abra, e eu mesmo descontarei o cheque.' Então, saímos, o médico, o pai da criança, nosso amigo e eu, e passamos o restante da noite em minha casa. No dia seguinte, após o café da manhã, fomos todos ao banco, onde apresentei o cheque, explicando que tinha motivos para acreditar que se tratava de uma falsificação. De forma alguma. Era genuíno."

– Tsc, tsc – atestou o sr. Utterson.

– Vejo que se sente como eu – afirmou o sr. Enfield. – Sim, é uma história de perversidade. Afinal, ninguém se envolvia com aquele homem execrável, e a pessoa que havia aceitado o cheque era uma das mais respeitáveis, também muito conhecida, e, o que torna tudo ainda pior, um daqueles sujeitos que dizem fazer o bem. Extorsão, suponho, um homem honesto pagando por alguma travessura feita quando jovem. Por consequência, denomino o local daquela porta de Casa da Extorsão. Mas saiba que mesmo isso não explica a situação toda – concluiu ele, em um estado de reflexão profunda.

Voltou à realidade graças a uma pergunta abrupta do sr. Utterson:

– E você não sabe se o emitente do cheque vive lá?

– Um lugar propício, não? – Retorquiu o sr. Enfield. – Mas ocorre que notei o endereço; ele vive em algum outro lugar.

– E você nunca perguntou sobre a... casa com a porta? – Perguntou o sr. Utterson.

– Não, fui escrupuloso – respondeu. – Tenho uma convicção quanto a fazer perguntas: o ato em si incorpora certa qualidade de juízo final. Começar a perguntar assemelha-se ao rolar de uma pedra. Você se senta tranquilo no topo de uma colina... e lá se vai a pedra, que faz outras resvalarem, até que algum velhinho inocente, o último que se poderia imaginar, é atingido na cabeça no próprio quintal, e a família precisa mudar de nome. Não, meu caro, tenho uma regra: quanto mais suspeita a situação, menos perguntas.

– De fato, uma boa regra – comentou o advogado.

– Mas estudei o lugar – continuou o sr. Enfield. – Pouco se parece com uma casa. Não há outra porta, e ninguém atravessa a única presente, exceto muito raramente o cavalheiro de minha aventura. Ainda que existam três janelas com vista para o pátio no andar superior, nenhuma no térreo, estão sempre fechadas, porém limpas. E há também uma chaminé da qual habitualmente sai fumaça, indicando que alguém mora lá. Mesmo assim não é certeza, pois as construções são tão apinhadas em torno do pátio que se torna difícil dizer onde uma termina e a outra começa.

Ambos os homens retomaram o passo por mais um tempo, em silêncio, até que o sr. Utterson disse:

– Enfield, você fez um bom estudo da situação.

– Sim, acredito que sim – retrucou Enfield.

– De todo modo – prosseguiu o advogado –, há uma coisa que quero saber: o nome do homem que agrediu a criança.

– Bem – disse o sr. Enfield –, não vejo mal nisso. Chamava-se Hyde.

– Hum – resmungou o sr. Utterson. – Que tipo de homem ele aparenta ser?

– Não é fácil descrever. Parece haver nele algo de errado, algo desagradável, algo completamente detestável. Nunca desgostei tanto de um homem, e pouco entendo o porquê disso. Ele transmite uma sensação de deformidade, ainda que eu não seja capaz de apontar o quê. É um homem de aparência extraordinária e, mesmo assim, não consigo mesmo dizer o que há de errado. Não, meu caro, sou incapaz de descrevê-lo. E isso não envolve memória, pois consigo visualizá-lo neste instante.

O sr. Utterson caminhou mais uma vez em silêncio, obviamente sob o peso dos pensamentos.

– Está certo de que ele usou uma chave? – Enfim perguntou.

– Meu caro... – Começou Enfield, surpreendido.

– Sim, eu sei – disse Utterson. – Sei que pode parecer estranho. No entanto, se não estou lhe perguntando o nome da outra pessoa, é porque já o sei. Entenda, Richard, que essa história já se tornou conhecida. Caso tenha sido impreciso em qualquer parte, é melhor que a corrija.

– Acredito que você poderia ter me alertado – retorquiu o outro, com um ar aborrecido. – Mas fui pedantemente exato, como você diz. O sujeito tinha uma chave, e digo mais: ainda a tem. Eu o vi usando-a há menos de uma semana.

O sr. Utterson suspirou profundamente, sem dizer palavra alguma, e o amigo continuou de imediato:

– Eis aqui a lição de saber quando silenciar – disse. – Estou envergonhado da minha boca grande. Façamos o acordo de nunca mais falar disso.

– De coração – afirmou o advogado. – Concordo, Richard.

À PROCURA DO SR. HYDE

Naquele fim de tarde, o sr. Utterson voltou soturno a sua casa, e sentou-se para jantar sem apetite algum. Aos domingos, depois da refeição, costumava acomodar-se próximo à lareira, acompanhado por um dos volumes de sempre na mesa de leitura, até que o relógio da igreja próxima soasse doze vezes, momento em que iria com tranquilidade e satisfação para a cama. À noite, no entanto, assim que deixou a mesa, pegou uma vela e dirigiu-se ao escritório, onde abriu um cofre e, da parte mais reservada, retirou um documento em cujo envelope lia-se "Testamento do dr. Jekyll"; então, sentou--se, com o semblante fechado, para estudar o texto. O testamento fora escrito de próprio punho, pois o sr. Utterson, ainda que fosse o responsável, negara qualquer auxílio na elaboração. O manuscrito não apenas registrava que, no caso da morte de Henry Jekyll, doutor em Medicina, doutor em Direito e membro da Royal Society, todas as suas posses fossem transferidas ao seu "amigo e benfeitor Edward Hyde", como também, no caso do possível "desaparecimento ou da ausência inexplicada por qualquer período de tempo superior a três meses" do dr. Jekyll, o citado Edward Hyde deveria substituí-lo sem delongas, livre de qualquer fardo ou obrigação além do pagamento de uma pequena quantia aos funcionários do doutor.

Havia tempos que o documento representava um aborrecimento ofensivo na vida do advogado, em dois aspectos: como jurista e como amante das banalidades da vida cotidiana, uma pessoa a quem a excentricidade soava como insolência. E tal indignação se aprofundava pelo fato de desconhecer o sr. Hyde; no entanto, por obra do acaso, naquele momento era ainda mais fomentada por saber da existência dele. Já era ruim o bastante quando não passava apenas de um nome do qual não sabia nada. Agravou-se mais quando começou a ser relacionado a atributos detestáveis... e, das brumas oscilantes e insubstanciais, que por tanto tempo haviam lhe recoberto os olhos, alçava-se a clara presença de algo diabólico.

– Pensei que se tratasse de loucura – disse para si mesmo, enquanto devolvia o documento maldito ao cofre. – Mas começo a temer que seja sórdido.

Em seguida, soprou a vela, vestiu um sobretudo e saiu em direção à praça Cavendish, um refúgio das artes médicas onde morava seu amigo, o admirável dr. Lanyon, e recebia uma multidão de pacientes. "Se alguém sabe, há de ser Lanyon", pensara.

O solene e já conhecido mordomo deu-lhe boas-vindas e, sem demora, levou-o diretamente à porta da sala de jantar, onde o dr. Lanyon acomodava-se sozinho com seu vinho. Era um cavalheiro cordial, saudável, elegante, faces rosadas, cabelos fartos e prematuramente brancos, comportamento ruidoso e decidido. Ao ver o sr. Utterson, levantou-se de pronto e o cumprimentou de modo efusivo, em uma simpatia que soava teatral, mas fundamentava-se em sentimentos sinceros. Eram velhos amigos, colegas na escola e na faculdade, ambos nutrindo consideração e respeito mútuos e – o que nem sempre é comum nesses casos – apreciando a companhia um do outro.

Após breves trocas de amenidades, o advogado conduziu a conversa ao assunto que tanto o aborrecia.

– Suponho, Lanyon – disse –, que você e eu sejamos os dois amigos mais antigos de Henry Jekyll?

– Queria que esses amigos fossem jovens – riu o dr. Lanyon. – Mas suponho que sim. Por quê? Tenho o visto muito pouco ultimamente.

– É mesmo? – Perguntou Utterson. – Imaginei que vocês compartilhassem alguns interesses.

– Compartilhávamos mesmo – afirmou. – Mas faz mais de dez anos que Henry Jekyll tornou-se excêntrico demais para o meu gosto, em um crescente estado de perturbação, e, ainda que eu mantenha certo interesse por ele em honra aos velhos tempos, quase nunca mais o vi. Seus disparates nada científicos – complementou o doutor, corando – teriam criado desavenças até mesmo entre Damão e Pítias.[1]

A breve mudança de humor foi, de certa maneira, reconfortante para o sr. Utterson. "Apenas divergiram em alguma questão científica", pensou e, desprovido de paixões pelas ciências (exceto aquela dos tabeliões), concluiu: "Não deve ser nada pior que isso!". Em seguida, deu alguns segundos para que o amigo recuperasse a compostura, para depois abordar a questão que o impelira até ali.

– Chegou a conhecer um protegido dele... Um certo Hyde? – perguntou.

– Hyde? – Repetiu Lanyon. – Não. Nunca ouvi falar. Pelo menos quando éramos mais próximos.

Essa foi toda a informação que o advogado levou à sua grande e escura cama, onde se revirou até que as primeiras luzes matutinas começassem a brilhar. Certamente, uma noite sem paz, a mente o tempo todo envolta em questões, trabalhando na escuridão.

Quando as seis horas soaram nos sinos da igreja, convenientemente próxima da morada do sr. Utterson, ele ainda continuava absorto no problema. Até então, apenas seu lado intelectual fora afetado, mas naquele momento sua imaginação também fervilhava, ou, melhor dizendo, escravizava-se. Assim, enquanto revirava-se na escuridão da noite naquele quarto acortinado, a história do sr. Enfield deslizava-lhe pela mente como uma série de figuras iluminadas. Lá estava ele, à noite, diante do imenso campo de luzes de uma cidade; então, a silhueta de um homem andando rapidamente; depois, a criança saindo da casa do médico; em seguida, o encontro de ambos, com aquela locomotiva humana pisoteando a garota, indiferente aos gritos dela.

Em outros momentos, o sr. Utterson vislumbrava imagens diferentes: os aposentos de uma casa rica onde seu amigo dormia, sorrindo enquanto sonhava, e em seguida a porta do local

---

1 Damão e Pítias são figuras da mitologia grega. A lenda sobre eles é um símbolo de amizade da Antiguidade Clássica. (N.T.)

sendo aberta, as cortinas do dossel da cama puxadas, o adormecido desperto e... Veja só! Ao lado do advogado, postava-se uma figura cujo poder, mesmo na calada da noite, obrigava-o a se levantar e obedecer às ordens recebidas. As duas cenas o assombraram durante a noite toda, e, se conseguiu dormir, aquela criatura continuava a deslizar mais furtivamente por entre as casas adormecidas, ou a mover-se cada vez mais rápido, a ponto de causar-lhe vertigens, em meio aos labirintos de luzes da cidade, a cada esquina esmagando uma criança e abandonando-a aos berros.

Mesmo em sonhos, a figura não tinha sequer um rosto que ele pudesse reconhecer ou até enxergar, resumindo-se a uma face que o desconcertava e desaparecia diante dele. E foi também por essa razão que a mente do advogado começou a engendrar a curiosidade intensa, quase descontrolada, de contemplar o semblante do verdadeiro sr. Hyde. Pensava que, caso pudesse vê-lo ao menos uma vez, o mistério seria minimizado, talvez até mesmo extinto, como era típico das coisas misteriosas quando bem examinadas. Talvez encontrasse uma razão para a estranha preferência ou subordinação (chamem-na como quiser) de Jekyll, e até mesmo para a espantosa cláusula do testamento. Talvez ainda somente valesse a pena ver aquela feição de um homem impiedoso, cuja presença bastaria para despertar um ódio duradouro na mente do impassível Enfield.

A partir de então, o sr. Utterson passou a espreitar aquela porta à sombra das lojas. Pela manhã antes do trabalho, ao meio-dia em meio à agitação do comércio e, se tivesse pouco tempo, à noite sob a luz da lua entre as névoas da cidade. A todo momento, sozinho ou acompanhado, o advogado postava-se naquele local de vigília.

"Se ele é o sr. Hyde", pensou, "eu serei o sr. Seek."[2]

Por fim, tanta paciência acabou recompensada. Em uma bela noite, seca e gelada, as ruas limpas feito o assoalho de um salão de baile e os lampiões imóveis nos postes com a falta de vento, tudo formava um padrão regular de luz e sombra. Eram dez horas, as lojas estavam fechadas, a viela já solitária e bastante silenciosa, apesar

---

2   Um jogo de palavras no idioma original: "Hyde" soa como o verbo "to hide", ou seja, "esconder". "Seek", em inglês, significa "procurar". (N.T.)

do ruído baixo exalado de todos os lados de Londres. Ouviam-se de longe alguns sons vindos do interior das casas nos dois lados da rua, e percebia-se qualquer pessoa caminhando pelo rumor das passadas. O sr. Utterson havia alguns minutos assumido seu posto quando percebeu a aproximação de um caminhar leve e estranho. Em razão de tantas patrulhas noturnas, habituara-se ao curioso efeito de os passos de uma única pessoa, ainda que distantes, de repente se tornarem singulares em meio aos frequentes zunidos e retinidos da cidade. Porém, nunca antes sua percepção fora desperta de maneira tão precisa e resoluta, e, com uma antecipação intensa e supersticiosa de sucesso, refugiou-se na entrada do pátio.

Os passos se aproximaram rapidamente, um som cada vez mais alto assim que viraram o fim da rua. O advogado, atocaiado na entrada, logo compreendeu o tipo de homem com quem teria de lidar. Era baixo, vestia-se com simplicidade e sua aparência, mesmo ainda distante, contrariava as expectativas do seu perseguidor. O sujeito caminhou direto até a porta, cruzando a rua para encurtar o caminho e, enquanto andava, tirou uma chave do bolso, um gesto típico de alguém chegando em casa.

O sr. Utterson saiu de onde estava e colocou a mão no ombro do homem assim que ele passou.

– Sr. Hyde, suponho?

O sr. Hyde encolheu-se sobressaltado, aspirando o ar. Mas um temor apenas momentâneo, e, ainda que não encarasse o advogado, respondeu com bastante frieza:

– Eu mesmo. O que deseja?

– Vejo que está entrando – retrucou o advogado. – Sou um velho amigo do dr. Jekyll; já deve ter ouvido falar de mim: sr. Utterson, da rua Gaunt. Pensei que, pela conveniência de tê-lo encontrado, o senhor poderia me convidar para entrar.

– Não vai encontrar o dr. Jekyll. Ele está fora – explicou o sr. Hyde girando a chave. De repente, ainda sem levantar os olhos, indagou: – Você me conhece?

– Poderia me fazer um favor? – Pediu o sr. Utterson.

– Com prazer – respondeu o outro. – Qual seria?

– Permite-me ver seu rosto? – Perguntou o advogado.

O sr. Hyde pareceu hesitar, até que, como se movido por um abrupto ato reflexo, virou-se com um ar de desafio, e ambos encararam-se fixamente por alguns segundos.

– Agora poderei reconhecê-lo – afirmou o sr. Utterson. – Talvez isso seja útil.

– De fato – ressaltou o sr. Hyde. – Que bom que tenhamos nos encontrado. A propósito, vou lhe passar meu endereço. – E entregou-lhe um número de uma rua no Soho.

"Meu bom Deus!", pensou o sr. Utterson, "será que ele também tem pensado no testamento?" Mas guardou as reflexões para si e apenas anuiu em relação ao endereço.

– Agora me diga – começou o outro. – Como soube quem eu era?

– Pela descrição que recebi.

– Recebeu de quem?

– Temos amigos em comum – afirmou o sr. Utterson.

– Amigos em comum – ecoou o sr. Hyde, meio rouco. – E quem seriam tais pessoas?

– Jekyll, por exemplo – respondeu o advogado.

– Ele jamais falaria de mim – retrucou o sr. Hyde, vermelho de raiva. – Não imaginei que você mentiria.

– Ora... – Disse o sr. Utterson. – Isso não é jeito de falar.

Hyde rosnou, gargalhou de maneira selvagem e, um momento depois, destrancou a porta e desapareceu dentro da casa, com rapidez extraordinária.

O advogado, a imagem viva da inquietação, ficou parado onde o sr. Hyde o deixara. Momentos depois, começou a perambular pela rua, parando a cada um ou dois passos, a mão massageando a testa em um gesto de profunda perplexidade. Remoía um problema do tipo raramente resolvido. O sr. Hyde era pálido e atarracado, transmitindo uma impressão de deformidade mesmo sem ter alguma malformação identificável; o sorriso soava desagradável, e havia se dirigido ao advogado com uma espécie de mistura atroz de timidez e bravura. Falara com voz rouca, chiada e meio sussurrada... Sem dúvida características negativas, mas que não justificariam o desgosto, a repugnância e o temor com os quais o sr. Utterson lidava ao pensar nele.

– Deve haver alguma outra coisa – assegurou-se, perplexo. – Se ao menos eu conseguisse dizer o que é... Por Deus, o homem mal parecia humano! Talvez um quê de troglodita? Será apenas alguma daquelas antipatias inexplicáveis que às vezes nos acometem? Ou será uma alma cuja luz tão sórdida transpira e transfigura o invólucro de carne? Penso que seja isso. Ah, meu velho Henry Jekyll, se um dia vi a marca de Satanás no rosto de alguém, foi no daquele seu novo amigo.

Virando a esquina da ruela, havia uma praça de antigas casas antes belas, quase todas já degradadas de seu esplendor original, devido à locação para gente de toda sorte e condição: gravadores, arquitetos, advogados escusos e agentes de empreendimentos obscuros. Uma delas, no entanto, a segunda a partir da esquina, continuava ocupada, ostentando um ar de conforto e prosperidade, ainda que trevas envolvessem a entrada, iluminada apenas por uma janela semicircular logo acima da porta. O sr. Utterson parou à porta e bateu; um velho serviçal, muito bem vestido, atendeu-o.

– O dr. Jekyll está em casa, Poole? – Perguntou o advogado.

– Vou verificar, sr. Utterson – respondeu Poole, dando passagem ao visitante, que entrou em um salão amplo e confortável, de teto baixo e pavimento de pedra, aquecido (feito uma casa de campo) por uma lareira com um belo fogo e mobiliado com requintados armários de carvalho. – O senhor se importaria de esperá-lo aqui, perto da lareira? Ou prefere que eu acenda as luzes da sala de jantar?

– Aqui mesmo, obrigado – agradeceu o advogado, aproximando-se do fogo e apoiando-se no gradil. O salão onde fora deixado sozinho revelava um dos caprichos do amigo doutor, e o próprio Utterson diria que era o recinto mais agradável de Londres. Naquela noite, porém, calafrios percorriam-lhe o corpo; o rosto de Hyde continuava gravado na memória do homem, que sentia (algo raro para ele) náuseas e certo desgosto pela vida. E, no âmago de sua alma, parecia perceber uma ameaça no cintilar da lareira refletido não só nos móveis polidos, bem como nas sombras desenhadas no teto.

Quando Poole voltou e disse que o dr. Jekyll estava fora, Utterson envergonhou-se da sensação de alívio.

– Poole, vi o sr. Hyde entrando pela antiga sala de dissecação – afirmou. – Isso é normal mesmo quando o dr. Jekyll se ausenta?

– Perfeitamente normal, sr. Utterson – respondeu o serviçal. – O sr. Hyde tem uma chave.

– Parece que seu mestre deposita muita confiança nesse jovem, Poole – afirmou o advogado.

– Sim, de fato, senhor – confirmou Poole. – Todos temos ordens para obedecer-lhe.

– Acho que nunca me encontrei com o sr. Hyde, não é? – perguntou Utterson.

– Oh, não, senhor. Ele nunca vem jantar aqui – explicou o mordomo. – Na verdade, nós mesmos pouco o vemos nestas partes da casa; o sr. Hyde quase sempre entra e sai pelo laboratório.

– Certo... Bem, boa noite, Poole.

– Boa noite, sr. Utterson.

O advogado voltou pesaroso para casa. "Pobre Henry Jekyll", pensou, "receio que esteja transtornado! Claro que há muito tempo era um jovem problemático, mas talvez ainda esteja sendo julgado pelas leis de Deus. Ah, deve ser isto: o fantasma de algum velho pecado, o câncer de alguma sordidez oculta que restou... E a punição, o julgamento, vindo a passos mancos anos depois de a memória ter esquecido e de o amor-próprio ter se perdoado." O advogado, assustado com os próprios pensamentos, passou a remoer o passado, tateando pelos cantos da memória, dominado pelo temor de que um antigo ato imoral saltasse de algum deles. Sua vida pregressa era quase irrepreensível. Poucas pessoas poderiam se dar ao luxo de refletir sobre o passado sem muita preocupação; ainda assim, sentiu-se tremendamente envergonhado de todas as coisas ruins que já fizera, logo se recompondo com uma gratidão sóbria e temerosa em relação àquelas que quase cometera, mas conseguira evitar. Assim, voltou a pensar em Jekyll com uma centelha de esperança. "O sr. Hyde, se investigado", pensou ele, "deve ter segredos muito obscuros, pelo que aparenta, os quais devem fazer mesmo os piores segredos do pobre Jekyll brilharem como raios de sol. Essa situação não pode continuar assim. Sinto calafrios ao pensar naquela criatura, à beira da cama de Harry, roubando feito um ladrão. Pobre Harry, que despertar! E que perigo! Porque, se esse Hyde suspeitar da existência do testamento, talvez se impaciente com a ideia herdá-lo. Ah, preciso agir... Se Jekyll deixar", completou. "Se Jekyll deixar." E uma vez desfilaram pela mente dele, claras como em uma pintura, as estranhas cláusulas daquele documento.

A TRANQUILIDADE DO DR. JEKYLL

Duas semanas depois, por um excelente acaso da sorte, o doutor ofereceu um de seus prazerosos jantares a alguns velhos amigos, todos homens respeitáveis e apreciadores de um bom vinho. Ao fim, o sr. Utterson deu um jeito de ali permanecer, depois da partida dos demais. Isso não constituía novidade, pois acontecera antes muitas vezes. O sr. Utterson era sempre muito bem recebido onde o estimavam. Os anfitriões apreciavam a companhia solene do advogado quando os mais zombeteiros ou tagarelas já haviam ido embora; gostavam de desfrutar de sua presença reservada, da prática da solidão, encantando-se com o valioso silêncio daquele homem depois dos excessos de animação. O dr. Jekyll não fugia a essa regra. Era um homem alto e firme, na casa dos cinquenta anos, o rosto cativante e com um ar astuto, sempre demonstrando marcas de inteligência e de bondade. E naquele momento, sentado do outro lado da lareira, via-se em seus olhos que nutria uma sincera afeição pelo sr. Utterson.

– Há tempos que quero falar com você, Jekyll – começou o advogado. – Lembra-se daquele seu testamento?

Alguém presente na conversa julgaria o assunto de mau gosto, mas o doutor respondeu alegremente:

– Meu pobre Utterson, que azar tem com este seu cliente. Nunca vi alguém tão angustiado quanto você em relação ao meu testamento, a não ser aquele pretensioso intolerante do Lanyon, quando resolvia falar do que chamava de minhas "heresias científicas".

Sei bem que ele é um bom sujeito; não precisa fazer essa cara. Na verdade, é excelente, e sempre penso em vê-lo com mais frequência, mas ainda o considero um pretensioso intolerante por tudo aquilo; um evidente pretensioso ignorante. Nenhum homem me desapontou mais que Lanyon.

– Sabe que eu nunca aprovei o documento – insistiu Utterson, desconsiderando o assunto que surgira.

– Meu testamento? Sim, certamente sei disso – afirmou o doutor em tom áspero. – Você já havia me dito.

– Bem, então reafirmo – disse o advogado. – Estive procurando mais informações sobre o jovem Hyde.

A feição agradável do dr. Jekyll empalideceu; os lábios ficaram brancos, e os olhos, sombrios.

– Não me importa – retrucou. – Até onde me lembro, concordamos em deixar este assunto como estava.

– Ouvi coisas abomináveis – atestou Utterson.

– Não muda em nada. Você não entende a minha posição – rebateu o doutor, de maneira incomum. – Estou numa situação complexa, Utterson, numa posição muito, muito estranha. O documento envolve uma questão que não pode ser solucionada numa mera conversa.

– Jekyll, você me conhece – alegou Utterson. – Sou um homem de confiança. Pode ser franco comigo; tenho certeza de que tenho condições de ajudá-lo a sair desta situação.

– Meu bom Utterson – disse o doutor –, sei que age com a mais pura e a mais completa bondade, e não consigo expressar o quanto estou agradecido por isso. Confio plenamente em você; se pudesse escolher, confiaria em você antes de confiar em qualquer pessoa, até em mim mesmo. Mas reitero: não precisa se preocupar com isso. E, para tirar esse peso do seu coração, digo-lhe uma coisa: posso me livrar do sr. Hyde quando eu quiser. Promessa feita. Agradeço-lhe mais uma vez, e só gostaria de acrescentar, Utterson, e não me leva a mal: o assunto é particular, e imploro-lhe que o esqueça.

O sr. Utterson refletiu por um instante, olhando para o fogo.

– Não tenho dúvidas de que está certo – disse enfim, levantando-se.

– Bem, espero que esta seja a última vez, mas, já que tocamos no assunto – continuou o doutor –, há algo que quero que entenda. Preocupo-me muito com o pobre Hyde. Sei que já o viu, pois ele me contou. E temo que o homem tenha sido rude. Mas minha preocupação com aquele jovem é sincera e, caso eu morra, Utterson, prometa-me que será paciente com Hyde, que deverá herdar o que por direito lhe pertence. Você tiraria um peso da minha consciência se me prometesse; acredito que assim o faria, se soubesse de tudo.

– Não posso mentir e dizer que serei capaz de gostar dele – disse o advogado.

– Não é isso que lhe peço – implorou Jekyll, repousando a mão no braço do amigo. – Só lhe peço que a justiça seja feita, que o ajude por mim, quando eu já não estiver mais aqui.

O advogado não conseguiu reprimir um suspiro.

– Está bem – concordou. – Prometo.

O CASO DO ASSASSINATO DE CAREW

Quase um ano depois, em um dia de outubro de 18..., toda Londres ficou perplexa devido a um crime de ferocidade singular, ainda mais notável graças à elevada posição social da vítima. Os detalhes, ainda que escassos, eram assustadores. Uma empregada doméstica, que vivia sozinha não muito longe do rio, subiu as escadas de casa e se recolheu por volta das onze horas da noite. Embora um nevoeiro tivesse deslizado pela cidade durante a madrugada, o céu estava limpo no começo da noite, e a rua da casa da empregada, visível da janela, muito bem iluminada pela lua cheia. Talvez motivada por certa natureza romântica, a mulher sentou-se sobre um baú à beira da janela e lá ficou devaneando, distraída. Nunca, ela costumava dizer, em meio às lágrimas quando falava daquela experiência, nunca antes se sentira mais em paz em relação às pessoas ou tivera pensamentos mais felizes sobre o mundo.

Após um tempo ali, percebeu que um elegante cavalheiro de cabelos brancos caminhava pela rua, e, ao encontro dele, vinha outro cavalheiro, de estatura baixa, a quem ela dedicou menos atenção. Quando ambos se encontraram próximos o bastante para conversar (por sinal, logo abaixo de onde a mulher os observava), o homem mais velho fez uma reverência e abordou o outro com fineza e cortesia. O sujeito a quem ele se dirigia não parecia muito importante; de fato, pelo modo que gesticulava, às vezes aparentava apenas se orientar sobre o caminho. A luz iluminou seu rosto enquanto falava, e a moça o achou muito agradável: parecia incorporar certa inocência e amabilidade de tempos passados, mas também refletia altivez, uma plenitude inabalável. Em seguida, o olhar da mulher desviou-se para o outro, e surpreendeu-se ao reconhecer o sr. Hyde, que uma vez visitara o patrão dela, e por quem passara a nutrir repulsa. Ele firmava nas mãos uma bengala pesada, que movia distraidamente; ainda não havia dito palavra alguma, e mal disfarçava a impaciência enquanto ouvia o outro. Então, sem aviso, irrompeu em uma fúria tremenda, batendo os pés, balançando a bengala e agindo (segundo a empregada) feito um louco. O cavalheiro mais velho recuou, na face uma expressão de surpresa e ofensa, o que levou o sr. Hyde a, ultrapassando todos os limites, derrubá-lo com um golpe da bengala. Em seguida, com uma fúria simiesca, pisoteou a vítima e desferiu-lhe uma torrente de tantos ataques que era possível ouvir o barulho dos ossos estilhaçando-se e do corpo chocando-se no chão da rua. Diante dos sons horrendos, a moça desmaiou.

Voltou a si e às duas da manhã chamou a polícia. O assassino havia muito desaparecera, mas lá estava a vítima estraçalhada no meio da rua. A bengala que servira ao ataque, ainda que de madeira nobre, pesada e muito resistente, partira-se ao meio sob a força da crueldade insensata, e uma das metades partidas rolara até a sarjeta próxima, enquanto a outra, sem dúvida, fora levada pelo homicida. Com a vítima encontraram uma carteira e um relógio de ouro, mas nenhum cartão ou documentos, exceto um envelope lacrado e selado, que o homem provavelmente levava ao correio, no qual se liam o nome e o endereço do sr. Utterson.

Entregaram o documento ao advogado na manhã seguinte, antes mesmo de ele se levantar. Mal havia visto o papel e ouvido o ocorrido quando disse, gravemente:

– Não vou falar nada até que veja o corpo. A situação pode ser muito séria. Por gentileza, aguardem enquanto me visto. – Mantendo o semblante grave, ele terminou depressa o café da manhã e foi de carro até o posto policial, para onde o corpo fora transportado. Assim que chegou à cela, assentiu: – Sim, conheço a vítima. Sinto dizer que se trata de Sir Danvers Carew.

– Meu Deus! – Exclamou o policial. – Será possível? – E no instante seguinte, os olhos dele brilharam de ambição profissional.

– O caso vai gerar um tremendo burburinho – disse. – E talvez o senhor seja capaz de nos ajudar a encontrar o responsável – completou, logo relatando brevemente o testemunho da empregada e mostrando metade da bengala.

O sr. Utterson, que já havia estremecido ao ouvir o nome de Hyde, ao ver a bengala não teve mais dúvidas; ainda que partida e desgastada, reconheceu-a como aquela que, muitos anos antes, dera de presente a Henry Jekyll.

– Este sr. Hyde... É um homem de baixa estatura? – Indagou.

– Especialmente baixo e de aparência perversa, segundo a moça – confirmou o policial.

O sr. Utterson, depois de alguns instantes pensando, levantou a cabeça.

– Se me acompanhar até meu carro – sugeriu –, acho que poderei levá-lo até a casa do sujeito.

Eram quase nove horas da manhã, e já apareciam as primeiras névoas da estação. Uma ampla mortalha cor de chocolate tingia o céu de modo ameaçador, mas o vento, soprando sem parar, desordenava as muralhas de neblina. Assim, enquanto o carro se arrastava de rua em rua, o sr. Utterson contemplava um número incrível de variações de tons de meia-luz: aqui escuro como a calada da noite, ali brilhando um suntuoso e vívido castanho, feito a luz de alguma estranha conflagração, e então, por um momento, a neblina se retalhava a ponto de um baço raio de luz do sol relancear entre as espirais rodopiantes. Em meio àqueles vislumbres inconstantes, as vias enlameadas, os pedestres desmazelados e os candeeiros havia muito tempo sem manutenção para combater o triste retorno da escuridão, aquele lúgubre canto do Soho parecia, aos olhos do advogado, parte da cidade de algum pesadelo. Além disso, sentia-se desalentado pelos próprios pensamentos, e, ao olhar de relance o companheiro de viagem, reviveu um pouco daquele terror que acompanha a lei e seus agentes, o qual às vezes acomete o mais honesto dos homens.

Assim que o carro parou diante do endereço indicado, o nevoeiro se entreabriu um pouco e revelou ao sr. Utterson o entorno: uma rua sombria, uma venda de bebidas, um modesto restaurante francês, uma banca que vendia desde verduras até folhetins macabros, crianças maltrapilhas juntando-se nas portas e mulheres de diversas nacionalidades em um constante vaivém, com as chaves em mãos, em busca das bebidas matinais. Porém, no instante seguinte, as brumas voltaram a se fechar, escuras como ferrugem, ocultando mais uma vez aquele lugar miserável. Localizava-se ali a casa do protegido de Henry Jekyll, do homem que herdaria um quarto de milhão de libras.

Uma velha de rosto pálido e cabelos grisalhos abriu a porta. Apesar da feição malévola, suavizada pela hipocrisia, era bastante educada. Sim, ela disse, ali ficava a residência do sr. Hyde, mas ele se ausentara; havia voltado tarde da noite e saíra novamente em menos de uma hora. Nada de estranho nisso, devido à irregularidade dos hábitos do patrão e de frequentemente se ausentar. Até a noite anterior, fazia dois meses desde a última vez que ele tinha aparecido.

– Bem, está certo, mas gostaríamos de verificar a casa – disse o advogado, e, quando a mulher começava a dizer que a inspeção era impossível, ele acrescentou: – E é melhor que saiba quem me acompanha: este é o inspetor Newcomen, da Scotland Yard.

Um ar odioso de alegria perpassou a expressão no rosto da mulher.

– Ah! – Exclamou ela. – Ele está em apuros! O que foi que fez?

O sr. Utterson e o inspetor entreolharam-se.

– O sr. Hyde não parece muito popular – observou o oficial. – E agora, minha boa senhora, permita-nos fazer nosso trabalho.

Exceto pela presença da velha, a casa estava quase inteira vazia. O sr. Hyde ocupava apenas dois aposentos, ambos mobiliados com luxo e bom gosto. Havia um armário repleto de vinhos; o aparelho de jantar era de prata, a toalha de mesa, bastante elegante; na parede, uma bela pintura, que, Utterson supunha, fora presente de Henry Jekyll, um bom conhecedor de arte, e a tapeçaria era muito refinada. Naquele momento, no entanto, os aposentos demonstravam sinais de terem sido revirados recente e apressadamente: roupas espalhavam-se pelo chão, com os bolsos ao avesso; cadeados protegiam as gavetas, então abertas de qualquer jeito e, na lareira, uma pilha de cinzas sugeria muito papel queimado. Dali, o inspetor resgatou parte do canhoto de um talão de cheques verde, que resistira à ação do fogo, e atrás da porta a outra metade da bengala. Todo esse cenário reforçava as suspeitas do oficial. Uma visita ao banco, onde haviam depositado alguns milhares de libras na conta do assassino, deixou-o satisfeito.

– Pode estar certo de uma coisa, meu caro – disse ao sr. Utterson. – O homem está em minhas mãos. É bem provável que ele tenha perdido a cabeça, ou jamais abandonaria a bengala aqui e ainda queimaria o talão de cheques. Ora, percebe-se que o sujeito vive pelo dinheiro. Agora basta que o esperemos no banco e distribuamos os panfletos.

Entretanto, não era fácil cumprir a última tarefa, pois pouquíssimas pessoas pareciam conhecer o sr. Hyde, e mesmo o patrão da empregada doméstica o havia visto apenas duas vezes; além disso, não havia sinal algum de sua família, jamais fora fotografado e a descrição daqueles que conseguiam fazê-lo parecia divergir completamente. Concordavam apenas em um ponto: a sensação pavorosa de uma deformidade inexplicável do foragido havia impressionado quem já o encontrara.

O INCIDENTE DA CARTA

Era fim de tarde quando o sr. Utterson voltou à casa do dr. Jekyll, sendo atendido de pronto por Poole. O mordomo passou com ele pela cozinha e cruzaram um pátio onde antes havia um jardim, seguindo até a construção conhecida apenas como laboratório ou salas de dissecação. O doutor comprara a casa dos herdeiros de um cirurgião célebre e, preferindo a química à anatomia, acabara dando outro destino àquele bloco próximo ao jardim. Pela primeira vez o advogado era recebido naquela parte da residência do amigo, portanto, com curiosidade observou a construção sombria e sem janelas, e com um sentimento de estranheza desagradável contemplou a sala de operações antes lotada de estudantes animados, mas naquele momento desolada e silenciosa, com as mesas repletas de aparatos químicos, o chão atulhado de caixas com palhas de proteção espalhadas e, em meio a isso, uma luz baça atravessava as frestas do teto nevoento. Na outra extremidade, um lance de escadas chegava a uma porta revestida por um tecido vermelho.

Depois de caminhar por todo esse cenário, o sr. Utterson finalmente chegou ao gabinete do doutor. Era bem amplo, repleto de armários com portas de vidro, uma escrivaninha e um espelho de chão, entre outras coisas; de três janelas com barras de ferro, bastante empoeiradas, avistava-se o pátio. A lareira crepitava; um candeeiro adornava a prateleira da chaminé, pois a neblina começava a pesar até mesmo no interior das casas. E ali, perto do calor do fogo, sentava-se o dr. Jekyll, com uma aparência terrivelmente doente. Sem se levantar para receber seu visitante, limitou-se a cumprimentá-lo com a mão gelada e depois se dirigiu a ele com uma voz diferente.

– Bem – começou o sr. Utterson, assim que Poole os deixou –, tem acompanhado as notícias?

O doutor estremeceu.

– Estavam aos berros na praça – respondeu. – Ouvi da sala de jantar.

– Só uma coisa – disse o advogado. – Carew era meu cliente, assim como você, e quero saber o que está acontecendo. Você não seria louco de esconder o sujeito, não é?

– Utterson, juro por Deus – afirmou o doutor. – Juro por Deus que nunca mais vou vê-lo. Dou-lhe minha palavra de honra de que não tenho mais nada com ele. Acabou. E é fato que o homem não quer minha ajuda; você não o conhece como eu. Ele escapou e está em um lugar seguro. Anote minhas palavras: nunca mais vão ouvir falar do sujeito.

O advogado, que ouvia a tudo taciturno, não estava gostando da fala frenética do amigo.

– Parece confiar muito nele – disse –, e espero que esteja certo, para sua própria segurança. Caso haja algum julgamento, é possível que seu nome venha à tona.

– Tenho plena confiança – retrucou Jekyll –, embora não possa compartilhar as razões com mais ninguém. Mas seu conselho seria bem-vindo numa questão: eu... eu recebi uma carta. E nem sequer imagino se deveria entregá-la à polícia. Gostaria de deixá-la sob sua custódia, Utterson; tenho certeza de que você analisará melhor a questão. Confio muito no seu bom senso.

– A carta talvez permita que ele seja encontrado? É isso que você teme? – Perguntou o advogado.

– Não – respondeu o outro. – Não posso afirmar que me importo com qualquer coisa que se relacione a Hyde. Não tenho mais nada com ele. Estive pensando na minha própria imagem, sem dúvida exposta por esse ocorrido abominável.

O sr. Utterson avaliou a questão. Surpreendeu-o o egoísmo do amigo, mas ao mesmo tempo sentiu-se aliviado.

– Bem – disse, enfim –, deixe-me ver isso.

A carta fora escrita em uma caligrafia estranha, os traços muito verticais e corretos, e assinada por Edward Hyde. O conteúdo, de maneira sucinta, remetia ao fato de que o dr. Jekyll, como benfeitor do remetente, havia retribuído por um sem-fim de generosidades que não eram merecidas, e não precisava de modo algum preocupar-se com a própria segurança, pois confiava plenamente nos meios de que dispunha para escapar. O advogado contentou-se com o que estava escrito, pois sugeria que a amizade entre aqueles dois era bem mais sólida do que havia imaginado, e sentiu-se culpado por suas suspeitas até então.

– Você tem o envelope? – Perguntou.

– Eu o queimei – explicou Jekyll –, antes de me dar conta do que estava fazendo. Mas não veio pelo correio; foi entregue em mãos.

– Posso ficar com ela e pensar no assunto? – Indagou Utterson.

– Prefiro o seu julgamento nesse assunto – respondeu o doutor. – Perdi a confiança em mim mesmo.

– Vou analisar a questão – disse o advogado. – Ah, e mais uma coisa: foi Hyde quem ditou os termos do próprio testamento, os que abordavam o caso de desaparecimento?

O doutor, parecendo tão nauseado a ponto de um desmaio, assentiu, apertando os lábios.

– Eu sabia – alegou o sr. Utterson. – Ele pretendia assassiná-lo. Você escapou por pouco.

– Recebi muito mais do que mereci com tudo isso – enfatizou o doutor, solene. – Aprendi uma lição; ah, Deus! Utterson, que lição! – E, por um momento, o doutor cobriu o rosto com as mãos.

Antes de partir da casa, o advogado parou para trocar algumas palavras com o mordomo.

– A propósito, Poole... – Disse, casualmente. – Hoje entregaram uma carta aqui; consegue descrever o mensageiro?

O criado tinha certeza de que toda a correspondência chegara pelo correio, "e, ainda assim, somente informes e panfletos", completou.

A informação renovou os temores do visitante. A carta viera diretamente à porta do laboratório, quase com certeza escrita no gabinete e, se fosse esse mesmo o caso, deveria ser analisada de modo diferente, com muito mais cautela. Enquanto caminhava, o sr. Utterson ouvia os gritos dos vendedores de jornais ao longo das calçadas: "Edição especial! Assassinato chocante de um membro do Parlamento!". As frases representavam o canto fúnebre de um cliente e amigo, e o advogado sentiu certa apreensão ao pensar que o nome de um outro bom camarada talvez fosse tragado pelo redemoinho do escândalo. Porém, precisava tomar uma decisão no mínimo problemática, e por mais que confiasse no próprio julgamento, invadiu-o a necessidade de aconselhar-se com alguém. Ainda que não pudesse abrir-se quanto ao assunto, pensou que ouvir uma opinião de maneira indireta seria muito bom.

Logo que chegou em casa, sentou-se de um lado da lareira, com o sr. Guest, seu assistente, do outro. Entre ambos, a uma distância do fogo precisamente calculada, repousava uma garrafa de um vinho antigo e especial, que havia tempos habitava a escuridão dos porões da moradia. Do lado de fora, a neblina ainda se derramava, afogando a cidade; os candeeiros dos postes cintilavam feito rubis e, por entre a espessura das nuvens baixas, a procissão da vida da cidade ainda continuava através das grandes artérias, soando como uma ventania. Mas, ali dentro, o crepitar das chamas alegrava o ambiente. A acidez no interior da garrafa desaparecera; o tom escarlate suavizado pelo tempo, assim como o colorido de vitrais que se enaltecem com os anos, e o brilho de tardes quentes de outono nos vinhedos, tudo já estava prestes a se libertar para dispersar as névoas de Londres. O advogado mal havia percebido o quanto se abalara. Não existia ninguém a quem confiava mais segredos do que o sr. Guest, embora nem sempre tivesse certeza de que o homem guardava tantos quanto dizia guardar. Guest ia com frequência à casa do doutor; conhecia Poole, portanto, dificilmente não teria ouvido falar da familiaridade do sr. Hyde com o lugar. Poderia ligar os pontos. Sendo assim, não estaria tudo bem se lhe mostrasse uma carta que talvez resolvesse aquele mistério? Além disso, como um dedicado estudioso e crítico de caligrafia, não seria natural que se sentisse até mesmo feliz em ajudar? E mais, o assistente era um intelectual, então, pouco provavelmente leria um documento tão estranho sem emitir alguma observação, o que poderia moldar o curso de ação do sr. Utterson.

– Uma tristeza o ocorrido com Sir Danvers – disse.

– De fato, senhor. Provocou uma enorme comoção pública – afirmou Guest. – É evidente que se trata de um louco.

– Gostaria de ouvir suas opiniões sobre isso – incentivou Utterson. – Estou com um documento escrito por ele, mas que isso fique entre nós, pois ainda mal sei o que fazer. Na melhor das hipóteses, não passa de algo horrível. Aqui está... e é do seu interesse: a caligrafia de um assassino.

Os olhos de Guest brilharam, e acomodou-se de imediato para estudar o documento com afinco.

– Não, senhor – disse –, nada de louco, mas a letra é estranha.

– E, pelo que tudo indica, escrita por alguém também estranho – completou o advogado.

Nesse momento, entrou um criado com um recado.

– Isso é do dr. Jekyll, senhor? – Perguntou o assistente. – Acho que reconheço a caligrafia. Um assunto particular?

– Apenas um convite para jantar. Por quê? Quer ver?

– Só por um momento. Obrigado. – Então, Guest dispôs as duas folhas lado a lado e comparou-as cuidadosamente. – Agradeço, senhor – disse enfim, devolvendo ambas. – É uma caligrafia muito interessante.

Em seguida, uma pausa, durante a qual o sr. Utterson mal se conteve.

– Por que a comparação, Guest? – Perguntou, de súbito.

– Bem, senhor – respondeu o assistente –, há uma semelhança muito peculiar. As caligrafias são idênticas em vários pontos; apenas a inclinação as diferencia.

– Muito estranho! – Exclamou Utterson.

– Sim, como disse, muito estranho – confirmou Guest.

– É melhor não comentar essa mensagem – aconselhou o patrão.

– É claro, senhor – assegurou o outro. – Eu entendo.

Porém, assim que ficou sozinho naquela noite, o sr. Utterson guardou a carta no cofre, onde ela permaneceria dali em diante. "Ora! Henry Jekyll falsificando documentos em nome de um assassino!", pensou. E o sangue lhe correu frio pelas veias.

O INCIDENTE DO DR. LANYON

O tempo passou. Consideraram uma ofensa pública a morte de Sir Danvers e ofereceram milhares de libras de recompensa, mas o sr. Hyde desapareceu completamente das vistas da polícia, como se nunca tivesse existido. Entretanto, desenterraram muito do seu passado, e nada havia de respeitável: histórias sobre a crueldade do sujeito sempre insensível e impiedoso; histórias da sua vida imunda, de suas companhias estranhas, do rancor que parecia envolver sua existência... No entanto, de onde poderia estar, nem sequer um sussurro. Desde que partira da casa no Soho, na manhã do assassinato, sumira de vez. E aos poucos, conforme o tempo passava, o sr. Utterson começou a se recuperar da própria inquietação, tranquilizando-se. A morte de Sir Danvers, pensava ele, fora mais que compensada pelo desaparecimento do sr. Hyde. Com a remoção daquela influência maligna, uma nova vida começava para o dr. Jekyll. Ele saiu do isolamento, renovou as relações com os amigos e com cada vez mais frequência foi convidado e anfitrião; sempre conhecido por sua caridade, acabou destacando-se também pela devoção religiosa. Estava sempre ocupado, fora de casa, e praticava o bem; o rosto parecia acolhedor, iluminado pela consciência da bondade que exercia. Por mais de dois meses, o doutor esteve em paz.

Em 8 de janeiro, Utterson e um pequeno grupo de conhecidos se uniram para um jantar na casa do doutor; Lanyon estava lá, e o anfitrião olhava de um para o outro como revivendo os velhos tempos, quando formavam um trio de amigos inseparáveis. Mas no dia 12, e outra vez no dia 14, o advogado deu com a cara na porta.

– O doutor está acamado – explicara Poole –, e não recebe ninguém.

Tentou novamente na noite do dia 15, em vão, e, acostumado a ver o amigo quase todos os dias nos últimos dois meses, sentiu o peso do retorno à solidão. Na quinta noite, convidou Guest para jantar em casa; na sexta noite, foi procurar companhia na casa do dr. Lanyon.

Pelo menos lá não recusaram sua visita. Mas, quando entrou, chocou-se diante da mudança na aparência do doutor, em cujo rosto legivelmente transparecia a própria certidão de óbito. O homem antes corado estava pálido, a pele macilenta, visivelmente mais velho e mais calvo, e ainda assim não foram esses sinais de decrepitude física que chamaram a atenção do advogado; o olhar e o comportamento do amigo pareciam atestar algum profundo horror mental. Mesmo que bem improvável o doutor temer a morte, era essa a suspeita de Utterson. "Oras", pensou, "ele é médico; deve ter consciência de seu estado de saúde e de que seus dias estão contados, e isso é mais do que consegue suportar."

Quando Utterson comentou sobre a aparência doentia do amigo, com grande firmeza Lanyon afirmou estar condenado.

– Sofri um choque – disse – do qual jamais vou me recuperar. É uma questão de semanas... Bem, vivi prazeres. Gostei da vida, meu caro; sim, costumava gostar. Às vezes penso que, se soubéssemos de tudo, partiríamos dela mais contentes.

– Jekyll também está doente – informou Utterson. – Você o tem visto?

Com a expressão alterada, ele levantou uma mão trêmula.

– Não quero nunca mais ver dr. Jekyll ou mesmo ouvir falar dele – respondeu, a voz alta e vacilante. – Não tenho mais nada com aquele homem, e imploro-lhe que me poupe de qualquer alusão a alguém que considero morto.

– Tsc, tsc... – Fez o sr. Utterson, que, depois de uma pausa considerável, perguntou: – Não há nada que eu possa fazer? Nós três somos velhos amigos, Lanyon; velhos demais para fazer novas amizades.

– Nada há a ser feito – respondeu Lanyon. – Pode perguntar a ele.

– Ele se recusa a me receber – explicou o advogado.

– O que não me surpreende – comentou o doutor. – Algum dia, Utterson, depois que eu tiver morrido, você talvez conheça a verdade. Não posso lhe contar. Enquanto isso, se estiver disposto a ficar e conversar comigo sobre qualquer outra coisa, por Deus, fique; mas, caso não consiga desviar-se desse assunto maldito, em nome de Deus, retire-se, porque não aguento mais.

Assim que chegou em casa, Utterson sentou-se à escrivaninha e escreveu para Jekyll, reclamando de não ser mais recebido e perguntando a razão do infeliz rompimento com Lanyon. No dia seguinte, recebeu uma longa resposta, em boa parte muito mal redigida, em alguns momentos divagando de maneira obscura e misteriosa. A controvérsia com Lanyon era insuperável. "Não culpo nosso velho amigo", escrevera Jekyll, "mas compartilho a opinião de que não devemos nunca mais nos encontrar. Pretendo daqui em diante viver em extremo isolamento; não se surpreenda nem duvide de minha amizade caso a porta se feche até mesmo a você. Permita-me seguir sozinho por esta via escura, pois carrego uma punição e um perigo inomináveis. Se sou o maior dos pecadores, também sou o maior dos sofredores. Jamais conseguiria imaginar que este mundo reservasse espaço para sofrimentos e terrores tão desumanos. E há uma coisa que você pode fazer, Utterson, para aliviar este destino: respeite o meu silêncio."

O sr. Utterson estava estupefato. A influência sombria de Hyde desaparecera, o doutor retomara ofícios e amizades; havia uma semana que sorria a uma velhice alegre e respeitável, e de repente a amizade, a paz de espírito e todo o sentido de sua vida estavam destroçados. Uma mudança assim, tão radical e sem aviso, sugeria sinais de loucura; porém, considerando as palavras e a atitude de Lanyon, deveria existir uma causa mais profunda para aquela situação.

Uma semana depois, o dr. Lanyon ficou acamado, e em menos de duas semanas morreu. Na noite após o funeral, quando se sentira bastante abalado, o sr. Utterson trancou a porta do escritório e ali, sentado sob a luz de uma vela melancólica, colocou diante de si um envelope endereçado à mão e selado com o sinete do amigo falecido. "PESSOAL: entregar em mãos APENAS a G. J. Utterson e, em caso de sua morte prematura, destruir sem ser aberto." O aviso era tão enfático que o advogado apavorou-se com a ideia de ler o conteúdo. "Enterrei um amigo hoje", pensou; "e se isso me custar mais um?" Condenando tanto medo como deslealdade, rompeu o selo. Ali havia outro envelope, também selado, em cuja frente estava escrito: "Não abrir até a morte ou o desaparecimento do dr. Henry Jekyll". Utterson não conseguia acreditar naquilo. Sim, desaparecimento; mais uma vez, como no testamento insano que havia tempos tinha devolvido ao autor; mais uma vez a ideia de desaparecimento e o nome de Henry Jekyll ligado a ela. Mas, no testamento, a ideia aparecera a partir da sugestão sinistra de Hyde; lá claramente havia um propósito claro e horrível. Porém, escrita por Lanyon, o que significaria? Uma imensa curiosidade invadiu o sr. Utterson, e também a vontade de desconsiderar aquela restrição e mergulhar de uma vez no âmago dos mistérios, embora a honra profissional e a fé no amigo falecido lhe impusessem limites, o que o levou a guardar o envelope no cofre.

No entanto, uma coisa é minimizar a curiosidade, e outra é conquistá-la; assim, daquele dia em diante, tornou-se difícil imaginar que o sr. Utterson desejasse, com a mesma vontade, estar mais uma vez em companhia do amigo sobrevivente. Não pensava mal dele, mas uma sensação de incômodo e temor sempre o acompanhava. De fato, um dia foi até a casa do amigo, mas é possível que tenha se sentido aliviado de não lhe permitirem a entrada. Talvez, em seu coração, preferisse falar com Poole na soleira da porta, cercado pela atmosfera e pelos sons da cidade, a entrar naquela casa que se assemelhava a um cativeiro voluntário, para sentar-se e conversar com seu recluso incompreensível. E Poole, claro, não trouxe nenhuma notícia agradável para compartilhar com o advogado. Parecia que o doutor, mais do que nunca, havia se recolhido ao laboratório, onde às vezes até mesmo dormia. Vivia deprimido, falava muito pouco e não lia mais nada, como se a mente sempre estivesse ocupada por outra coisa. O sr. Utterson acostumou-se tanto àqueles relatórios, sempre tão parecidos, que pouco a pouco diminuiu a frequência das visitas.

O INCIDENTE NA JANELA

Em um domingo, quando o sr. Utterson passeava como de costume com o sr. Enfield, aconteceu de os dois passarem mais uma vez por aquela ruela e, ao chegarem diante da porta, pararem para observá-la.

– Bem – disse Enfield –, parece o fim daquela história. Acho que nunca mais vamos ouvir falar do sr. Hyde.

– Espero que não – concordou o advogado. – Cheguei a lhe dizer que, ao vê-lo, vivenciei o mesmo sentimento de repulsa que você?

– Era impossível não se sentir assim – retrucou Enfield. – Aliás, você deve ter me achado um estúpido, pois nem sequer havia percebido que esta era a entrada dos fundos da casa do dr. Jekyll! De certo modo, graças a você encontrei esse lugar.

– Então descobriu que é aqui mesmo? – Perguntou Utterson. – Nesse caso, vamos ao pátio dar uma olhada nas janelas. Para dizer a verdade, o pobre Jekyll me preocupa; sinto como se a presença de um amigo fosse lhe fazer bem, mesmo estando aqui fora.

O ar do pátio estava bem fresco, um pouco úmido e envolto por um crepúsculo prematuro, apesar do céu claro com o pôr do sol. Das três janelas, só a do meio estava entreaberta, e sentado próximo a ela, tomando ar com o semblante carregado de uma tristeza infinita, feito um prisioneiro inconsolável, Utterson viu o dr. Jekyll.

– Olá? Jekyll! – Ele gritou. – Espero que esteja melhor.

– Estou péssimo, Utterson – respondeu o doutor, melancólico –, péssimo. Mas essa situação não se prolongará, graças a Deus.

– Você fica muito dentro de casa – disse o advogado. – Deveria sair, gastar um pouco de energia como o sr. Enfield e eu; aliás, este é o meu primo, sr. Enfield. Vamos lá! Pegue seu chapéu e venha dar uma volta conosco.

– Você é muito gentil – suspirou o outro. – Eu adoraria, mas não. Não, não, é impossível. Não arrisco. No entanto, Utterson, fico feliz em vê-lo. É realmente um grande prazer, e até convidaria você e o sr. Enfield para subir, se o lugar não estivesse uma bagunça.

– Ora – disse o advogado, amavelmente –, então a melhor coisa é ficarmos aqui mesmo; vamos conversar.

– É bem isso que eu pensava em propor – comentou o doutor, com um sorriso; entretanto, mal havia acabado de falar quando o sorriso desapareceu, dando lugar a uma expressão tão horrenda de terror e desespero que gelou o sangue dos dois cavalheiros no pátio. Vislumbraram a transformação apenas por um segundo, antes de a janela ser fechada abruptamente, mas o suficiente para que saíssem daquele pátio em absoluto silêncio. Também em silêncio percorreram a travessa, e só depois que chegaram a uma via principal próxima, onde mesmo em um domingo se via algum movimento, o sr. Utterson finalmente se voltou e encarou o companheiro. Ambos pálidos, o horror estampado nos olhares.

– Que Deus nos perdoe. Que Deus nos perdoe! – Exclamou o sr. Utterson.

O sr. Enfield apenas meneou a cabeça, assentindo seriamente, e continuaram a caminhada mais uma vez em silêncio.

A ÚLTIMA NOITE

Em uma noite qualquer, o sr. Utterson, sentado à beira do fogo, foi surpreendido pela visita de Poole.

– Deus, Poole, o que o traz aqui? – bradou, e então prestou atenção à expressão do homem. – Que aflição é essa? O doutor está mal?

– Sr. Utterson – disse ele –, alguma coisa errada está acontecendo.

– Sente-se; tome aqui uma taça vinho – retrucou o advogado. – Tente se acalmar; diga-me o que ocorreu.

– O senhor bem conhece o doutor – começou Poole –, e sabe como às vezes ele se isola. Bem, trancou-se de novo no gabinete, e essa situação me preocupa muito. Sr. Utterson, estou com medo.

– Ora, meu caro – disse o advogado –, seja mais claro. Sente medo do quê?

– Faz quase uma semana que vivo com medo – respondeu Poole, desviando-se da pergunta –, e não aguento mais.

O aspecto do homem refletia suas palavras; comportava-se de um jeito estranho e, exceto pelo momento em que anunciou seu terror, não olhara o advogado nos olhos nem uma única vez. Mesmo ali, repousava nos joelhos a taça de vinho intocada, o olhar fixo em um canto do aposento.

– Não aguento mais – repetiu.

– Bem – disse o advogado –, vejo que tem seus motivos, Poole. É óbvio que algo sério está acontecendo. Tente me explicar a questão.

– Acredito que houve um crime – afirmou Poole, rouco.

– Um crime? – Exclamou o advogado, um pouco assustado e, em consequência disso, propenso à irritação. – Que crime? O que quer dizer?

– Não arrisco ir além, senhor – respondeu Poole. – Poderia me acompanhar e ver por si mesmo?

O sr. Utterson, sem emitir qualquer comentário, levantou-se para pegar o chapéu e o sobretudo, impressionado com a expressão de alívio no rosto do mordomo, e só então notou que o homem não havia provado o vinho quando deixou a taça para segui-lo.

Era uma noite fria e tempestuosa, típica de março, uma lua pálida repousava em meio a nuvens diáfanas feito véus, como se o vento a tivesse tombado ali. A ventania não apenas dificultava a conversa, mas também agitava o sangue sob a pele. Parecia que varrera as ruas, deixando-as limpas da presença de qualquer pessoa, e o sr. Utterson percebeu que nunca vira aquela parte de Londres tão deserta. No entanto, gostaria que fosse uma noite diferente; nunca tivera tanta consciência de um desejo puro de ver e tocar seus semelhantes, pois, por mais que se esforçasse contra os próprios pensamentos, pressentia a chegada de uma calamidade.

Na praça, quando lá chegaram, havia tão somente vento e poeira, e as árvores magricelas no jardim se açoitavam ao longo das grades. Poole, que por todo o caminho mantivera-se um ou dois passos à frente, parou de repente no meio da rua e, apesar do tempo ruim, tirou o chapéu e secou a testa usando um lenço vermelho. Porém, apesar de caminhada tão apressada, não eliminava o suor do cansaço, e sim, de uma angústia sufocante, pois o rosto estava lívido e a voz, quando falou, áspera e frágil:

– Bem, senhor, aqui estamos, e que Deus nos livre de que haja algo errado.

– Amém, Poole – concordou o advogado.

Em seguida, o homem bateu à porta de modo bastante comedido; ela se entreabriu e estancou, presa pela corrente, e uma voz perguntou lá de dentro:

– É você, Poole?

– Está tudo bem – assegurou o homem. – Abra a porta.

Ao entrarem, viram o salão bastante iluminado, o fogo alto e bem abastecido e, em torno da lareira, todos os serviçais, homens e mulheres, unidos feito um rebanho de ovelhas. Com a entrada do sr. Utterson, uma das criadas começou a chorar histericamente; a cozinheira, exclamando "Santo Deus! É o sr. Utterson!", correu ao encontro dele como se fosse abraçá-lo.

– O que aconteceu? Por que estão todos reunidos aqui? – Perguntou o advogado, contrariado. –Sem dúvida, um comportamento bem inadequado. Seu patrão não vai ficar feliz diante disso.

– Estão todos com medo – explicou Poole.

Seguiu-se um silêncio vazio, e ninguém protestou, apenas a criada chorando ainda mais alto.

– Feche a boca! – Poole ralhou com ela, de um modo tão feroz que apenas atestou os próprios nervos à flor da pele. Assim que a garota elevou de repente o tom da lamentação, todos pararam e olharam para a porta interna, nos rostos carregados uma expectativa pavorosa. – E agora – continuou o mordomo, dirigindo-se ao garoto que ajudava na cozinha –, traga uma vela, e vamos lidar com isso de uma vez. – Então, pediu ao sr. Utterson que o seguisse até o jardim nos fundos da casa. – Bem, senhor – disse –, venha em silêncio. Quero que escute, mas sem ser percebido. E se por acaso acontecer de ele pedir-lhe que entre, não o faça.

Os nervos do sr. Utterson, surpreso pelo aviso, tremeram de tal modo que ele quase se descompensou, mas conseguiu retomar a coragem e seguiu o mordomo pelo laboratório, através da sala de operações, passando por montes de caixas de garrafas até alcançarem o pé da escada. Ali, Poole gesticulou para que o advogado parasse em um dos lados e escutasse, enquanto ele próprio, abaixando a vela e claramente tentando se acalmar, subiu os degraus e, meio indeciso, bateu no tecido vermelho da porta do gabinete.

– É o sr. Utterson pedindo para vê-lo – avisou, e logo em seguida gesticulou ainda mais violentamente para o advogado ouvir a resposta.

Uma voz lá de dentro respondeu em tom de reclamação:

– Diga a ele que não posso ver ninguém.

– Obrigado, senhor – agradeceu Poole; na voz, um quê de triunfo. Levantando a vela, conduziu o sr. Utterson de volta pelo pátio até a espaçosa cozinha, onde o fogo estava apagado e baratas corriam pelo chão. – Senhor – disse, olhando o advogado nos olhos –, aquela era a voz do meu mestre?

– Parecia muito alterada – respondeu o sr. Utterson bastante pálido, mas devolvendo o olhar.

– Alterada? Bem, sim, de fato – confirmou o mordomo. – Será possível que eu me engane em relação à voz dele, depois de vinte anos trabalhando nesta casa? Acredito que não, senhor. A tão conhecida voz se foi, calada há oito dias, quando o ouvimos clamando pelo nome de Deus... E quem quer que esteja lá, e o porquê de ainda estar lá, é uma coisa que clama pelos céus, sr. Utterson!

– Que história estranha, Poole; estranha demais – disse o advogado, mordendo um dedo. – Vamos supor que a explicação esteja mesmo no fato de o dr. Jekyll ter sido... Bem, ter sido morto. Por que o assassino permaneceria ali? A suposição não se sustenta; não faz sentido algum.

– Bem, sr. Utterson, é difícil convencê-lo, mas ainda o farei – afirmou Poole. – Saiba que durante a última semana toda ele, ou aquilo, o que quer que esteja lá no gabinete, clamou dia e noite por algum tipo de remédio, mas nem imagino o quê. Por vezes, ele, o mestre, escrevia seus pedidos em uma folha de papel e a atirava na escadaria. Nada mais aconteceu durante a semana passada; nada além desses papéis, da porta fechada e das refeições que deixávamos ali, recolhidas apenas quando ninguém estava olhando. Bem, senhor, todos os dias, uma, duas ou três vezes, havia pedidos e reclamações, e percorri todos os boticários da cidade. Sempre que eu trazia o que ele solicitava, aparecia outra nota me pedindo que devolvesse, porque não estava puro o bastante, e outro pedido dirigido a um fornecedor diferente. Meu mestre deseja terrivelmente essa droga, senhor, seja lá o que for.

– Você guardou algum desses papéis? – Perguntou o sr. Utterson.

Poole procurou nos bolsos e tirou dali uma nota amassada, cujo conteúdo o advogado, inclinando-se próximo à vela, examinou cuidadosamente. Assim dizia: "Dr. Jekyll apresenta seus cumprimentos aos srs. Maw. Ele garante que a última amostra que lhe enviaram é impura e, dessa maneira, inútil ao seu objetivo. No ano de 18..., dr. J. comprou uma quantidade considerável dos srs. M. Agora ele lhes implora que procurem com toda diligência e cuidado, e, se qualquer quantidade da mesma qualidade ainda existir, que lhe seja encaminhada de imediato. Não importa o custo. É quase impossível se expressar a relevância desse produto ao dr. J". Até então, a caligrafia da carta seguia bastante firme, mas de repente surgiu um espasmo repentino da caneta, evidenciando o descontrole do redator. "Pelo amor de Deus", concluía, "encontrem-me mais da amostra anterior."

– Um texto bastante estranho – disse o sr. Utterson. E depois, continuou em um tom severo: – Por que está com você, assim aberto?

– O funcionário na loja de Maw estava furioso, senhor, e o atirou em mim como se fosse lixo – respondeu Poole.

– Você tem certeza de que é a caligrafia do doutor, certo? – Perguntou o advogado.

– Achei parecida – respondeu o serviçal, amuado antes de mudar o tom. – Mas de que importa a caligrafia? Eu o vi!

– Viu? – Indagou o sr. Utterson. – E então?

– Vi! – reiterou Poole. – Foi assim: saí do jardim e entrei repentinamente na sala de operações. Acredito que ele tenha escapulido para procurar a droga ou o que seja, porque a porta do gabinete estava aberta, e então o vi no fundo da sala, vasculhando as caixas. Olhou para mim quando entrei, emitiu uma espécie de guincho e subiu correndo as escadas até o gabinete. Um vislumbre apenas, mas que bastou para me deixar arrepiado. Senhor, se era meu mestre, por que usava uma máscara? Se era meu mestre, por que guinchou feito um rato e fugiu de mim? Trabalho com ele há tanto tempo. E agora... – O homem parou e passou a mão no rosto.

– São circunstâncias muito estranhas – disse o sr. Utterson –, mas acho que estou começando a entender. Seu mestre, Poole, claramente sofre de um daqueles males que deformam e torturam a vítima, por isso, pelo que entendo, a alteração da voz; por isso a máscara e o afastamento dos amigos; por isso a ansiedade em encontrar a droga, afinal aquela pobre alma ainda tem alguma esperança de se recuperar... Que Deus permita que ele não esteja enganado! É assim que consigo explicar... Ah, é triste demais, Poole, e terrível se cogitar, mas sem dúvida uma explicação simples e natural, que faz sentido e se sustenta, e que afasta temores mais exacerbados.

– Senhor – disse o mordomo, empalidecendo –, aquela coisa não era meu mestre, é essa a verdade. – E então, olhou ao redor e começou a sussurrar: – Meu mestre é um homem alto e de boa postura, e aquilo mais parecia um homúnculo. – O sr. Utterson tentou protestar. – Ah, senhor – reclamou Poole –, acredita mesmo que eu não reconheceria meu mestre depois de vinte anos? Acredita que não sei a que altura a cabeça dele passa pela porta do gabinete, quando o vi todas as manhãs de minha vida? Não, senhor, aquela coisa mascarada nunca foi o dr. Jekyll; Deus sabe o que era, mas jamais o dr. Jekyll. E, do fundo do meu coração, acredito que seja o caso de um homicídio.

– Poole – começou o advogado –, se ocorreu o que diz, é meu dever confirmar. Por mais que eu queira poupar os sentimentos do seu mestre, e por mais que esteja perplexo com o fato de que o bilhete parece confirmar que ele continua vivo, é meu dever arrombar aquela porta.

– Ah, sr. Utterson, é assim que se fala! – Exclamou o mordomo.

– E agora, temos a segunda questão – retrucou o sr. Utterson. – Quem vai fazer isso?

– Ora, o senhor e eu – respondeu Poole, destemido.

– Muito bem dito – afirmou o advogado. – E não importa o que aconteça, vou garantir que você não será prejudicado.

– Há um machado na sala de operações – explicou Poole –, e o senhor pode pegar o atiçador de fogo da cozinha.

O advogado pegou o instrumento rude e pesado e o balançou.

– Sabe, Poole – disse, olhando para cima –, que estamos prestes a nos colocar numa posição arriscada?

– Pode-se dizer que sim, senhor – respondeu o mordomo.

– Então, é melhor que sejamos francos – disse o outro. – Nós dois pensamos também em mais coisas; sejamos sinceros. Você reconheceu a figura mascarada?

– Bem, senhor, foi tão rápido e a criatura estava tão retorcida que não tenho certeza. Mas se quer dizer que... Era o sr. Hyde? Bem, sim, acho que era! Tinha mais ou menos a mesma altura, o mesmo jeito ligeiro e indistinto e, além disso, quem mais entraria pela porta do laboratório? O senhor se lembra de que ele ainda tinha uma chave quando o assassinato aconteceu? E não é só isso. Não sei, sr. Utterson... Já se encontrou com o tal sr. Hyde?

– Sim – afirmou o advogado. – Falei com ele uma vez.

– Então, deve concordar com o restante de nós: havia algo estranho naquele cavalheiro. Algo perturbador; não sei como explicar, senhor; era uma coisa que dava um frio na espinha.

– Admito que senti algo parecido com o que descreve – afirmou o sr. Utterson.

– Exatamente, senhor – confirmou Poole. – Bem, quando a coisa mascarada saltou feito um macaco entre os produtos químicos e disparou até o gabinete, senti meus ossos gelarem. Veja, sei que não é evidência, sr. Utterson, sou letrado o bastante para saber disso, mas ainda assim tenho minha intuição, e lhe dou minha palavra, pelo livro sagrado, de que era o sr. Hyde!

– Ai, ai! – Exclamou o advogado. – Meus temores também seguem o mesmo caminho. Eu temia que esse mal viesse à tona: alguma coisa maligna estabeleceu-se pela conexão entre os dois. Ai, sim, acredito em você; acredito que o pobre Harry tenha sido morto, e que seu assassino continua à espreita nos aposentos da vítima, ainda que só Deus saiba os propósitos. Bem, seremos os agentes da vingança. Chame Bradshaw.

O criado do dr. Jekyll veio rápido, nervoso e muito pálido.

– Recomponha-se, Bradshaw – disse o advogado. – Sei que este suspense está pesando sobre todos vocês, mas pretendemos colocar um fim nele. Poole e eu vamos entrar no gabinete à força. Se tudo correr bem, tenho costas largas o bastante para levar a culpa. Enquanto isso, se alguma coisa sair do controle, ou se qualquer malfeitor tentar escapar pelos fundos, você e o rapazinho da cozinha deverão pegar um bom par de bastões, virar a esquina e esperar na porta do laboratório. Vamos lhes dar dez minutos para assumirem seus postos.

Quando Bradshaw saiu, o advogado olhou para seu relógio.

– E agora, Poole, vamos nos posicionar – disse e, colocando o atiçador sob o braço, caminhou à frente até o pátio. Nuvens ligeiras escondiam a Lua, e estava bastante escuro. O vento, que atingia em lufadas e correntes de ar aquela residência sombria, agitava a chama da vela enquanto caminhavam, até que se posicionaram sob o abrigo da sala de operações, onde se sentaram em silêncio para esperar. Londres zumbia solene, à distância, por todo lado. Ali perto, entretanto, sons de passos em constante vaivém ao longo do piso do gabinete quebravam a quietude.

– Aquela coisa anda o dia inteiro, senhor – sussurrou Poole –, e boa parte da noite. Só quando chega uma nova amostra do boticário há uma pausa. Oh, é a maldade na consciência que transforma o descanso num inimigo! Ai, senhor, sangue cruelmente se derrama a cada passo daquela coisa! Ouça de novo, um pouco mais de perto; ouça com o coração, sr. Utterson, e me diga: o doutor caminha desse modo?

Os passos leves e estranhos, com certa oscilação, percorriam o espaço em ritmo lento, um som muito diferente da caminhada pesada e audível de Henry Jekyll. Utterson suspirou.

– E mais nada acontece? – Perguntou.

Poole assentiu.

– Uma vez – disse. – Uma vez ouvi a coisa chorando!

– Chorando? Como assim? – Indagou, consciente de um súbito arrepio de horror.

– Chorando como uma mulher ou uma alma perdida – explicou o mordomo. – Fiquei tão sensibilizado que poderia ter chorado junto.

Então, os dez minutos findaram. Poole desenterrou o machado escondido em um monte de palha e colocou a vela sobre a mesa mais próxima, para iluminá-los na hora do ataque. Prenderam a respiração quando mais próximos de onde os passos pacientes ainda iam e vinham, iam e vinham na calada da noite.

– Jekyll! – Gritou Utterson. – Exijo vê-lo. – Fez uma pausa, esperando em vão uma resposta. – Estou avisando; estamos com muitas suspeitas, e preciso vê-lo – continuou. – Se não for pelo bem, que seja pelo mal... E se não for do seu consentimento, que seja por força bruta!

– Utterson – disse a voz. – Pelo amor de Deus, tenha piedade!

– Ah, não é a voz de Jekyll! – Exclamou o sr. Utterson. – É de Hyde! Arrebente a porta, Poole!

Poole brandiu o machado por sobre o ombro em um golpe que, além de abalar o batente, fez a porta com tecido vermelho rebater nas dobradiças e na tranca. Um guincho deplorável, um terror animalesco, ressoou do gabinete. Mais uma vez, o machado golpeou a porta, e mais uma vez os painéis de madeira racharam e o batente balançou. Mais quatro golpes, sem resultado na madeira resistente da porta muito bem trabalhada; só no quinto golpe a tranca cedeu e os destroços da porta despencaram no piso.

Os invasores, surpresos com a própria violência e a quietude que a sucedeu, pararam por um momento e espiaram lá dentro. Vislumbraram o gabinete sob a luz tranquila do candeeiro, com um belo fogo crepitando na lareira, a chaleira assoviando baixinho, uma ou outra gaveta aberta, papéis muito bem organizados sobre a escrivaninha e, próximos ao fogo, utensílios dispostos para um chá. Seria possível afirmar que o aposento, ignorando-se os armários de produtos químicos, era a coisa mais comum daquela noite em Londres.

E ali, bem no meio, jazia o corpo de um homem severamente retorcido e ainda com espasmos. Os dois homens aproximaram-se nas pontas dos pés, viraram-no de costas e contemplaram o rosto de Edward Hyde. Usava roupas grandes demais para ele, do tamanho do doutor; os músculos do rosto ainda se moviam, apesar da vida extinta, e pelo frasco estilhaçado na mão e o odor intenso de amêndoas no ar,[3] Utterson compreendeu que ali estava o corpo de um suicida.

– Chegamos tarde demais – disse em tom severo. – Tanto para salvá-lo como para puni-lo. Hyde pagou seu preço; só nos resta encontrar o corpo de Jekyll.

A maior parte da construção era ocupada pela sala de operações, que preenchia quase todo o andar térreo e iluminava-se de cima, e pelo gabinete com vista para o pátio, o qual formava um andar superior em uma extremidade. Um corredor ligava a sala à porta

---

3   O cheiro de amêndoas refere-se a cianeto, substância venenosa cujo odor se assemelha ao da amêndoa amarga. (N.T.)

na ruela, e o gabinete conectava-se a ele separadamente, por um segundo lance de escadas. Além disso, havia alguns armários escuros e um porão espaçoso, e os homens examinaram todo o espaço meticulosamente. Com um só olhar investigavam cada armário, pois estavam todos vazios, e, pelo pó que se acumulara nas portas, fechados havia muito tempo. No porão, muito entulho, parte dele dos tempos do cirurgião que precedera Jekyll ali; ao abrirem a porta, logo perceberam a inutilidade de procurar alguma coisa naquele ambiente cuja entrada recobria-se por um perfeito tapete de teias de aranha. Nenhum sinal de Henry Jekyll, vivo ou morto.

Poole bateu os pés nos ladrilhos de pedra do corredor.

– Ele deve estar enterrado aqui – disse, prestando atenção ao som produzido.

– Ou talvez tenha fugido – comentou Utterson, que se virou para examinar a porta da ruela. Estava trancada, e perto dali, no chão, encontrou uma chave já meio enferrujada. – Não parece ter sido usada – observou o advogado.

– Usada? – Ecoou Poole. – Não percebe, senhor, que está quebrada? Como se tivesse sido pisoteada por alguém?

– Ah – continuou Utterson –, também há ferrugem onde foi quebrada. – Os dois se entreolharam com espanto. – Essa situação ultrapassa minha capacidade de chegar a alguma conclusão, Poole – disse o advogado. – Vamos voltar ao gabinete.

Subiram a escada em silêncio e, lançando um olhar assombrado e ocasional ao cadáver, continuaram a examinar minuciosamente o que havia no aposento. Em uma mesa, vestígios de trabalhos com química, vários montinhos de algum tipo de sal branco, medidos sobre alguns pires de vidro, como se preparados para um experimento que o infeliz ainda iria realizar.

– Esta é a mesma droga que eu sempre trouxe a ele – disse Poole e, conforme falava, a chaleira fez um barulho assustador quando a água começou a ferver.

Movidos pelo ruído, ambos se aproximaram da lareira da qual jazia confortavelmente próxima a cadeira de descanso, com o aparelho de chá pronto e acessível a quem se sentasse ali, e até mesmo o açúcar já na xícara. Havia uma estante com muitos livros, um deles aberto ao lado dos utensílios do chá, e o sr. Utterson ficou perplexo ao descobrir que tratava-se da obra religiosa pela qual Jekyll já havia expressado grande estima diversas vezes, repleta de anotações, na verdade blasfêmias pavorosas, na caligrafia do próprio doutor.

Depois disso, enquanto revistavam o aposento, os dois pararam diante do espelho de chão cujas profundezas encararam com um horror involuntário. No entanto, o objeto, de tão inclinado, revelou-lhes apenas a dança de luzes no teto, com o fogo brilhando em centenas de repetições, tanto pelas portas de vidro dos armários quanto nos próprios semblantes pálidos e temerosos dos homens inclinados para observar.

– Este espelho tem visto coisas muito estranhas, senhor – sussurrou Poole.

– Certamente nada mais estranho que ele próprio – ecoou o advogado no mesmo tom. – Por que Jekyll iria... – Então, parou o que estava prestes a dizer, prosseguindo só depois de retomar o autocontrole: – O que Jekyll iria querer com isso?[4]

– É de se perguntar mesmo, senhor – concordou Poole.

Seguiram, então, até a escrivaninha. Sobre a mesa, entre os papéis organizados, destacava-se um grande envelope onde se lia, na letra do doutor, o nome do sr. Utterson. Assim que o advogado removeu o selo, vários anexos caíram no chão. O primeiro, um documento com as últimas intenções de Jekyll, fora redigido com os mesmos termos excêntricos que aquele devolvido seis meses antes, para servir de testamento em caso de morte e de atestado de doação em caso de desaparecimento. Entretanto, em vez do nome de Edward Hyde, o advogado leu, com assombro indescritível, o nome de Gabriel John Utterson. Seu olhar voltou-se a Poole, depois ao documento, e por fim ao malfeitor morto e estirado no chão.

---

4   O estranhamento de Utterson em relação ao espelho também se explica em função da época em que a obra foi escrita. Além de não fazer muito sentido em um escritório, o objeto também poderia incorporar certa conotação de decadência por habitualmente ser encontrado em quartos de estalagem, lugares comuns para casais que se encontravam às escondidas. (N.T.)

– Minha cabeça está dando voltas – disse. – Ele viveu descontrolado todos esses dias... Sem qualquer motivo para gostar de mim. Apesar de talvez furioso ao ver seu nome trocado pelo meu, não destruiu o documento.

O sr. Utterson pegou o próximo anexo, um bilhete com a caligrafia do doutor, a data no cabeçalho.

– Ah, Poole! – exclamou. – Ele esteve aqui, vivo, hoje mesmo! É impossível que o outro tenha se livrado dele tão rápido; ainda deve estar vivo, deve ter fugido! Mas então... por que fugiu? E como? E, nesse caso, podemos nos arriscar a dizer que isso foi mesmo um suicídio? Ah, devemos ser cuidadosos. Não queremos envolver seu mestre em alguma catástrofe terrível.

– Por que não lê o bilhete, senhor? – Perguntou Poole.

– Porque estou com medo – respondeu o advogado, em tom grave. – Que Deus me permita não haver motivo para isso! – E em seguida, ergueu o bilhete e leu o seguinte:

> "Meu caro Utterson, quando este texto estiver em suas mãos, já terei desaparecido, embora eu não tenha capacidade de prever em que condições, mas meu instinto e todas as circunstâncias da minha situação inominável me dizem que o fim com certeza se aproxima. Vá e, antes de mais nada, leia o relato que Lanyon me disse que lhe entregaria; se quiser saber mais, leia também a confissão do seu indigno e infeliz amigo,
>
> HENRY JEKYLL"

– Havia um terceiro anexo? – Perguntou o sr. Utterson.

– Aqui, senhor – respondeu Poole, e entregou-lhe um pequeno pacote, selado em diversas partes.

O advogado colocou-o no bolso.

– Melhor não falar nada sobre esse documento. Se seu mestre fugiu ou morreu, cabe-nos pelo menos salvar sua reputação. Agora são dez horas; preciso ir até minha casa e ler tudo isso com calma, mas devo voltar antes da meia-noite, quando chamaremos a polícia.

Eles saíram, trancando a porta da sala de operações, e o advogado, deixando uma vez mais os empregados reunidos em torno do fogo no salão, caminhou penosamente até seu escritório e leu as duas narrativas que, enfim, explicariam aquele mistério.

O RELATO DO DR. LANYON

Em 9 de janeiro, quatro dias atrás, recebi pelo correio da noite um envelope registrado cujos nomes do remetente e do destinatário apareciam na caligrafia do meu colega e antigo companheiro de estudo, Henry Jekyll. Surpreendi-me, pois não tínhamos o hábito de trocar correspondências. Eu havia encontrado o homem, na verdade até jantado com ele, na noite anterior... e não conseguia imaginar em nossa conversa nada que justificasse a formalidade de uma carta registrada. O conteúdo acentuou meu espanto, porque a mensagem assim seguia:

"9 de janeiro de 18...
Caro Lanyon,
Você é um dos meus amigos mais antigos, e, ainda que tenhamos divergido algumas vezes em questões científicas, sou incapaz de me lembrar de qualquer conflito em nossa afeição, ao menos da minha parte. Nunca houve um dia em que, se você dissesse 'Jekyll, minha vida, minha honra e minha sanidade dependem de você', eu não teria estendido minha mão esquerda para ajudá-lo. Lanyon, minha vida, minha honra e minha sanidade dependem de você. Caso falhe comigo esta noite, estarei perdido. Deve supor, após este prefácio, que lhe pedirei algo desonroso. Julgue por si mesmo.
Quero que adie quaisquer outros compromissos desta noite, mesmo que esteja no leito de morte de um imperador. Peça um carro, a menos que sua carruagem já esteja pronta, e,

com esta carta em mãos para consulta, dirija-se diretamente à minha casa. Como Poole, meu mordomo, já sabe o que fazer, estará à sua espera com um chaveiro. A porta do meu gabinete deverá ser aberta à força, e você entrará sozinho. Abra a porta esquerda do armário de vidro (letra E), quebrando o cadeado caso esteja trancado. Retire de lá a quarta gaveta (de cima para baixo, a terceira de baixo para cima), com tudo o que estiver nela. Minha mente perturbada me desperta um pavor mórbido de lhe dar instruções erradas, mas, mesmo se eu estiver enganado, saberá identificar a gaveta certa pelo conteúdo: alguns pós, um frasco e um caderno. Imploro-lhe que a leve com você, exatamente como ela estiver, até a praça Cavendish.

Eis a primeira parte do trabalho... Vamos agora à segunda. Você precisa estar de volta bem antes da meia-noite, caso saia assim que receber esta mensagem; dou-lhe essa boa margem de tempo não apenas por medo de obstáculos imprevisíveis, ou impossíveis de serem evitados, mas também porque é preferível que aja em um horário com os criados já recolhidos. À meia-noite, então, peço-lhe que esteja sozinho em seu consultório, e que receba em sua casa um homem que se apresentará com o meu nome; entregue-lhe a gaveta do meu gabinete. Assim, terá cumprido sua parte, e receberá minha mais completa gratidão. Cinco minutos depois, se quiser alguma explicação, entenderá que esse planejamento todo é de suma importância, e que, se negligenciar qualquer dos passos, por mais fantásticos que pareçam, carregará consigo o peso da minha morte ou do naufrágio da minha sanidade.

Por mais confiante que eu esteja de que não vai menosprezar meu apelo, sinto um aperto no coração, e minhas mãos tremem diante dessa possibilidade. Pense em mim neste momento em uma posição estranha, trabalhando sob a escuridão de uma angústia que não pode ser exagerada, mas ainda ciente de que, se você me ajudar, meus problemas vão desaparecer como se fossem uma mera história a ser contada. Ajude-me, meu caro Lanyon, e salve-me.

Seu amigo,

H. J.

P. S.: A carta já estava selada quando um novo terror assolou-me a alma. É possível que o correio me decepcione e que esta não chegue em suas mãos até amanhã de manhã. Neste caso, caro Lanyon, faça o que lhe peço no momento mais conveniente a você ao longo do dia, e mais uma vez espere meu mensageiro à meia-noite. Talvez aí já seja tarde demais; caso outra noite passe sem que nada aconteça, saiba que foi a última vez que teve notícias de Henry Jekyll."

Ao ler a carta, mesmo com a certeza de que meu colega havia enlouquecido, eu me senti impelido a fazer o que ele havia pedido. Quanto menos eu entendesse esse emaranhado, menos estaria em uma posição de julgar sua importância, e não poderia ignorar um apelo tão enfático sem pensar na minha responsabilidade. Levantei-me, peguei uma carruagem e fui direto à casa de Jekyll. O mordomo me esperava; havia recebido pelo mesmo correio da noite uma carta registrada com instruções, e chamara um chaveiro e um carpinteiro. Os homens chegaram quando estávamos conversando, e fomos todos até a sala de cirurgia do dr. Denman, onde (você está bastante ciente, sem dúvida) fica o gabinete particular de Jekyll. A porta era muito pesada, e a tranca, excelente; o carpinteiro admitiu que teria bastante trabalho, e que causaria danos caso precisasse usar a força. O chaveiro, ainda que à beira do desespero, era muito habilidoso, assim, depois de duas horas, completou o serviço. O armário marcado com a letra E estava destrancado. Peguei a gaveta, cobri-a com palha, embrulhei-a com um papel e voltei à praça Cavendish.

Então, comecei a examinar o conteúdo. Os pós estavam separados em medidas, mas sem os cuidados precisos de um boticário, evidenciando que eram criação particular de Jekyll. E quando abri um dos embrulhos, encontrei o que parecia um simples sal branco e cristalino. Percebi que o frasco estava cheio até a metade com um líquido vermelho-sangue de odor muito pungente, no qual parecia haver fósforo e algum éter volátil. Não consegui identificar os outros elementos. O caderno, uma caderneta pautada comum, pouco mais registrava do que uma série de datas abrangendo um período de muitos anos, as quais haviam cessado quase um ano antes, de maneira abrupta. Aqui e ali uma anotação acompanhava alguma data, geralmente apenas uma palavra, "dobro", seis vezes em meio a centenas de entradas, uma delas bem no princípio da lista, seguida por vários pontos de exclamação: "Falha total!!!". Ainda que as ocorrências atiçassem minha curiosidade, não me diziam nada, resumindo-se a um frasco com algum sal e ao registro de uma série de experimentos sem utilidade prática (como muitas das investigações de Jekyll). Como a presença desses artefatos em minha casa poderiam afetar a honra, a sanidade ou a vida do meu errático colega? Se seu mensageiro poderia ir até um lugar, por que não poderia ir a outro? E mesmo que houvesse algum impedimento, por que eu teria de receber o sujeito em segredo? Quanto mais pensava, mais me convencia de que estava lidando com uma doença mental; como havia dispensado meus criados pela noite, deixei um velho revólver carregado, no caso de precisar me defender.

A décima segunda badalada mal havia silenciado sobre Londres quando as batidas da aldrava soaram suaves na porta. Levantei-me para atender, e encontrei um homenzinho agachando-se contra os pilares do pórtico.

– Está aqui pelo dr. Jekyll? – Perguntei.

Ele me disse "sim" em um gesto contido; quando lhe pedi que entrasse, olhou sobre o ombro para a escuridão da praça atrás dele. Um policial não muito distante caminhava com uma lanterna acesa e, ao vê-lo, acredito que meu assustado visitante tenha se apressado ainda mais.

Confesso que tais coisas me soaram bastante condenáveis; assim, conforme o seguia pela luz clara do consultório, mantive a mão na arma, pronto para usá-la. Ali dentro, enfim, consegui vê-lo claramente. Tinha certeza de que nunca o havia visto antes. Era baixo, como comentei, e desconcertou-me a expressão chocante daquele rosto, com uma mescla notável de intensa atividade muscular e aparente debilidade. Por último, mas não menos importante, a perturbação estranha e subjetiva que a presença do homem causava. Senti como se fosse um arrepio, e as batidas de meu coração pareceram desacelerar. Naquele momento, entendi a repulsa como uma aversão pessoal, uma idiossincrasia, e só estranhei a intensidade dos sintomas. Entretanto, desde então tenho motivos para acreditar que a causa se entranhe na natureza humana, baseada em um instinto mais nobre do que apenas repulsa.

A pessoa, que, desde o momento em que entrara, me afetara com o que só consigo descrever como uma curiosidade perturbadora, vestia-se de um modo que seria risível em alguém comum: as roupas, ainda que de tecido refinado, eram enormes, em todos os sentidos; as calças, balançando em volta das pernas, estavam enroladas para não arrastarem no chão, a cintura do casaco passava do quadril, e a gola aberta cobria-lhe os ombros. Estranho dizer, mas o traje ridículo não me fez rir. Em vez disso, parecia emanar algo de anormal e sórdido da essência daquela criatura que me encarava, algo invasivo, surpreendente e revoltante, e tal disparidade adequava-se a ela, e até a reforçava. Portanto, além do meu interesse na natureza e no caráter do homem, eu me senti curioso em relação à sua origem, sua vida, sua sorte e sua posição no mundo.

Essas observações, ainda que se alonguem na escrita, ocorreram em poucos instantes. Meu visitante, de fato, exalava uma agitação sombria.

– Você pegou? – Ele perguntou. – Você pegou? – E tanta impaciência o levou até mesmo a agarrar meu braço para me chacoalhar.

Eu o afastei, consciente de meu sangue gelando logo que me tocou, e disse:

– Acalme-se, senhor. Esqueceu que ainda não tive o prazer de conhecê-lo? Sente-se, por favor. – E como exemplo, sentei-me no lugar habitual de uma consulta e tentei agir normalmente por mais que fosse tarde, por mais que estivesse preocupado e por mais horror que meu visitante me causasse.

– Peço-lhe perdão, dr. Lanyon – ele retrucou de modo educado. – Suas palavras fazem todo sentido, e minha impaciência antecipou-se a minha educação. Venho aqui representando seu colega, o dr. Henry Jekyll, para tratar de um assunto importante, e entendo que... – Ele parou, colocou a mão na garganta, e percebi, apesar de seus modos contidos, que beirava a histeria. – Entendo que... Uma gaveta...

Nesse momento, senti pena da apreensão do visitante, e talvez da minha curiosidade crescente.

– Aqui, senhor – eu disse, apontando para a gaveta que estava no chão, atrás de uma mesa e ainda coberta com o papel.

O homem saltou até ela, mas logo parou e colocou a mão no peito; ouvi os dentes dele chocarem-se com a ação convulsiva das mandíbulas, e a expressão medonha no rosto me fez temer por sua vida, por sua sanidade.

– Acalme-se – pedi.

Ele me olhou com um sorriso macabro e, como se agindo por desespero, arrancou o papel da gaveta. Ao ver o conteúdo, gemeu tão alto, tamanho seu alívio, que fiquei petrificado. E no instante seguinte, com a voz já mais controlada, perguntou:

– Você tem um copo graduado?

Levantei-me com esforço e entreguei-lhe o que pedia.

O homem me agradeceu com um sorriso, mediu algumas gotas do líquido vermelho e adicionou nele um dos pós. À medida que os cristais da mistura avermelhada dissolviam, ela começou a clarear, a efervescer audivelmente e a fumegar pequenos vapores. De repente, e ao mesmo tempo, a ebulição cessou, e o composto mudou para uma cor roxa-escura, que mudou mais uma vez, e devagar, até chegar a um verde aguado. Meu visitante, que observava essas metamorfoses com vivacidade, sorriu, colocou o copo sobre a mesa e então se virou e me encarou com um ar de escrutínio.

– E agora – disse ele –, para resolver o que resta a ser feito. Você será prudente? Será sensato? Vai me permitir pegar este copo e sair da sua casa sem mais delongas? Ou não conseguirá controlar a ganância da curiosidade? Pense antes de responder, pois de sua decisão dependem os acontecimentos futuros. Você poderá continuar como antes, nem mais rico, nem mais sábio, exceto se ajudar um homem mortalmente perturbado possa ser considerado uma espécie de riqueza, ainda que espiritual. Ou então, se preferir, um novo domínio do conhecimento e novos caminhos para a fama e o poder poderão se abrir para você, nesta sala e neste momento, e será arrebatado por um prodígio digno de abalar a incredulidade do próprio Satanás.

– O senhor – eu comecei, forçando uma calma que inexistia – fala em enigmas, e talvez não estranhe o fato de que ouço tudo sem acreditar muito nas suas palavras. Mas estou tão entranhado nesta situação inexplicável que não vou parar antes de ver como terminará.

– Está tudo bem – afirmou meu visitante. – Lanyon, lembre-se do seu juramento: o que acontecerá está sob o segredo de nossa profissão. E agora, você, que por tanto tempo esteve atado às perspectivas mais superficiais e materialistas, você, que negou a virtude da medicina transcendental, você, que zombou de seus superiores... Testemunhe!

O homem pôs o copo nos lábios e bebeu o conteúdo de uma só vez. Seguiu-se um urro; ele curvou-se, cambaleou, agarrou-se à mesa e a segurou, encarando o ambiente com olhos injetados, arquejando com a boca aberta, e então vislumbrei uma mudança: o sujeito pareceu inchar, a pele do rosto de repente escureceu e os traços se mesclaram e se alteraram. No momento seguinte, eu estava em pé e saltei para trás, colando as costas na parede, os braços levantados para me proteger daquele absurdo, a mente submersa em terror.

– Ó, Deus! – Gritei. – Ó, Deus! – De novo e de novo, pois diante dos meus olhos, pálido e abalado, ofegante e tateando o ar como um homem que levantou dos mortos, estava Henry Jekyll!

Não consigo relatar o que ele me contou na hora seguinte. Eu vi o que vi, ouvi o que ouvi, e minha alma adoeceu diante daquilo, e mesmo agora, com tal visão já apagada dos meus olhos, ainda me pergunto se acredito nela, incapaz de responder. Todas as estruturas de minha vida estão abaladas; o sono me deixou; o mais profundo terror acompanha-me dia e noite, e sinto que meus dias estão contados, que preciso morrer, e ainda assim morrerei incrédulo. Não consigo sequer pensar na depravação moral que aquele homem me revelou, mesmo em meio a lágrimas de penitência, sem que seja dominado pelo pavor. Só direi uma coisa, Utterson, e ela (se você puder se convencer disso) será mais que suficiente. Segundo a confissão do próprio Jekyll, a criatura que rastejou até minha casa naquela noite era conhecida pelo nome de Hyde era caçada em todos os cantos como a assassina de Carew.

HASTIE LANYON

O DEPOIMENTO COMPLETO
DE HENRY JEKYLL

Nasci em 18..., herdeiro de uma imensa fortuna e, além disso, dotado de qualidades excelentes, inclinado por natureza ao trabalho, afeiçoado aos bons e sábios entre meus próximos, e assim, como se supõe, com todas as garantias de um futuro honroso e distinto. De fato, a mais grave de minhas falhas estava em certa disposição boêmia e impaciente, que trouxe alegria a muitos, mas, segundo minha própria avaliação, difícil de ser conciliada com meu desejo impreterível de me tornar alguém ajuizado, e de manter uma atitude mais séria diante das pessoas. Sendo assim, acabei por ocultar meus prazeres e, desse modo, após passar anos de reflexão e começar a perceber não apenas meu progresso, mas também meu lugar no mundo, eu já havia incorporado em minha vida uma profunda duplicidade.

Muitos homens ostentariam as irregularidades das quais eu era culpado, mas eu as reconhecia e as ocultava, com uma vergonha quase mórbida das elevadas expectativas a que me destinara. Portanto, em vez de qualquer agravamento de minhas falhas, a natureza exigente das minhas inspirações me fez o que eu era; partiram de mim, com uma trincheira ainda maior que a da maioria dos homens, as províncias do bem e do mal, as quais dividem e compõem a natureza dupla do ser humano. Neste caso, fui levado a refletir profundamente sobre esta dura lei da vida, a que jaz nas raízes da religião e que se transforma em uma das mais abundantes fontes de sofrimento. Apesar de um homem de duas faces, nunca fui hipócrita: meus dois lados viviam na mais absoluta sinceridade.

Quando abandonava o comedimento e mergulhava na vergonha, eu não era menos eu do que ao trabalhar, em pleno dia e às claras, tanto na dedicação ao estudo quanto no alívio da tristeza e do sofrimento. E a direção dos meus estudos científicos, a qual me levou totalmente aos planos místico e transcendental, lançou uma intensa luz sobre a consciência da guerra perene entre as partes do meu ser. A cada dia, e graças às duas faces da minha inteligência, a moral e a intelectual, aproximava-me sempre mais daquela verdade cuja descoberta parcial me assombrava como um naufrágio pavoroso: o homem não é, em verdade, um, e sim, dois. E digo dois porque o estágio do meu conhecimento não ultrapassa esse ponto. Outros vão prosseguir, outros vão me superar, e arrisco supor que o ser humano ainda será conhecido, enfim, como nada menos que um conjunto de habitantes diversos, contraditórios e independentes.

Pela natureza da minha vida, aprofundei os estudos em uma única direção. Assim, por meio do lado moral, e por mim mesmo, aprendi a reconhecer a dualidade completa e primitiva do homem; vi que, pelas duas naturezas que duelavam nos campos da minha consciência, mesmo que fosse possível dizer que eu era uma delas, seria apenas porque eu incorporava, radicalmente, ambas. E desde o princípio, mesmo antes de as minhas descobertas científicas começarem a sugerir a mera possibilidade de tal milagre, eu já havia aprendido a pensar com prazer, como se sonhasse acordado, na ideia da separação desses elementos. Dizia a mim mesmo que, se cada um deles conseguisse sobreviver em identidades separadas, tudo que é insuportável abrandaria a vida: o injusto seguiria seu caminho liberto das aspirações e do remorso de seu gêmeo mais correto, e o justo caminharia, forte e seguro, por sua estrada de excelência, praticando o bem conforme as exigências dos desejos, nunca mais se expondo à desgraça e à penitência resultantes das mãos da sua maldade extrínseca. A maldição da humanidade encontrava-se no fato de que esses fardos incongruentes tivessem sido amarrados juntos, gêmeos polares no útero agonizante da consciência em um conflito interminável. Como, então, seriam dissociados?

Avançava em minhas reflexões quando, como já disse, uma luz distinta, emitida da mesa do laboratório, passou a brilhar sobre o assunto. Com clareza nunca antes vivenciada, comecei a perceber a imaterialidade trêmula, a efemeridade deste corpo aparentemente sólido que habitamos. Descobri que certos agentes têm o poder de abalar e de desnudar as vestes carnais, como se fossem o vento soprando as cortinas de uma tenda. Não vou me aprofundar no aspecto científico da minha confissão, por dois motivos. Primeiro, por aprender que nossos ombros sempre carregarão a sina e o fardo de nossa vida, e que, quando tentamos nos livrar deles, limitam-se a voltar com uma força ainda mais estranha e terrível. Segundo, porque, como o meu relato vai evidenciar (até demais!), não concluí minhas descobertas. Basta dizer que não apenas identifiquei meu corpo natural como uma simples emanação de alguns poderes que compunham meu espírito, mas também fui capaz de criar uma droga por meio da qual seria possível destituir a supremacia de tais poderes, substituídos por uma segunda forma e fisionomia, não menos natural a mim, pois expressavam e assumiam as características mais inferiores da minha alma.

Hesitei por muito tempo antes de colocar a teoria em prática. Eu bem sabia que arriscaria minha vida: qualquer droga que controlasse com tal potência e abalasse com tal força a fortaleza da identidade poderia, por uma dosagem a mais ou por um mínimo erro no momento do uso, destroçar por completo aquele tabernáculo imaterial que eu buscava modificar. Mas a tentação de uma descoberta tão singular, tão importante, superou minhas preocupações. Tinha preparado a solução havia muito tempo; comprara de uma só vez uma grande quantidade de um sal específico vendida no atacado por um boticário, e sabia, pelos meus experimentos, que era o último dos ingredientes necessários. Então, na calada de uma noite amaldiçoada, misturei os elementos, observei-os fumegar no vidro e, depois de a ebulição ter terminado, radiante de coragem, bebi a poção.

Sucederam-se espasmos torturantes: senti meus ossos estalarem, uma náusea mortal e um horror que não poderia ser superado pelo momento do nascimento ou da morte. Depois, toda a agonia começou depressa a diminuir, e voltei a mim como se recuperado de uma doença grave. Havia algo estranho nos meus sentidos, indescritível, novo e, por isso mesmo, incrivelmente prazeroso. Senti meu corpo mais jovem, mais leve e mais feliz; tive consciência de uma ousadia inebriante: em minha mente corria, como na calha de um moinho, um fluxo de imagens excitantes, desordenadas, uma solução às amarras das obrigações, uma desconhecida, ainda que nada inocente, liberdade da alma. No primeiro suspiro dessa nova vida compreendi que me tornara mais perverso, dez vezes mais perverso, vendido feito um escravo à origem da minha maldade, e esse pensamento me envolveu e me deliciou como se fosse vinho. Flexionei as mãos, embevecido pelo frescor das sensações e, com o gesto, subitamente vi que minha estatura havia diminuído.

Naquela época, nenhum espelho adornava minha sala; este ao meu lado, agora que escrevo, foi trazido mais tarde justamente por causa dessas transformações. A noite, no entanto, já virara madrugada, cuja escuridão quase cedia lugar ao dia, e os demais inquilinos de minha casa permaneciam mergulhados em um sono profundo. Eu, repleto da sensação de esperança e de triunfo, resolvi me arriscar e, em minha nova forma, caminhar até o quarto. Cruzei o pátio, onde as constelações no firmamento contemplavam-me de cima a baixo, e pensei assombrado que me tornara a primeira criatura daquele tipo que se revelara a elas em sua vigília insone. Andei nas pontas dos pés pelos corredores, um estranho em minha própria casa, e, ao chegar aos meus aposentos, vi Edward Hyde pela primeira vez.

Devo me referir a essa transformação apenas em termos teóricos, falando não o que sei, mas o que suponho ser o mais provável. O lado maligno da minha essência, ao qual eu dera plenos poderes, era menor e menos desenvolvido que o lado bom recém-destituído. Reitero que nove décimos de minha vida implicaram esforço, virtude e controle, e, portanto, o lado malévolo fora muito menos exercitado e estava muito menos exaurido. Por isso, penso eu, Edward Hyde era tão mais baixo, mais magro e mais jovem que Henry Jekyll. Assim como o bem fulgurava no semblante de um, o mal registrava-se claramente no rosto do outro. O mal, que ainda acredito levar o ser humano à morte, deixara naquele corpo as marcas da deformidade e da decadência. E ainda assim, quando observei aquele ídolo horrendo no espelho, não tive qualquer sensação de repugnância, mas apenas um sentimento de boas-vindas. Ali também estava eu. Parecia natural e humano. Diante de meus olhos, uma imagem mais vivaz, mais expressiva e singular, diferente do semblante imperfeito que me acostumara a chamar de meu. E até então eu estava certo, sem dúvida alguma. Observei que, quando me vestia com o semblante de Edward Hyde, ninguém se aproximava de mim sem uma repulsa física visível. Isso acontecia, suponho, porque todos os seres humanos, em essência, são amálgamas de bem e mal, e Edward Hyde, único entre as fileiras da humanidade, incorporava o puro mal.

Permaneci diante do espelho por um momento. O segundo experimento, que concluiria a transformação, ainda seria posto em prática; era preciso verificar se eu havia perdido minha identidade além dos limites da redenção e se deveria fugir, antes do amanhecer, de uma casa que não mais me pertencia. Corri de volta ao gabinete; uma vez mais preparei a mistura e bebi do copo; uma vez mais sofri os tormentos da dissolução e uma vez mais estava com o caráter, a estatura e o rosto de Henry Jekyll.

Naquela noite, eu havia ultrapassado um limiar fatal. Se tivesse encarado a descoberta com um espírito mais nobre, se tivesse arriscado o experimento sob o domínio da generosidade ou das aspirações espirituais, tudo talvez fosse diferente, e depois de tantas agonias de morte e renascimento, eu viraria um anjo, nunca um demônio. A droga não tinha ação discriminatória, não era divina nem diabólica, e não fazia nada além de abrir as portas da prisão de minhas vontades, e feito os cativos de Filipos,[5] o que estava preso se libertou. Naquele momento, minha virtude dormia; minha maldade despertara pela ambição, alerta e ligeira para se aproveitar da ocasião, e dela emanara Edward Hyde. Assim, embora tivesse duas

---

5   Referência a uma passagem bíblica (Atos 16:26) em que os apóstolos Paulo e Silas estão presos em Filipos, sendo libertados por um terremoto que abriu as portas e quebrou as correntes de todos. (N.T.)

índoles e duas aparências, uma delas encarnava o mal, e a outra, o velho Henry Jekyll, a mescla conflituosa em cuja reconstrução e melhoria eu já não acreditava. Tudo caminhava para o pior.

Mesmo naquela época eu ainda não havia superado minha aversão à insipidez de uma vida dedicada ao estudo. Ainda assim, invadia-me uma disposição feliz em alguns momentos; além de bem conhecido, eu era bastante estimado. No entanto, conforme envelhecia e meus desejos continuavam, para dizer o mínimo, desprovidos de dignidade, a incoerência da minha vida incomodava-me cada vez mais. A essa altura, de tão tentado pelos meus novos poderes, acabei escravizado por eles. Bastava beber do copo, despir-me do corpo do distinto professor e vestir, como um manto pesado, o de Edward Hyde. Sorria diante de tal ideia; naquele momento, parecia-me até meio cômica, e organizei-me cuidadosamente. Instalei-me na casa do Soho, aquela onde a polícia havia rastreado Hyde, e contratei como governanta uma criatura que eu bem sabia ser calada e inescrupulosa. Além disso, anunciei aos meus criados que um tal de sr. Hyde, a quem a eles descrevi, teria liberdades e poderes completos em minha casa da praça, e, para evitar contratempos, quando me transformava nesse segundo personagem, até me referia com frequência ao meu eu original e agia como se fosse alguém familiar. Depois, redigi aquele testamento, ao qual você tanto se opôs, de modo que, se qualquer coisa acontecesse ao dr. Jekyll, eu poderia continuar como Edward Hyde sem perdas materiais. E assim, garantindo-me em todos os aspectos, como supunha, comecei a tirar vantagem das estranhas imunidades da posição em que me encontrava.

Antes homens contratavam capangas para cometer crimes, mantendo a própria imagem e a reputação intactas. Fui o primeiro que agi com maldade para realizar minhas vontades. Fui o primeiro que caminhou de maneira respeitosa e íntegra aos olhos da sociedade e, em um instante, feito um garoto, despi-me dessa imagem e mergulhei de cabeça no mar da liberdade. Ali, sob meu manto impenetrável, vivia em segurança total. Pense... Eu nem mesmo existia! Bastava que me esgueirasse até o laboratório; bastava um momento para misturar e beber o líquido sempre preparado e qualquer ação de Edward Hyde desapareceria feito uma marca de hálito em um espelho. Ali, dentro de casa, quieto em seu escritório iluminado por um abajur aceso à meia-noite, o homem que poderia rir de qualquer suspeita seria Henry Jekyll.

Como mencionei, esforçava-me para satisfazer prazeres indignos. Dificilmente descreveria a situação de outro modo. Mas, nas mãos de Edward Hyde, rapidamente tornaram-se monstruosos. Quando voltava daquelas excursões, quase sempre me afundava em pensamentos sobre as depravações do meu outro lado. Eu invocava de minha própria alma e enviava sozinho, para realizar seus desejos, um ser inerentemente maligno e perverso, cujos atos e pensamentos centravam-se nele mesmo, extraindo prazer com avidez animalesca de qualquer tortura causada a outra pessoa. Incansável, como um homem feito de pedra. Às vezes, Henry Jekyll ficava horrorizado com os atos de Edward Hyde, mas a situação ultrapassara as leis naturais, e isso minimizava a consciência de tudo aquilo de maneira perniciosa. Afinal, Hyde, e apenas ele, era o culpado. Jekyll continuava o mesmo: despertava sempre com boas qualidades aparentemente intactas, e até, quando possível, apressava-se para desfazer o mal causado por Hyde. E, assim, vivia com a consciência tranquila.

Quanto aos detalhes das desgraças com as quais fui conivente (pois mesmo agora não posso afirmar que as cometi), não pretendo aprofundar-me neles. Quero apenas relatar os sinais de alerta e os passos sucessivos que trariam meu castigo. Presenciei um acidente que posso mencionar, em função de não desencadear nenhuma consequência. Um ato de crueldade contra uma menina despejou em mim a fúria de alguém que passava, a quem reconheci outro dia seu primo; o doutor e a família da criança juntaram-se a ele. Em alguns momentos, temi por minha vida, e, enfim, visando acalmar o justo ressentimento daquelas pessoas, Edward Hyde os levou até a casa, entregando-lhes um cheque em nome de Henry Jekyll. Depois daquilo, eliminei facilmente o perigo, pois bastou abrir uma conta no banco em nome do próprio Hyde. E quando criei para meu duplo letra própria, inclinando minha caligrafia em outra direção, imaginei que estaria fora do alcance do destino.

Uns dois meses antes do assassinato de Sir Danvers, parti para uma de minhas aventuras; voltei bastante tarde e acordei no dia seguinte, ainda na cama, com sensações muito estranhas. Em vão olhei à minha volta; em vão observei a bela mobília e meu quarto espaçoso da casa da praça; em vão reconheci o padrão dos tecidos do dossel e do desenho da estrutura de mogno... Alguma coisa continuava dizendo que eu não estava ali, que não havia acordado naquele local, mas sim no pequeno quarto do Soho, onde havia me acostumado a dormir no corpo de Edward Hyde. Sorri e, de um jeito preguiçoso, fiquei analisando os possíveis elementos daquela ilusão até cochilar novamente. Continuava absorto nesse assunto quando acordei e, em um dos meus momentos mais despertos, fitei minha mão. As mãos de Henry Jekyll, como você já deve ter percebido, eram as de um profissional, em forma e tamanho: grandes, firmes, suaves e graciosas. Mas a mão que eu via sob a luz amarelada da manhã de Londres, meio fechada sobre a roupa de cama, era muito diferente: magricela, articulações e veias protuberantes, mais escura e recoberta por pelos desgrenhados. A mão de Edward Hyde.

Devo tê-la encarado por quase meio minuto, perdido naquele devaneio, antes que o terror despertasse em meu peito tão súbito quanto um par de címbalos batendo; saltando da cama, corri até o espelho. Ao vislumbrar a imagem diante dos meus olhos, meu sangue gelou completamente. Sim, eu havia me deitado como Henry Jekyll, mas acordado como Edward Hyde. Perguntei-me: qual a explicação? Mas então, em outro sobressalto de terror: como a mudança seria remediada? Já amanhecera havia bastante tempo; os criados estavam despertos, e todas as minhas drogas, no gabinete. Ali, paralisado de horror, teria de enfrentar uma longa jornada: dois lances de escada, a passagem pelos fundos, a travessia pelo pátio e a sala de operações. Eu poderia cobrir meu rosto, mas em vão, pois de que modo esconderia a mudança de estatura? Então, dominado por um doce alívio, lembrei-me de que os criados já estavam acostumados às idas e vindas do meu segundo eu. Portanto, logo estava vestido, tão bem quanto consegui, pelo menos com roupas do meu tamanho. Passei pela casa, onde Bradshaw retraiu-se ao dar de cara com o sr. Hyde tão cedo e de um jeito tão estranho, e dez minutos depois o dr. Jekyll estava de volta ao próprio corpo e, soturno, sentou-se à mesa, fingindo que chegara para o desjejum.

Na verdade, sentia-me quase sem apetite. O acidente inexplicável, a reversão de minha experiência prévia, parecia carregar as palavras do meu julgamento, como aquela mão na parede da Babilônia;[6] com uma seriedade até então desconhecida, passei a refletir sobre as questões envolvendo minha existência dupla. Eu tinha o poder de projetar uma parte de mim que, ultimamente, exercitava-se e fortalecia-se demais; parecia-me que a estatura do corpo de Edward Hyde aumentara, como se, quando o vestia, eu estivesse consciente de uma corrente sanguínea mais generosa. E comecei a antecipar o perigo de, caso tal situação perpetuasse, o equilíbrio de minha natureza ser destituído para sempre, desaparecendo o poder da transformação voluntária, de modo que o caráter de Edward Hyde tornaria-se, irrevogavelmente, o meu. A potência daquela droga nem sempre fora igual. Uma vez, bem no começo de minha carreira, ela falhara por completo, o que me obrigou a dobrar a dose e, em uma ocasião (com imenso risco de morte), a triplicá-la; essas raras incertezas obscureciam minha satisfação. No entanto, e sob a luz do acidente daquela manhã, percebi que, se no princípio havia dificuldade de me livrar do corpo de Jekyll, nos últimos tempos o processo aos poucos se invertera. Assim, tudo parecia apontar para a seguinte situação: eu estava perdendo aos poucos o controle do meu primeiro eu, melhor e original, e sendo incorporado gradualmente à minha segunda e pior metade.

Então, sentia que precisava escolher um dos lados. Minhas duas naturezas não compartilhavam suas memórias, mas quase todas as demais faculdades dividiam-se entre ambas. Jekyll, que era a mescla, tinha percepções mais sensíveis, um entusiasmo ganancioso, e projetava e compartilhava os prazeres e as aventuras de Hyde, que permanecia indiferente a Jekyll, ou pensava nele como um salteador

---

6   Referência bíblica (Daniel 5:5-30) a um aviso recebido por Baltazar, o último rei da Babilônia, dado por uma mão que surgiu no ar e escreveu em uma parede palavras misteriosas que prenunciavam o fim do reino. (N.T.)

das montanhas se lembra das cavernas onde precisava se esconder. Jekyll tinha o interesse de um pai; Hyde, a indiferença de um filho. Ficar do lado de Jekyll seria eliminar os desejos que eu havia esperado tanto tempo para realizar, aos quais só recentemente dera atenção. Ficar como Hyde implicaria matar milhares de interesses e aspirações e, do nada e para sempre, viver desprezado e sem amigos. A barganha parecia desigual, mas ainda havia mais um elemento a se considerar: enquanto Jekyll se queimaria com os fogos da abstinência, Hyde nem teria consciência de tudo que perderia. Por mais estranhos que soassem meus conflitos, os termos dele eram tão antigos e comuns quanto a raça humana; são muitos dos mesmos incentivos e temores que abalam a mente de qualquer pecador, e eu, como ocorre com a maioria dos meus semelhantes, escolhi a melhor parte do meu ser, com esperanças de reunir forças para mantê-la.

Sim, preferi o doutor velho e descontente, cercado por amigos e aspirações honestas, e assim me despedi para sempre da liberdade, da juventude, dos passos leves, dos impulsos à flor da pele e dos prazeres secretos que tanto desfrutara como Hyde. Talvez tenha feito essa escolha com algum resguardo inconsciente, pois não me desfiz da casa no Soho, nem destruí as roupas de Edward Hyde, ainda guardadas em meu gabinete. Por dois meses, no entanto, fui fiel à minha decisão; por dois meses vivi com absoluta e inédita seriedade, contentando-me com a recompensa de uma consciência tranquila. Mas enfim o tempo desgastou minhas preocupações, e os elogios da consciência passaram a soar como maldição; espasmos e anseios começaram a me torturar, como se fosse Hyde tentando se libertar. Então, em um momento de fraqueza moral, uma vez mais preparei a mistura do composto e bebi o líquido transformador.

Quando um bêbado pondera sobre seu vício, suponho que ele raramente seja afetado pela consciência do perigo que corre, graças à estupidez e ao torpor dos sentidos físicos. Eu também, desde que me tornara ciente de minha situação, nunca havia me permitido a completa insensibilidade moral e a disposição maligna irracional, as principais características de Edward Hyde. E elas me puniram. Depois de tanto tempo enjaulado, meu demônio libertou-se rugindo.

Ao beber o composto, eu tinha consciência da acentuada propensão ao mal, furiosa e desenfreada. E imagino que isso agitava minha alma com aquela tempestade de impaciência, sob a qual ouvia os clamores da minha vítima infeliz; confesso, pelo menos diante de Deus, que nenhum homem moralmente saudável seria culpado de tal crime, dada a provocação tão cruel, e também que agi de modo tão razoável quanto uma criança entediada que quebra um brinquedo. Porém, voluntariamente me despira de todos os instintos de equilíbrio, aqueles que fazem até o pior dos homens continuar vivendo com algum grau de retidão em meio às tentações, e, em meu caso, a mais insignificante delas implicaria minha queda.

Subitamente, despertou em mim o espírito furioso do inferno. Exultante, destrocei o corpo sem resistência alguma, deleitando-me com cada golpe; só quando comecei a me cansar, e no auge do delírio, meu coração gelou tomado pelo terror. Uma névoa dispersou-se diante dos meus olhos; tive consciência de que estava perdendo minha vida, e fugi daqueles excessos, radiante de glória e tremendo, meu desejo pelo mal satisfeito e estimulado, meu amor pela vida elevado ao máximo. Corri até a casa no Soho e, para garantir, destruí meus documentos; dali, saí pelas ruas, iluminado apenas pelos candeeiros, sentindo o mesmo êxtase que dividia minha mente – a vanglória pelo meu crime e o gracejo de pensar nos próximos –, e ainda assim em fuga e atento à minha volta, à espera dos passos de algum vingador. Hyde tinha nos lábios uma canção enquanto misturava o composto e, ao bebê-lo, brindou àquele homem morto. As contrações da metamorfose ainda não haviam acabado com Henry Jekyll quando ele caiu de joelhos e levantou as mãos unidas para Deus, lágrimas de gratidão e remorso correndo pelo rosto. O véu da autoindulgência estava rasgado da cabeça aos pés. Minha vida inteira desfilou diante dos meus olhos, desde a infância, andando de mãos dadas com meu pai, passando pelos esforços altruístas da vida profissional, até chegar repetidas vezes, com a mesma sensação de irrealidade, aos horrores malditos daquela noite.

Eu poderia ter gritado, mas por meio de lágrimas e orações tentei abrandar o universo de imagens e sons horrendos que atacavam minha memória; ainda assim, entre meus pedidos, o rosto distorcido da iniquidade encarava minha alma. No entanto, tão logo a intensidade daquele remorso começou a passar, surgiu uma sensação de alegria. O problema de minha conduta fora resolvido: Hyde tornara-se inviável; querendo ou não, a partir daquele momento eu estava confinado à melhor parte de minha existência. Ah, como esse pensamento me alegrou! Com humildade, acolhi mais uma vez as restrições da vida natural! Com uma renúncia sincera, tranquei aquela porta que cruzara tantas vezes e pisei em sua chave até destroçá-la!

No dia seguinte, chegaram as notícias de que o assassinato não passara despercebido, de que a culpa de Hyde existia no mundo, e de que a vítima era um homem de grande apreço público. Não ocorrera apenas um crime, mas uma tragédia. Acho que fiquei contente de saber; acho que fiquei contente de meus melhores impulsos estarem protegidos e distantes daqueles terrores, como se cercados por uma fortaleza. Jekyll tornara-se uma cidade onde eu havia me refugiado; se permitisse a Hyde espiar pelas muralhas, todos os homens levantariam as mãos para pegá-lo e matá-lo.

Decidi que minha conduta futura seria norteada pela redenção do meu passado, e afirmo com sinceridade que minha decisão foi próspera em fazer algum bem. Você sabe o quanto trabalhei, o quanto me esforcei para aliviar o sofrimento dos outros nos últimos meses do ano passado; sabe o quanto me dediquei às pessoas e que vivi dias tranquilos, quase felizes. Não posso dizer que havia me cansado da vida inocente e benevolente; imagino que, em vez disso, aproveitei ao máximo cada dia, embora continuasse amaldiçoado pela dualidade do meu propósito... E assim que cumpri a primeira lasca de minha penitência, o meu eu inferior, há tempos insatisfeito, ainda que recém-acorrentado, começou a rosnar para sair. Não que eu sonhasse em ressuscitar Hyde; a mera ideia me deixava desesperado. Não, eu me senti tentado a brincar uma vez mais na pele de Jekyll, e como um qualquer que peca em segredo enfim cedi aos arroubos da tentação.

Todas as coisas têm um fim, até o maior dos recipientes um dia se enche, e aquela breve condescendência ao meu lado maligno finalmente destruiu o equilíbrio de minha alma. Ainda assim, não me preocupei; a queda parecia natural, como um retorno aos tempos passados, aqueles antes de minha descoberta. Era um belo dia de janeiro, o chão úmido onde a geada derretera, o céu sem nuvens. O Parque do Regente enchia-se dos chilreios do inverno, o ar adocicado pelos aromas da primavera. Sentei-me em um banco sob o sol; o animal em meu interior lambia os lábios da memória, e o lado espiritual dormitava, comprometendo-se a uma penitência subsequente, mas nada motivado a agir. Afinal de contas, pensei, eu era como meus semelhantes; sorri, comparando-me com outros homens, comparando minha boa-vontade proativa com a crueldade preguiçosa da negligência deles. E no exato momento de tal pensamento vaidoso, um mal-estar, uma náusea horrenda e uma tremedeira mortal me acometeram. Logo essas sensações se foram, restando um estado de fraqueza que logo em seguida desapareceu, e tive consciência de uma mudança em meus pensamentos: mais coragem, um desdém pelo perigo, uma solução para as amarras da obrigação. Olhando para baixo, percebi as roupas largas nos membros encolhidos, e o pelo e as veias protuberantes na mão apoiada no joelho. Mais uma vez, eu era Edward Hyde. Um momento antes, um homem respeitável, próspero e querido, a mesa posta diante de mim em casa; e depois, a presa de toda a humanidade: sem casa, perseguido, um assassino conhecido e destinado à forca.

A razão, ainda que abalada, não me falhou completamente. Mais de uma vez já havia constatado que, quando em meu segundo caráter, minhas sensações pareciam muito mais aguçadas, e a mente, mais ágil e flexível. Assim, em um momento em que Jekyll provavelmente teria sucumbido, Hyde agiu conforme a situação exigia. Minhas drogas estavam em um dos armários no gabinete; como as alcançaria? Com as mãos esmagando as têmporas, dediquei-me a resolver tal problema. Havia trancado a porta do laboratório. Se entrasse pela casa, meus criados me levariam ao cadafalso. Precisava de uma alternativa, e pensei em Lanyon. Como entraria em contato com ele? Como persuadi-lo? Supondo que não me capturassem nas ruas, como chegaria a Lanyon? E, sendo desconhecido e repulsivo, como convenceria o famoso médico a ir até o escritório do seu colega, o dr. Jekyll? Então, lembrei que ainda retinha uma parte do meu caráter original: poderia escrever-lhe com minha própria caligrafia. Essa fagulha de esperança abriu-me com clareza o caminho que eu percorreria do começo ao fim.

Ajeitei minhas roupas da melhor maneira que consegui e, chamando uma carruagem que passava, fui até um hotel na rua Portland, do qual me lembrara no momento. Percebi que o condutor da carruagem não escondia o riso, pois de fato minha aparência era cômica, apesar da tragicidade do destino recoberto por aquelas vestes. Rangi os dentes em resposta, em uma fúria diabólica, e o sorriso desapareceu do rosto do homem – bom para ele, e ainda melhor para mim, porque por pouco não o arrancara de seu assento. Em meu semblante, assim que entrei no hotel, havia um ar tão obscuro que os atendentes tremeram; nem sequer se entreolharam e obedeceram diligentemente aos meus pedidos, levando-me a um quarto privado e trazendo o material de que eu precisava para escrever. O temor de Hyde por sua vida o transformara em uma criatura nova para mim: trêmulo de raiva incontida, prestes a matar alguém, perdido de desejo de causar dor. E, ainda assim, astuto; controlando a fúria com muita força de vontade, conseguiu escrever duas cartas importantes, uma a Lanyon e outra a Poole; como garantia de que tinham sido encaminhadas, pediu que fossem enviadas registradas.

A partir daquele momento, permaneceu sentado o dia todo no aposento privado, diante do fogo, roendo as unhas; ali fez suas refeições, sozinho com tantos medos, o garçom visivelmente tremendo. Quando anoiteceu, enfiou-se no canto de uma carruagem fechada, subindo e descendo as ruas da cidade. Ele. Não posso dizer que era eu. Não havia nada de humano naquela cria do inferno; não havia nada nele além de medo e raiva. E ao imaginar que o condutor suspeitava de alguma coisa, ele dispensava a carruagem e seguia a pé, as roupas desajustadas, uma figura que chamava a atenção dos passantes da noite – e suas duas paixões fundamentais devastavam-lhe a alma como uma tempestade. Andava rápido, acossado pelos medos, conversando sozinho, apressando-se pelas ruas mais vazias, contando os minutos que ainda o separavam da meia-noite. Uma mulher falou com ele; acho que lhe ofereceu uma caixa de fósforos. Hyde a esbofeteou, e ela fugiu.

Tão logo voltei a mim na casa de Lanyon, o horror do meu velho amigo talvez tenha me afetado; não tenho certeza. Não passava de uma gota no oceano de aversão que me dominava quando pensava naqueles momentos. Eu havia mudado. Não sentia mais o medo da forca; o horror de ser Hyde me atormentava. Foi em um sonho, em parte, que recebi a condenação de Lanyon; foi ainda em sonho que voltei para casa e me deitei em minha cama. Dormi tão cansado aquele dia, e tão profundamente, que nem mesmo os pesadelos que me perturbavam teriam me acordado. Despertei pela manhã abalado, fraco, mas renovado. Ainda odiava o bruto adormecido em mim, temia pensar nele, e claro que não havia esquecido os perigos estarrecedores do dia anterior, mas estava de novo em casa, em minha própria casa e com minhas drogas, e a gratidão pela minha escapatória brilhou tão intensa em minha alma que quase rivalizou com a luz da esperança.

Perambulava sem pressa pelo pátio depois do desjejum, sentindo com prazer o frescor do ar, quando mais uma vez explodiram as sensações indescritíveis que anunciavam a mudança; tive apenas tempo de buscar refúgio em meu gabinete, antes de a fúria e a sensação de enregelamento de Hyde de novo me dominarem. Naquela ocasião, tomei uma dose dupla para me recobrar... E ai de mim! Seis horas depois, sentado tristonho diante da lareira, as contrações voltaram e, mais uma vez, recorri à droga. Resumindo, daquele dia em diante parecia que apenas sob o estímulo imediato da droga, e com o esforço digno de um atleta, eu era capaz de me revestir do semblante de Jekyll. Dia e noite naufragava no estremecimento premonitório; além disso, se dormisse, ou mesmo cochilasse por um momento na cadeira, sempre despertava como Hyde.

Vivendo sob a tensão daquela ameaça constante e desorientado pela falta de sono com a qual eu então me condenava, até mesmo muito além do que imaginava suportável para alguém, acabei transformando-me em uma criatura destroçada e esvaziada por uma febre, corpo e alma lentamente enfraquecidos, controlado apenas por um pensamento: o horror do meu outro eu. Mas, quando dormia, ou quando a virtude da medicina se esvaía, em minha mente, quase sem transição alguma – pois as contrações iniciais ficavam cada dia mais sutis –, surgia uma visão carregada de imagens aterrorizantes, uma alma fervendo com aversões injustificadas e um corpo incapaz de conter as energias furiosas da vida. Os poderes de Hyde pareciam crescer com a doença de Jekyll. E, certamente, o ódio que os dividia naquele momento vibrava em quantidades iguais em cada metade. Com Jekyll, todo o processo implicava um instinto de sobrevivência. Ele já vivera a deformidade completa daquela criatura com quem partilhava alguns dos fenômenos da consciência e herdava, com ela, a morte; além desses elos em comum, os quais se transformaram em suas maiores preocupações, ele pensava em Hyde, mesmo com toda aquela energia vital, como alguma coisa não apenas diabólica, mas também inorgânica.

Isto era o mais chocante: o lodo infernal parecia emitir vozes e lamentos; a matéria inerte gesticulava e pecava; aquilo desprovido de forma orgânica, morto, poderia usurpar as rédeas da vida. E mais, o horror insurgente vivia mais próximo dele que uma esposa, mais próximo que seu próprio corpo; aquilo aprisionava-se em sua carne, onde ele o ouvia grunhir e o sentia lutar para nascer; assim, a criatura prevalecia e o destituía de vida a cada momento de fraqueza e até mesmo no descanso do sono.

O ódio de Hyde por Jekyll era de uma ordem diferente. O medo do cadafalso o levava a cometer suicídio temporário continuamente, para voltar ao seu estado subordinado de parte, em vez de pessoa. Mas ele tinha repulsa por aquela necessidade, detestava a melancolia em que Jekyll havia se enterrado, e ressentia-se do desgosto direcionado a ele. Por isso, agia como um macaco para me incomodar, rabiscando blasfêmias em meus livros com minha própria letra, queimando as cartas e destruindo o retrato do meu pai. De fato, não fosse por temer a morte, ele já teria causado sua própria ruína apenas para me envolver na destruição. Entretanto, o amor dele por mim é maravilhoso. E digo mais: eu, que me sinto nauseado e congelo de simplesmente pensar em Hyde, quando me lembro da degradação e da paixão do seu vínculo comigo, e de como ele receia meu poder de destruí-lo por meio do suicídio, consigo ainda ter pena.

Meu tempo se esgota, e é inútil prolongar este relato. Basta acrescentar que ninguém jamais sofreu tormentos desse tipo, e mesmo assim o hábito gerou – nunca, nunca atenuação – certa indiferença à alma, certa aquiescência com o desespero. E minha punição poderia se prolongar por anos, não fosse a última calamidade que recaiu sobre mim, a qual finalmente me separou de meu próprio rosto e de minha natureza. O estoque do sal, não renovado desde o meu primeiro experimento, começou a diminuir. Pedi um novo lote e preparei a mistura; ebulição, mudança inicial de cor e mais nada: bebi, sem qualquer efeito. Você vai saber, por meio de Poole, que Londres foi em vão vasculhada. E agora acredito que a desconhecida impureza do primeiro lote foi responsável pela eficácia da mistura.

Quase uma semana se passou, e encerro este depoimento sob a influência do último dos sais. Portanto, é esta a última vez, como por milagre, que Henry Jekyll consegue pensar os próprios pensamentos e ver o próprio rosto (agora tristemente alterado!) no espelho. Talvez logo conclua este texto, pois, se meu relato até agora escapou da destruição, foi graças à combinação de muita prudência com uma grande sorte. Se os espasmos da transformação me afetarem enquanto escrevo, Hyde vai rasgar este relato em pedaços; mas, se houver algum tempo depois de eu tê-lo escrito, o maravilhoso egoísmo dele e as limitações do momento provavelmente vão salvar este documento da ação daquela fúria simiesca. E, de fato, a sina que se aproxima de nós dois já deu conta de mudá-lo e arrasá-lo. Daqui a meia hora, tão logo aquela personalidade odiosa me domine, sei que estarei sentado, tremendo e chorando em minha cadeira, ou continuarei, eufórico e medroso, atento ao som de qualquer ameaça, andando nesta sala (meu último refúgio terreno) de um lado para o outro. Hyde morrerá na forca? Ou encontrará coragem para se libertar no último momento? Deus sabe... A mim, não cabe mais a resposta. Este é o instante verdadeiro da minha morte, e o que ocorrer depois diz respeito a outro, não a mim. Então, enquanto coloco a caneta de lado e prossigo para selar minha confissão, trago fim à vida do infeliz Henry Jekyll.

O PAVILHÃO NAS DUNAS

CAPÍTULO I

De como acampei no bosque de Graden
e vi uma luz no pavilhão

Eu era um tremendo solitário quando jovem. Orgulhava-me de ser indiferente e de me entreter sozinho; não tive colegas e nem mesmo pessoas próximas até conhecer a mulher que se tornaria minha esposa e sua mãe, meu filho. Considerando os homens, só fui próximo de um: R. Northmour, um advogado de Graden Easter, na Escócia. Conhecemo-nos na faculdade e, apesar do pouco afeto mútuo e da insignificante intimidade, a semelhança do nosso humor nos aproximou. Acreditávamos ser misantropos, mas desde então penso que não passávamos de dois rabugentos. Compartilhávamos o que mal podia ser chamado de companheirismo, na verdade, apenas uma mera coexistência na insociabilidade. O temperamento excepcionalmente violento de Northmour dificultava a convivência de qualquer pessoa com ele, exceto a minha, e como o homem respeitava meu jeito silencioso e permitia-me agir como quisesse, eu tolerava sua presença sem preocupação. Acho que até nos chamávamos de amigos.

Conheci o cenário de minhas aventuras quando Northmour se formou (decidi abandonar o curso superior antes disso) e me convidou para passar uma temporada em Graden Easter. A mansão de Graden localizava-se em uma terra desolada a uns cinco quilômetros do litoral do Mar do Norte. A construção grande feito um quartel e erigida em pedra macia, sujeita a ser devorada pelo vento salgado do oceano, tornava o interior da casa úmido e repleto de correntes de ar, e o exterior parecia em ruínas: impossível dois jovens dormirem ali com algum conforto. Porém, entre uma plantação e o mar, em meio a uma vastidão de colinas e dunas de areia na parte norte da propriedade, havia um pequeno pavilhão: um mirante de arquitetura moderna que serviria exatamente ao nosso propósito. E nesse isolamento, falando pouco, lendo muito e raramente juntos fora do horário de refeições, Northmour e eu passamos quatro tempestuosos meses de inverno. Eu até ficaria mais tempo se, em uma noite de março, não surgisse entre nós uma disputa que me obrigou a partir. Lembro-me de que Northmour foi muito duro, e acho que devo ter respondido com uma aspereza à altura. Ele saltou da cadeira para me atacar, e, sem exagero, tive de lutar pela minha vida. Com muito esforço, consegui desvencilhar-me do sujeito, que era tão forte quanto eu e parecia possuído por algum espírito maligno. Na manhã seguinte, encontramo-nos como sempre, mas achei melhor partir, e ele não tentou me dissuadir.

Só retornei às vizinhanças nove anos depois. Naquele tempo, eu viajava com uma carroça, uma tenda e um fogareiro balançando o dia todo ao meu lado; à noite, sempre que possível, abrigava-me em alguma gruta ou nas orlas das matas. Acredito que por isso conheci muitas das regiões mais selvagens e desoladas da Inglaterra e da Escócia; sem amigos nem conhecidos, não era perturbado sequer pela chegada de correspondências, pois meu único endereço fixo era o escritório dos advogados, aonde ia duas vezes por ano para receber meu dinheiro. Gostava desse tipo de vida, e achei que envelheceria até um dia me encontrarem morto em alguma vala.

Ocupava-me à procura de cantos desolados, onde poderia acampar sem medo de qualquer presença humana, e uma vez, quando estava em outra parte do mesmo condado, de repente recordei-me do pavilhão nas dunas. Nenhuma estrada passava a menos de cinco quilômetros do lugar, e o povoado mais próximo, uma vila de pescadores, ficava a uns dez ou doze quilômetros. A largura daquele cinturão de terra infértil variava de um a cinco quilômetros, margeando o oceano por uma extensão de uns dezesseis. Costumava-se chegar ali pela praia, onde havia um longo trecho de atoleiro, com muita areia movediça. Com certeza, dificilmente existe um lugar melhor no Reino Unido para se esconder. Decidi que passaria uma semana no bosque da costa de Graden Easter, e, após uma longa jornada, cheguei lá ao pôr do sol de um dia agitado de setembro.

A terra, como já disse, era um misto de dunas e colinas de areia recobertas de relva aqui e ali. O pavilhão localizava-se em um espaço plano; um pouco atrás dele, surgia o bosque com uma orla de sabugueiros que se agrupavam com o vento; em frente, alguns montes de areia entre a construção e o mar. As rochas de um afloramento haviam formado um alicerce para a areia, e, portanto, um promontório na linha costeira entre duas baías rasas, e logo além da faixa da praia, a rocha se recortava novamente e criava uma ilhota minúscula, ainda que com uma silhueta bastante chamativa. Muita areia movediça estendia-se pelas partes rasas da água, por sinal de péssima reputação ali: entre a ilhota e o promontório, perto das margens, dizia-se que a areia engoliria um homem em quatro minutos e meio, uma precisão provavelmente sem fundamento. Coelhos enchiam as cercanias e gaivotas grasnando o tempo todo em torno do mirante assombravam o cenário. Nos dias de verão, a paisagem era clara e inspiradora, mas nos crepúsculos de setembro, com o vento forte e as ondas pesadas contra as areias, o clima do lugar lembrava marinheiros mortos e desastres no oceano. Um navio a favor do vento no horizonte, bem como o enorme pedaço de um naufrágio meio enterrado na areia aos meus pés, completava o ambiente lúgubre.

No pavilhão, construído pelo último proprietário do lugar, tio de Northmour, um virtuoso frívolo e esbanjador, poucas marcas de tempo. De estilo italiano, tinha dois andares e era cercado por um trecho de jardim onde nada prosperava senão algumas flores raquíticas. Com as janelas fechadas, não se assemelhava a uma casa abandonada, e sim, a nunca habitada. Era evidente a ausência de Northmour; é claro que eu não sabia se estava amuado na cabine do seu iate, ou se desfrutava uma de suas aparições extravagantes no mundo da sociedade. No lugar pairava um ar ermo que desalentava até mesmo alguém solitário como eu; o vento assoviava pelas chaminés em um tom estranho e lamentoso, e, quando pensei em entrar, um sentimento de fuga afastou-me dali; empurrando minha carroça, encaminhei-me para a mata.

O bosque de Graden fora plantado com o objetivo de proteger os campos cultivados atrás dele e também de garantir a fixação das areias deslocadas pelo vento. Ao entrar ali vindo do litoral, poucos arbustos resistentes, ainda que com folhagens malcuidadas e espessas, substituíam os sabugueiros. A paisagem formava um ambiente conflitante: as árvores balançavam a noite toda durante terríveis tempestades de inverno, e mesmo no começo da primavera as folhas ainda se dispersavam enquanto o outono se adiantava na plantação exposta. Afastando-se da costa, a terra se elevava em uma pequena colina que, assim como a ilhota, servia de marco de navegação para os homens do mar: a colina visível da ilhota ao norte avisava às embarcações que precisavam virar para o leste a fim de se afastarem de Graden Ness e de Graden Bullers. Na parte mais baixa, um córrego passava entre as árvores e, represado por folhas e lama trazidas por ele mesmo, espalhava-se e estancava em diversas lagoinhas. Uma ou outra cabana arruinada surgia entre as árvores, as quais, de acordo com Northmour, haviam sido fundações eclesiásticas onde no passado se abrigaram devotos eremitas.

Encontrei uma pequena gruta com uma nascente de água pura, e ali, afastando as plantas espinhentas, armei minha tenda e acendi o fogo para preparar a ceia. Deixei meu cavalo mais para dentro da mata, onde havia um trecho de capim. O barranco em torno da gruta não só ocultava a luz da minha fogueira, como também me protegia do vento intenso e bastante frio.

Minha vida me tornara calejado e frugal. Não bebia nada além de água, e raramente comia qualquer coisa mais cara que mingau de aveia. Precisava dormir tão pouco que, ainda que me levantasse ao amanhecer, geralmente ficava acordado bastante tempo no escuro, ou sob a vigília das estrelas da noite. Assim, no bosque de Graden, mesmo recolhendo-me satisfeito às oito da noite, já despertava completamente antes das onze, sem cansaço ou sonolência. Acomodei-me perto do fogo, observando o agitado balançar das árvores e as nuvens em fuga logo acima, ouvindo o vento e as ondas ao longo da costa. Depois de um tempo, já inquieto ali parado, caminhei até os limites da mata. A lua incipiente, recoberta pela névoa, pouco iluminava meu caminho, mas a luz foi clareando conforme me aproximava das dunas. Ao mesmo tempo, o vento cheirando a mar salgado, carregado de areia, atingiu-me com tanta força que precisei abaixar a cabeça.

Quando levantei-a novamente para observar o entorno, percebi uma luz no pavilhão a qual se movia de uma janela à outra, como se alguém verificasse quartos diferentes com uma vela ou lamparina.

Muito surpreso, assisti à cena por alguns segundos. Quando cheguei à casa durante a tarde, estava deserta; naquele momento, obviamente havia gente lá. Pensei que um bando de ladrões poderia tê-la invadido e estaria saqueando os muitos e abastecidos armários de Northmour. Mas por que bandidos iriam a Graden Easter? E, além disso, todas as janelas estavam abertas, e malfeitores provavelmente as teriam fechado. Então, outro pensamento me ocorreu: a chegada do próprio Northmour, que deveria estar ventilando os cômodos e inspecionando o pavilhão.

Já comentei que inexistia afeição real entre nós, mas, mesmo se eu o tivesse amado como a um irmão, naquele momento prezava tanto minha solidão que recusaria de bom grado a companhia dele. Assim, virei-me e corri até alcançar com genuína satisfação minha fogueira. Escapei de um encontro; merecia mais uma noite de conforto. Pela manhã, iria embora antes de Northmour perambular pela propriedade, ou então o visitaria em breve.

Mas, com o raiar do dia, achei a situação tão inusitada que esqueci minha timidez. Northmour que me aguardasse! Pensei em pregar-lhe uma boa peça, mesmo ciente de que meu vizinho não era tão receptivo a brincadeiras. Assim, rindo antes que tudo desse certo, me escondi entre os sabugueiros do bosque, de onde conseguia ver a porta do pavilhão. As janelas estavam todas fechadas de novo, o que achei estranho, e a casa, com paredes brancas e venezianas verdes, parecia limpa e habitável à luz da manhã. Horas se passaram, e nada de Northmour. Eu sabia que ele era muito preguiçoso logo depois de acordar, mas, quase ao meio-dia e sem sinal do sujeito, perdi a paciência. Para dizer a verdade, havia prometido a mim mesmo que faria o desjejum no pavilhão, e a fome começou a me incomodar bastante. Uma pena perder a oportunidade de algum riso, porém, a vontade de comer prevaleceu: infelizmente, desisti da brincadeira e saí do bosque.

Conforme me aproximava, sentia-me inquieto em razão do aspecto da casa. Parecia a mesma da noite passada, mas eu esperava vislumbrar sinais externos que indicassem estar habitada, em vão: as janelas todas muito bem fechadas, sem fumaça nas chaminés, e um cadeado na porta da frente. Assim, concluí que obviamente Northmour deveria ter entrado pelos fundos, e avaliem minha surpresa quando, ao dar a volta na casa, encontrei a porta de trás também trancada.

Na hora, retomei a teoria inicial dos ladrões, culpando-me demais pela falta de ação na noite anterior. Examinei todas as janelas do térreo, nenhuma apresentava sinal de invasão; tentei os cadeados, ambos estavam trancados. Portanto, a questão se resumia a uma só: como os ladrões teriam entrado na casa? Isso se fossem mesmo ladrões. Imaginei que teriam subido no telhado do anexo, onde Northmour costumava guardar seus equipamentos de fotografia, e dali completaram a invasão, usando a janela do escritório ou do meu antigo quarto.

Portanto, segui o percurso que imaginei terem feito e, subindo no telhado, testei as janelas dos dois aposentos, ambas fechadas. Mas eu não desistiria e, com um pouco de força, abri uma delas, o que acabou machucando as costas da minha mão. Lembro-me de ter levado a ferida à boca e ficado ali, lambendo-a feito um cachorro enquanto olhava para trás, mecanicamente, fitando as dunas e o mar. Então, nesse ínterim, vi uma grande escuna, alguns quilômetros a nordeste. Logo depois, ergui a janela e entrei.

Andei pela casa e não consigo expressar minha perplexidade. Não havia sinal de desordem, pelo contrário, os aposentos estavam estranhamente limpos e agradáveis: lenha separada, pronta para ser acesa; três quartos preparados com um luxo incomum a Northmour, com água nos jarros e as camas arrumadas; na sala de jantar, mesa posta para três pessoas e uma ampla seleção de frios, carne de caça e vegetais nas prateleiras da despensa. Com certeza ele aguardava visitas, mas por quê? Northmour odiava socializar. Além do mais, qual a razão de a casa estar tão arrumada tarde da noite? E por que as janelas estavam fechadas e as portas trancadas com cadeados?

Depois de sumir com qualquer indício de minha visita, saí pela janela sentindo-me alerta e preocupado.

A escuna continuava no mesmo lugar, e por um momento pensei que poderia ser o *Conde Vermelho* transportando o dono do pavilhão e convidados. No entanto, a proa da embarcação apontava para o outro lado.

CAPÍTULO II

Da chegada noturna da embarcação

Voltei à gruta não só para preparar uma refeição de que precisava muito, mas também para cuidar do meu cavalo, negligenciado pela manhã. De vez em quando, caminhava até o limite do bosque, sem, no entanto, notar qualquer mudança no pavilhão, ou vislumbrar qualquer alma viva nas dunas. A escuna, até onde minha vista alcançava, era o único sinal de vida. Aparentemente sem objetivo definido, ela alternava de hora em hora entre o movimento, a pausa e a deriva, e apenas à medida que a tarde avançava foi aproximando-se. Convenci-me ainda mais de que trazia Northmour e seus amigos, que provavelmente atracariam após anoitecer, não só porque isso justificava os arranjos secretos na casa, mas também porque até as onze a maré não teria subido o bastante para abrir caminho entre o atoleiro de Graden e os demais charcos que protegiam aquela praia de invasores.

Ao longo do dia, apesar de o vento diminuir e o mar se acalmar, com o pôr do sol surgiu mais uma vez o tempo agitado da véspera. A noite virou um breu total. O vento vinha do mar em rajadas, como os tiros de uma bateria de canhões, e aqui e ali desabava uma pancada de chuva, a arrebentação tornando-se mais intensa com a maré que subia. Eu estava no meu posto de observação entre os sabugueiros quando acenderam uma luz no mastro da escuna, revelando-a, assim, mais próxima que o último lugar em que a observara sob a luz do dia. Concluí que emitiam um sinal aos associados de Northmour na praia e, caminhando até as dunas, olhei em volta em busca de alguma resposta.

Uma pequena trilha que percorria as margens do bosque formava uma ligação mais direta entre o pavilhão e a mansão. Quando olhei para aquele lado, vi uma centelha de luz a menos de quatrocentos metros aproximando-se rapidamente. O caminho tortuoso que fazia indicava ser de um lampião carregado por uma pessoa seguindo as curvas da trilha, várias vezes distorcida pelas rajadas de vento mais violentas. Eu me escondi de novo entre os sabugueiros, e esperei ansioso o avanço de quem quer que fosse. Então, vi uma mulher cuja feição reconheci, pois passou a menos de três metros da minha tocaia: a criada de Northmour naquela ocasião estranha era a senhora surda que cuidara dele quando criança.

Eu a segui a uma curta distância, tirando vantagem dos inúmeros altos e baixos do caminho, oculto pela escuridão e favorecido não só pela surdez da mulher, como também pelos ruídos do vento e das ondas. Ela entrou no pavilhão e, subindo diretamente para o andar superior, abriu uma das janelas com vista para o mar e depositou ali uma iluminação. Logo em seguida, a luz no mastro da escuna desapareceu; seu propósito fora atendido, e aqueles a bordo confirmaram que estavam sendo esperados. A criada continuou os preparativos, e, ainda que as outras janelas permanecessem fechadas, observei o vaivém de um brilho pela casa, e as fagulhas brotando de uma chaminé logo ratificaram que as lareiras estavam sendo acesas.

Estava convencido de que Northmour e seus convidados aportariam assim que houvesse água sobre o atoleiro. Era uma noite agitada demais para se recorrer aos botes, e senti certa apreensão mesclando-se à minha curiosidade, conforme pensava no risco da manobra. Apesar de excentricidade de meu velho amigo, era perturbador e lúgubre pensar em tal extravagância. Assim, movido por uma variedade de sentimentos, caminhei até a praia, onde me deitei de bruços em uma parte baixa do terreno, a menos de dois metros da trilha que levava ao pavilhão. Desse modo, conseguiria identificar quem chegasse e, se fossem conhecidos, logo que aparecessem os cumprimentaria.

Um pouco antes das onze, com a maré ainda perigosamente baixa, a luz de um bote apareceu perto da praia e, atento, percebi outro mais atrás, violentamente empurrado pelas ondas e algumas vezes até oculto por elas. O tempo que piorava conforme o avançar da noite, bem como a situação perigosa da embarcação naquela reentrância de mar, provavelmente os havia forçado a tentar chegar a terra o mais cedo possível.

Pouco depois, passaram por mim quatro tripulantes da escuna, todos carregando uma arca pesada, guiados por um quinto com um lampião; a criada os recebeu no pavilhão. Voltaram à praia, mais uma vez retornando com outra arca ainda maior, embora parecesse mais leve que a primeira. Na terceira vez, um dos tripulantes surgiu com uma mala de couro, e outro com uma grande bolsa também de couro e o baú de uma mulher. Minha curiosidade disparou: se havia uma mulher entre os convidados de Northmour, isso poderia sinalizar uma mudança dos hábitos dele e um abandono de suas convicções, o que me surpreendeu. Na época que vivemos ali juntos, o pavilhão fora um templo de misoginia, e então um membro do gênero detestado se instalaria sob aquele teto. Lembrei alguns detalhes, inclusive toques de sutileza e esmero requintado que me impressionaram no dia anterior, quando observei a arrumação da casa; o objetivo estava claro, e me achei um tolo por não ter percebido antes.

Perdido em tais pensamentos, vi outro lampião aproximando-se de mim, vindo da praia. Era carregado por um marinheiro que eu ainda não havia visto, o qual conduzia outras duas pessoas até o pavilhão; sem dúvida, os convidados para os quais a casa tinha sido preparada; aguçando meus olhos e ouvidos, prestei atenção neles. Um homem estranhamente alto, os olhos ocultos por um chapéu de viagem, o rosto escondido pela lapela alta da capa, abotoada e levantada. Nada mais consegui discernir além de ser alto e de andar lentamente, bastante curvado. Ao seu lado, não sei se apoiando-se nele ou ajudando-o a caminhar, uma jovem alta e esbelta. A pele extremamente clara, e sob a luz da lanterna, o rosto definido por sombras duras e marcantes, portanto, poderia ser feia como o cão ou muito bela, como depois descobri.

Quando estavam bem próximos a mim, a observação feita pela garota foi abafada pelo som do vento.

– Xiu! – Disse seu companheiro, e alguma coisa no tom da exclamação gelou meu coração. A voz parecia vir de alguém sofrendo o mais profundo terror, e nunca ouvi outra sílaba tão expressiva. Ainda a ouço quando tenho delírios noturnos e recordo os velhos tempos. Ao falar, o homem se virou para a moça, e tive um vislumbre de uma barba ruiva, de um nariz talvez quebrado na juventude e da luz daqueles olhos, a qual parecia iluminar-lhe o rosto com alguma emoção profunda e desagradável.

Os dois seguiram e logo foram recebidos no pavilhão.

Um a um, ou em grupos, os marinheiros voltavam à praia, até que o vento me trouxe o grito de uma voz rouca: "Sumam daqui!". E então, após uma pausa, outro lampião se aproximou. Era Northmour, sozinho.

Minha esposa e eu, um homem e uma mulher, muitas vezes conversávamos sobre como alguém poderia incorporar, ao mesmo tempo, tanta beleza e tanta repulsa quanto Northmour. Embora aparentasse ser um cavalheiro distinto, no rosto todos os sinais de inteligência e coragem, bastava observá-lo, mesmo em seus momentos mais amigáveis, para perceber o temperamento de um capitão escravagista. Nunca conheci alguém tão explosivo e vingativo: ele combinava a vivacidade das pessoas do sul com as aversões mortais das pessoas do norte, e ambos os traços estampavam-se em sua aparência como um sinal de aviso. Fisicamente era alto, forte e ágil, os cabelos muito escuros e o semblante soturno, sem dúvida uma beleza arruinada por uma expressão ameaçadora.

Ali ele parecia mais pálido que o normal; sisudo, caminhava resmungando e olhando o entorno sem parar, como se estivesse preocupado. Ainda assim, tive a impressão de que exibia um ar de triunfo, como se tivesse feito muitas coisas e naquele momento fosse consumar algum objetivo.

Em parte por um pouco de educação – que me atrevo a dizer ter chegado tarde demais –, em parte pelo prazer de surpreender um conhecido, quis que ele me notasse logo.

Então, fiquei em pé de imediato, dei um passo à frente e chamei: "Northmour!".

A reação do sujeito desencadeou o maior susto de minha vida. Ele saltou sobre mim em silêncio, na mão uma brilhante adaga vindo em direção ao meu peito. Só me restou derrubá-lo no chão com toda força. Não sei se pela minha velocidade ou pela incerteza dele, a lâmina só atingiu de raspão meu ombro, enquanto o cabo e o punho de Northmour me golpearam com força na boca.

Corri, mas não para muito longe. Já havia observado muitas vezes que as dunas serviam de abrigo a emboscadas ou a fugas furtivas e, a menos de dez metros de onde brigamos, atirei-me no meio do mato. O lampião tinha caído e apagado, e com perplexidade vi Northmour disparar até o pavilhão, trancando a porta com tal força que as trancas de ferro ressoaram!

Ele não me perseguiu. Havia fugido. Northmour, a quem conhecia como ousado e implacável, havia fugido! Eu não conseguia acreditar, mas naquela ocasião estranha, quando tudo soava inacreditável, nada tornaria a situação mais ou menos crível. Por que o pavilhão fora arrumado em segredo? Por que Northmour e seus convidados atracaram na calada da noite, sob ventania, com o atoleiro mal coberto pelas águas? Por que ele tentara me matar? Não teria reconhecido minha voz? Fiquei pensando... E, acima de tudo, por que ele carregava uma adaga? Uma adaga, ou mesmo uma faca afiada, não seria algo comum naqueles dias, e um cavalheiro aportando de seu iate, na praia de sua propriedade, ainda que à noite e sob circunstâncias misteriosas, geralmente não está preparado para um combate mortal. Quanto mais refletia, mais me sentia perdido. Recapitulei os elementos enigmáticos, contando-os nos dedos: o pavilhão preparado em segredo; os visitantes arriscando as próprias vidas para aportarem; o iate também em perigo; os convidados, ou pelo menos um deles, claramente aterrorizados com alguma coisa; Northmour armado; Northmour apunhalando seu amigo mais íntimo de imediato; e por último, mas não menos estranho, Northmour fugindo do homem que tentara matar, correndo para o pavilhão e trancando-se como se fosse caçado. Com certeza, motivos distintos, isolados ou combinados, para provocar perplexidade, todos formando juntos uma história consistente. Quase me senti envergonhado de acreditar nos meus instintos.

E ali, antes paralisado por pensamentos, comecei a ter uma dolorosa consciência dos ferimentos provocados pela briga; escapuli pelas dunas e, por um caminho tortuoso, voltei ao abrigo do bosque. No percurso, a velha ama, portando o lampião, passou mais uma vez a alguns metros de mim na viagem de volta à mansão de Graden. Com certeza, mais um elemento suspeito no caso: parecia que Northmour e seus convidados iriam cozinhar e limpar tudo eles mesmos, enquanto a criada ficaria sozinha naquela grande fortaleza vazia. Deveria haver um bom motivo para tanto segredo, considerando-se as muitas inconveniências confrontadas para preservá-lo.

Pensativo, voltei à gruta. Visando à minha segurança, pisei nas brasas da fogueira para apagá-la e acendi o fogo do lampião com o intuito de examinar o ferimento no ombro. Um pouco além de um mero arranhão, ainda que tivesse sangrado bastante, e tratei-o da melhor maneira que pude (porque a posição dificultava a ação), usando uns trapos e água da nascente. Enquanto me cuidava, mentalmente declarei guerra contra Northmour e seu mistério. Não sou raivoso por natureza, e acredito que pulsava em meu coração mais curiosidade que ressentimento. Mas declarei guerra com firmeza e, como preparação, peguei meu revólver, limpei-o e recarreguei-o com muito cuidado. Depois, fui cuidar de meu cavalo, que poderia sair vagando ou começar a relinchar, revelando meu acampamento no bosque. Decidi que o mais adequado seria abandonar o local, e bem antes de amanhecer já percorria as dunas a caminho da vila de pescadores.

CAPÍTULO III

De como conheci minha esposa

Durante dois dias rondei o pavilhão, protegido pelo terreno acidentado das dunas. A necessidade me fizera adepto dessas táticas. O encontro dos outeiros baixos com os vales rasos formava um tipo de manto de escuridão para a minha fascinante (e talvez imoral) investigação. No entanto, mesmo com essa vantagem, pouco descobri sobre Northmour e seus visitantes.

A criada, protegida pela escuridão da noite, abastecia a mansão com provisões frescas. Northmour e a moça, às vezes juntos, mas quase sempre sozinhos, caminhavam por uma ou duas horas pela praia, margeando as areias movediças do atoleiro. Concluí que planejavam tais passeios de modo a manter a discrição, pois aquele lugar só se abria para o mar. Isso não me atrapalhou, visto que as colinas de areia mais acidentadas ficavam bem próximas e, de bruços em uma reentrância, eu conseguia observar Northmour e a moça em suas voltas.

O homem alto parecia ter desaparecido. Nunca saíra, nunca aparecera nas janelas, pelo menos em momentos em que eu estava lá; por precaução, tentava não ultrapassar uma certa distância durante o dia, pois o andar superior da casa alcançava a mesma altura das dunas e, à noite, quando me aventurava mais à frente, as janelas de baixo trancadas pareciam resistir a um cerco. Algumas vezes, pensei que o homem alto deveria estar de cama, em razão de sua debilidade ao andar. Em outros momentos, pensei que ele deveria ter partido e que Northmour e a jovem haviam ficado sozinhos no pavilhão. Tal ideia me desagradava.

Fossem ou não esposo e esposa, muitas razões me levavam a duvidar da amizade naquela relação. Mesmo não conseguindo ouvir nada do que diziam, e raramente vendo qualquer expressão significativa nos rostos de ambos, havia distância, quase frieza no modo como agiam, o que sugeria não serem próximos ou estarem brigados. A moça andava mais rápido na companhia de Northmour do que quando estava sozinha, e eu achava que qualquer aproximação entre um homem e uma mulher na verdade tornaria os passos mais lentos. Além disso, permaneciam afastados pelo menos um metro, e ela estendia a sombrinha entre eles como uma barreira. Northmour continuava aproximando-se e, conforme a moça se distanciava daqueles avanços, os dois faziam um caminho que formava uma diagonal ao longo da praia, o qual os teria levado até as ondas caso continuassem daquele jeito por muito tempo. Porém, quando isso estava prestes a acontecer, a garota mudava de lado sem cerimônia alguma, deixando Northmour entre ela e o mar. Eu observava tais manobras e ria em aprovação a cada movimento.

Na manhã do terceiro dia, a moça caminhou sozinha por um tempo e percebi, preocupado, que mais de uma vez ela chorava. Perceba que meu coração já estava mais interessado do que eu imaginava. A garota movia-se com determinação, ainda que suavemente, a cabeça erguida em uma graça inimaginável; era bonito observar cada passo, e aos meus olhos dela emanava doçura e distinção.

Aquele dia estava tão agradável, calmo e com o céu claro, o mar tranquilo e uma fragrância saudável e vigorosa no ar que, ao contrário do habitual, a moça havia saído uma segunda vez para caminhar. Northmour a acompanhava, e tinham passado pouco tempo na praia quando o vi pegando a mão da garota à força. Ela se opôs e reclamou, quase gritando. Fiquei em pé de imediato, sem pensar na minha situação inusitada, mas, assim que dei um passo, vi Northmour segurando o chapéu, curvando-se muito, como em um pedido de desculpas, e voltei ao meu esconderijo. Trocaram poucas palavras, e, com outra reverência, ele saiu da praia e voltou ao pavilhão. Passou por mim ruborizado e transtornado, brandindo a bengala com irritação pelo mato. Satisfeito, vislumbrei um pouco de minha própria obra: um grande corte sob o olho direito dele, acompanhado de um hematoma de tamanho considerável.

A moça continuou onde ele a deixara, olhando em direção à ilhota e ao mar naquele dia claro. Então, em um rompante, como alguém que afasta as preocupações e alinha os próprios pensamentos, retomou uma caminhada rápida e decidida. Muito afetada pelo acontecido, esqueceu-se de onde estava. Enquanto a observava, vi que seguia direto até as margens do atoleiro, onde a areia movediça era mais abrupta e traiçoeira. Mais dois ou três passos e a vida da jovem estaria em apuros; então, escorreguei pelo lado da duna e, depois de correr metade do caminho, gritei que ela parasse.

Ela obedeceu e se virou. Com o rosto desprovido de qualquer sinal de medo, marchou direto até mim, feito uma rainha. Eu estava descalço e vestido como um marujo qualquer, não fosse pelo lenço egípcio na cintura, e ela deve ter achado que eu morava na vila dos pescadores e que a estava perseguindo. Quando ficamos frente a frente, seus olhos se fixaram imperiosamente nos meus, e fascínio e admiração me invadiram: ela era ainda mais bela do que eu imaginara. Sentia-me incapaz de conceber a ideia de alguém preservar um ar de donzela, singular e envolvente, mesmo agindo com bravura, mas minha esposa manteve um comportamento conservador durante toda sua admirável vida, uma excepcional qualidade em uma mulher, pois dava outro valor às suas intimidades.

– O que significa isso? – Perguntou ela.

– Você estava indo direto para o atoleiro – expliquei.

– E você não é daqui – comentou. – Fala como um homem educado.

– Sim – confirmei. – Ainda que esteja disfarçado.

No entanto, seus olhos de mulher já haviam percebido.

– Oh! – Exclamou. – Seu lenço o denuncia.

– Falando em *denunciar* – continuei –, posso pedir que não converse com ninguém sobre este encontro? Fui obrigado a me revelar para ajudá-la, mas, se Northmour souber que estou aqui, a situação talvez se complique para mim.

– Você sabe com quem está falando? – Perguntou ela.

– Não é a esposa do sr. Northmour? – Indaguei, esperando uma resposta.

Ela negou com um gesto de cabeça, enquanto estudava meu rosto com alguma intenção que me deixou nervoso. Então, irrompeu:

– Seu rosto é o de uma pessoa honesta. Seja como ele e me diga o que quer e do que tem medo. Acha que eu iria machucá-lo? Acredito que você teria muito mais chance de me ferir! Ainda assim, não me parece um bruto. Considerando-o um cavalheiro, qual a sua intenção ao agir feito um espião sorrateiro neste lugar desolado? Diga-me – enfatizou. – Procura fazer mal a quem?

– Não quero o mal de ninguém – respondi –, e também não estou com medo. Meu nome é Cassilis. Frank Cassilis. Levo uma vida de andarilho por vontade própria. Sou um dos amigos mais antigos de Northmour e, três noites atrás, quando o abordei nas dunas, ele me apunhalou no ombro.

– Então era você! – Ela exclamou.

– Não consigo imaginar – continuei, ignorando a interrupção – o porquê de ele ter feito isso, e não sei se me interessa. Não tenho muitos amigos, nem faço amizades com tanta facilidade, mas homem nenhum há de me expulsar de sua casa por meio do terror. Eu estava acampando no bosque de Graden quando ele chegou; ainda estou lá. Se acha que desejo mal a vocês, madame, a solução está em suas mãos. Diga a Northmour que meu acampamento é na nascente das cicutas, e que, se ele quiser, poderá me apunhalar em segurança enquanto durmo.

Com isso, tirei meu chapéu em um gesto de despedida e voltei para as colinas. Desconheço a razão, mas senti ali uma grande injustiça, e me entendi como um herói e um mártir, quando na verdade não encontrei uma palavra em minha defesa, nem uma razão plausível para explicar minha conduta. Decidi ficar em Graden graças a uma curiosidade natural, ainda que sem muita dignidade. E mesmo que existisse outro motivo para se somar ao primeiro, naquele momento não poderia explicá-lo à dona do meu coração.

Naquela noite, não pensei em mais ninguém. E ainda que a situação e o comportamento da moça tivessem parecido suspeitos, fui incapaz de pensar em alguma coisa que me fizesse duvidar de sua integridade. Eu apostaria minha vida que ela não tinha culpa alguma e, embora sem qualquer explicação no momento, o desvelar do mistério mostraria que a participação da moça nos eventos envolveria justiça e necessidade. Por mais que pensasse, não consegui elaborar uma teoria que explicasse a relação dela com Northmour, e não queria chegar a uma conclusão fundamentada em meus sentimentos, e não na razão. Assim, naquela noite, fui dormir com a imagem dela em meu travesseiro.

No dia seguinte, a jovem saiu sozinha na mesma hora e, assim que as colinas arenosas a ocultaram da vista do pavilhão, aproximou-se das beiradas e me chamou pelo nome com discrição. Estupefato, percebi que ela estava mortalmente pálida, como se afetada por alguma emoção fortíssima.

– Sr. Cassilis! – Chamou. – Sr. Cassilis!

Logo que desci até a praia, notei a moça visivelmente aliviada por me ver.

– Oh! – Exclamou ela, suspirando, como se lhe tirassem um peso do peito. – Graças a Deus, você ainda está bem! – Disse. – Eu sabia que, se estivesse, acabaria encontrando-o aqui. – (Isso não era maravilhoso? A natureza tão sábia prepara com delicadeza nossos corações para essas intimidades vitalícias; minha esposa e eu havíamos pressentido esse segundo encontro. Eu esperava que ela me procurasse; ela tinha certeza de que me encontraria.) Então, continuou a falar com pressa: – Não fique neste lugar. Prometa-me que não dormirá naquele bosque. Não sabe como me sinto; na noite passada nem sequer consegui dormir, pensando que você corria perigo.

– Perigo? – Repeti. – Perigo de quê? Northmour?

– Não – respondeu. – Acha que eu contaria alguma coisa para ele, depois do que você me disse?

– Nada vindo de Northmour? – Repeti. – Então de onde? De quem? Não vejo o que temer.

– Não me pergunte, pois não tenho liberdade para lhe explicar. Apenas acredite em mim e vá embora. Acredite: fuja rápido, fuja por sua vida!

Uma pessoa jamais se livraria de um jovem obstinado com um aviso tão enfático. Minha determinação só aumentava à medida que ela falava, e decidi que era meu dever continuar ali, inclusive devido à preocupação que ela nutria pelo meu bem-estar.

— Não quero que me julgue um bisbilhoteiro, madame – comentei –, mas, se Graden é assim tão perigosa, você também corre risco aqui.

Ela me encarou com desaprovação.

— Você e seu pai... – Continuei, mas a jovem me interrompeu com um suspiro de surpresa.

— Meu pai? Como sabe disso? – Espantou-se.

— Vi vocês chegarem juntos – expliquei, e isso pareceu bastar para nós dois, pois era a verdade. – Não precisa me temer. Vejo que tem motivo para a discrição, e acredite: seu segredo está seguro comigo. Nos últimos anos, falei poucas vezes com qualquer pessoa; meu cavalo é minha única companhia, e até ele, coitado, agora está longe daqui. Assim, confie no meu silêncio. Mas me diga a verdade, minha cara senhorita: você corre perigo?

— O sr. Northmour disse que você é um homem honrado – ela comentou –, e vejo que posso acreditar. Não lhe direi mais que isto: você está certo, estamos correndo um perigo terrível, terrível, que também poderá afetá-lo caso continue aqui.

—Ah! Então Northmour falou de mim? – Perguntei, surpreso. – E falou bem?

— Na noite passada, perguntei a ele sobre você. Eu fingi... – Hesitou. – Fingi que o conheci há muito tempo e toquei no assunto. Não é verdade, mas eu não saciaria minha curiosidade sem trair sua confiança, e você me colocou numa situação difícil. Ele o elogiou bastante.

— Se me permite uma pergunta, esse perigo de que fala vem de Northmour?

— Do sr. Northmour? Ah, não, ele está conosco para nos ajudar.

— E mesmo assim você acha que eu deveria fugir? – Indaguei. – Parece não me ter em alta conta.

— Por que deveria ficar? – Retrucou ela. – Você não é nosso amigo.

Não sei o que ocorreu comigo, pois não me lembro de me sentir tão fraco desde a infância, mas a desolação foi tamanha com aquela resposta que, enquanto olhava para a jovem, meus olhos se encheram de lágrimas.

– Não, não – adiantou-se ela, mudando o tom de voz. – Não foi o que eu quis dizer, não quero parecer rude.

– Fui eu quem a ofendi – eu disse, e levantei a mão como em um apelo, o que de certa maneira a sensibilizou, porque ela a segurou de imediato, quase com fervor. Por um momento de mãos dadas, olhei-a nos olhos. A jovem desprendeu a mão primeiro e, esquecendo-se do que acabara de dizer, correu a toda velocidade, sem olhar para trás, até desaparecer.

E assim eu soube que a amava, e em meu coração tive a certeza de que era recíproco. Sim, ela sentia o mesmo! Nos dias que ainda viriam ela negou esse sentimento muitas vezes, mas sempre com um sorriso, não de modo sério. Da minha parte, tenho certeza de que nossas mãos não teriam se tocado se ela já não estivesse começando a se afeiçoar a mim. No fim das contas, logo a própria jovem confessou que me amava.

Ainda assim, não aconteceu quase nada no outro dia. Ela chegou e me chamou como fizera antes, repreendendo-me por continuar em Graden e, ao descobrir como eu era teimoso, começou a perguntar mais detalhes de minha chegada. Contei-lhe a série de incidentes que testemunhei quando desembarcaram, e também como decidi ficar: em parte em razão da curiosidade despertada pelos convidados de Northmour, em parte pelo ataque violento dele. Quanto ao primeiro motivo, não fui muito sincero, pois a levei a acreditar que ela havia me atraído desde o primeiro momento que a vi nas dunas. A confissão deixa meu coração mais leve, agora que minha esposa está com Deus e já sabe de todas as coisas, até dos meus propósitos, porque, enquanto ela viveu, nunca tive coragem de lhe dar esse desgosto.

Dali em diante, embrenhamo-nos em assuntos muito diversos, e falei bastante sobre minha existência andarilha e solitária; ela, por sua vez, ouvia muito e dizia pouco. Ainda que conversássemos de maneira natural, e quase sobre qualquer coisa, ambos estávamos docemente agitados. A hora de ela voltar parecia cada vez chegar mais cedo, e, quando nos separávamos, não havia nem mesmo um aperto de mão, como que por consentimento mútuo, pois sabíamos que entre nós esse não era um ato qualquer.

No quarto encontro, vimo-nos no mesmo lugar bem cedo, com muita familiaridade, mas também bastante timidez. Quando ela mais uma vez enfatizou que eu corria perigo ali, fala que entendia como uma desculpa para vir me encontrar, eu, que durante a noite tanto pensara no que dizer, comecei a dizer que estimava muito o interesse dela, acrescentando que ninguém nunca se importara em saber sobre minha vida, e que eu mesmo jamais falara de mim antes do dia anterior. Até que de repente ela me interrompeu, dizendo com veemência:

– E ainda assim, se soubesse quem sou, jamais falaria comigo!

Comentei que era uma loucura dizer algo do tipo e que, por menos que nos conhecêssemos, já a considerava uma amiga querida. Mas meus protestos só pareciam deixá-la mais desesperada.

– Meu pai está se escondendo aqui! – Exclamou.

– Minha querida – falei, esquecendo-me de dizer "senhorita" logo em seguida –, e qual é o problema? Se ele precisasse se esconder mais vinte vezes, isso mudaria o que você sente?

– Ah, mas o motivo! – Lamentou ela e, hesitante, prosseguiu: – O motivo é uma vergonha imensa!

CAPÍTULO IV

De como descobri, de maneira surpreendente, que não estava sozinho no bosque de Graden

Esta é a história de minha esposa, de acordo com o que ouvi entre lágrimas e soluços dela. Chamava-se Clara Huddlestone, um nome que soava belo aos meus ouvidos, embora não tanto quanto Clara Cassilis, que usou por mais tempo e, graças a Deus, ao longo da fase mais feliz de sua vida. O pai, Bernard Huddlestone, trabalhara em um banco, na área de alto investimento. Anos antes, devido a complicações em seus negócios, foi levado a recorrer a expedientes arriscados, até mesmo criminosos, na tentativa de se recuperar da ruína. Tudo em vão: de modo cruel, tornou-se mais e mais envolvido em coisas escusas, perdendo honra e fortuna. Naquela época, Northmour cortejava Clara com frequência, ainda que sem muita coragem, e Bernard, sabendo que o homem o socorreria, quando chegou ao limite lhe pediu a ajuda de que tanto precisava. O infeliz carregava nos ombros não apenas ruína e desonra, mas também uma condenação legal, e talvez até enfrentasse despreocupado uma prisão, pois na verdade ele temia mesmo algum atentado à sua vida, o que o mantinha acordado à noite ou o despertava, agitado, do sono. Assim, desejava fugir para alguma ilha do Pacífico Sul, e é aí que o *Conde Vermelho*, o iate de Northmour, entrava na história. A embarcação os pegou de maneira clandestina na costa galesa e levou-os a Graden, onde ficariam até que a aparelhassem e estocassem com suprimentos para a viagem mais longa. Clara não duvidava do preço da passagem, a mão dela em casamento; por mais que Northmour não fosse rude ou indelicado, já havia mostrado diversas vezes, na fala e nas ações, ousadia e presunção demasiadas.

Não preciso dizer que a ouvi com toda atenção, e fiz várias perguntas quanto aos trechos mais misteriosos da história. Em vão. Ela não tinha ideia do que aconteceria, nem de onde viria a tal ameaça. A preocupação de Bernard Huddlestone, sincera e extenuante, o levara a mais de uma vez pensar em simplesmente entregar-se à polícia, plano logo abandonado porque estava convencido de que nem mesmo o poder das nossas prisões inglesas o protegeria de seus perseguidores. Nos últimos anos de trabalho, ele fizera muitos negócios com a Itália e com italianos que viviam em Londres, os quais, pelo que Clara imaginava, estavam de algum modo envolvidos com o que quer que o ameaçava. Afinal, o sr. Huddlestone se aterrorizara com a presença de um marujo italiano a bordo do *Conde Vermelho* e reclamara muito disso com Northmour, cuja resposta nunca variava: Beppo (o italiano) era um sujeito excelente e confiável até a morte. Entretanto, o pai de Clara continuava dizendo que tudo estava perdido, e que em questão de dias Beppo o arruinaria.

Entendi a história toda como a alucinação de uma mente abalada pela desgraça. Como o homem havia sofrido imensas perdas com as transações italianas, é claro que, na cabeça dele, o maior pesadelo viria de um homem nascido na Itália.

– Seu pai precisa – expliquei – de um bom médico e uns calmantes.

– Mas e o sr. Northmour? – Objetou ela. – Não tem problemas financeiros, e ainda assim compartilha o terror de meu pai.

Acabei rindo do que considerava inocência da parte de Clara.

– Minha querida, você já me disse a recompensa que ele espera – falei. – Lembre-se de que tudo vale no amor, e se Northmour fomenta os medos do seu pai, não é por temer algum italiano, e sim por estar apaixonado por uma inglesa encantadora.

Ela me lembrou do ataque na noite do desembarque, e fui incapaz de explicá-lo. Em resumo, dadas as circunstâncias, chegamos a um acordo: eu deveria partir de imediato para Graden Wester (como era chamada a vila dos pescadores), ir atrás de todos os jornais que encontrasse e ver se havia alguma informação factual que justificasse tantas preocupações.

Na manhã seguinte, na mesma hora e no mesmo lugar, fiz meu relatório à Clara. Ela não mencionou minha partida, nem disfarçou o fato de eu estar próximo ser útil e agradável; da minha parte, nunca a abandonaria, ainda que me implorasse de joelhos.

Cheguei a Graden Wester antes das dez da manhã; naquela época, caminhava bastante e era excelente nisso, e a distância, como acho que já mencionei, não chegava a doze quilômetros; uma bela caminhada pela relva macia. A vila é uma das mais desoladas daquela costa, o que diz muito: uma igreja em uma baixada; um porto miserável perto dos rochedos, nos quais muitos barcos haviam se perdido ao voltar da pescaria; umas cinquenta casas de pedra ao longo da praia e em duas ruas, uma delas saindo do cais, e outra transversal a esta, e, no cruzamento de ambas, uma taverna muito escura e desolada que servia de hotel local.

Eu tinha me vestido de modo mais condizente com meu modo de vida, e, assim que cheguei, procurei o ministro da igreja na residência paroquial, ao lado do cemitério. Ele me reconheceu, apesar de se passarem nove anos desde a última vez que estivera ali. Quando lhe contei que vinha de uma longa jornada como andarilho e que procurava saber das notícias, logo me emprestou um monte de jornais, datados de até um mês antes daquele dia. Com eles em mãos, fui até a taverna e, pedindo o desjejum, sentei-me para estudar a "Falência de Huddlestone".

Pelo visto, fora um escândalo. Milhares de pessoas caíram na pobreza, e uma em particular dera um tiro na própria cabeça logo depois da suspensão do pagamento. Soava-me estranho que, enquanto lia as notícias, ainda simpatizasse mais com o sr. Huddlestone que com suas vítimas, tamanho o amor pela minha esposa. Diante dos fatos, esperava-se um preço pela cabeça do homem e, como o caso era imperdoável e a indignação pública só aumentava, ofereciam a soma incomum de setecentas e cinquenta libras por sua captura. Dizia-se que ele mantinha vultosas quantias de dinheiro guardadas. Um dia, ouviram falar dele na Espanha; no dia seguinte, confirmaram que estava entre Manchester e Liverpool, ou ao longo das fronteiras de Gales; e no dia seguinte, um telegrama anunciaria sua chegada a Cuba ou Iucatã. Mas inexistia qualquer referência a italianos, e não havia sinal de mistério.

No último dos jornais, no entanto, surgiu um fato pouco esclarecido. Os contadores encarregados de verificar a falência tinham, ao que parece, encontrado registros de uma enorme soma de milhares de libras, que por um tempo passou pelas transações de Huddlestone, ainda que vinda do nada e tendo desaparecido da mesma maneira misteriosa. Referiam-se à ocorrência pelo nome uma só vez, sob as iniciais "X. X.", mas obviamente havia aparecido nos negócios em algum período de baixa atividade, uns seis anos antes. Corria o rumor de que tinham mencionado o nome de uma pessoa conhecida da realeza conectado àquele valor. "O bandido covarde", segundo me lembro de ser a expressão editorial, supostamente escapara com uma boa parte desse fundo misterioso, que estaria ainda com ele.

Eu continuava ruminando os fatos, na tentativa de estabelecer alguma conexão com o perigo que Huddlestone corria, quando um homem entrou na taverna e pediu pão e queijo, com um sotaque claramente estrangeiro.

– *Siete italiano?* – Perguntei.

– *Sì, signor* – confirmou.

Comentei que era incomum encontrar um de seus compatriotas tão ao norte, mas ele se limitou a encolher os ombros e explicar que as pessoas vão a qualquer lugar em busca de trabalho. Não consegui imaginar que trabalho ele encontraria em Graden Wester. Esse incidente me incomodou tanto que, depois, perguntei ao proprietário do lugar, enquanto ele contava uns trocados, se já tinha visto algum italiano na vila. A resposta foi que uma vez vira alguns noruegueses, que haviam sido resgatados pelo barco salva-vidas de Cauldhaven após um naufrágio no outro lado de Graden Ness.

– Não! – Comentei. – Falo de italianos como aquele sujeito que pediu pão e queijo.

– O quê? – Bradou ele. – O esquisito e dentuço? Era um *taliano*? Olha, é o primeiro que vejo, e acho que o último.

Enquanto ele falava, levantei os olhos para observar a rua, onde vi três homens conversando muito sérios, a menos de trinta metros. Um deles era o que estivera na taverna comigo um momento antes; os outros dois, pelas feições belas e acastanhadas e chapéus de feltro, obviamente tinham a mesma origem. Um bando de crianças da vila os rodeava, imitando-os com gestos e palavras desconexas. O trio destacava-se pelo exotismo naquela rua desolada e sob o céu cinzento. Confesso que ali tive um choque de incredulidade do qual nunca me recuperei. Por mais que tentasse ser racional quanto às circunstâncias, comecei a compartilhar verdadeiro horror pelos italianos.

Já era quase fim do dia quando devolvi os jornais à casa da igreja e me dirigi ao caminho das dunas para voltar. Uma caminhada que jamais esquecerei: o tempo muito frio e tempestuoso, o vento cantando pelo mato baixo aos meus pés; pancadas de chuva fina em rajadas, e uma imensa cordilheira de nuvens começou a se levantar do seio do mar. Difícil imaginar um entardecer mais deprimente, e, em razão da atmosfera ou dos nervos já afetados pelo que havia visto e ouvido, meus pensamentos estavam tão sombrios quanto o céu.

As janelas superiores do pavilhão tinham vista para boa parte das dunas na direção de Graden Wester. Para evitar ser observado, precisava seguir pela praia até que tivesse a cobertura das colinas de areia do pequeno promontório, onde poderia atravessar pelas baixadas até a orla do bosque. O sol quase se pondo, a maré baixa e o atoleiro descoberto, enquanto eu caminhava perdido em pensamentos desagradáveis até que, de repente, fiquei estupefato ao perceber pegadas. Seguiam paralelas ao meu caminho, porém, mais próximas da praia, em vez de ao longo da relva; quando as examinei, constatei que, pelo tamanho e força, não eram de alguém do pavilhão. Além disso, o descuido do percurso, passando perto dos maiores trechos de areia movediça, indicava claramente alguém que não conhecia a região e não sabia da má reputação das praias de Graden.

Passo a passo, segui as pegadas até que as vi desaparecer uns quatrocentos metros adiante, em direção ao limite sudeste do atoleiro; ali, quem quer que fosse o miserável, com certeza havia morrido. Uma ou outra gaivota, prováveis testemunhas do sumiço, voavam em círculos sobre o sepulcro, com o mesmo grasnado melancólico de sempre. Em um último esforço, o sol brilhou entre as nuvens e tingiu as areias movediças de um tom de roxo crepuscular. Parado um tempo, enregelado e desalentado fiquei, olhando aquele lugar com uma intensa consciência da morte. Lembro que pensei em quanto tempo a tragédia teria durado, e se do pavilhão ouviriam os gritos do sujeito. Estava controlando o choro quando uma rajada de vento mais forte que o normal atravessou a praia e vi, primeiro rodopiando no ar, depois saltitando e voando baixo sobre as areias, um chapéu preto de feltro macio, meio cônico, semelhante aos que os italianos usavam.

Não tenho certeza, mas acho que na hora gritei. O vento empurrava o chapéu em direção à água, e corri para interceptá-lo, contornando o atoleiro. A rajada diminuiu, e o chapéu por um momento tocou a areia movediça até cair a alguns metros de onde eu estava. Você deve imaginar o meu interesse quando o peguei. Com certeza fora bastante usado, e estava mais desgastado que aqueles que vi na rua. O forro era vermelho, com o nome do artesão (que agora esqueci) e o da empresa de manufatura (Venedig) estampados, o mesmo nome que os austríacos davam à bela cidade de Veneza, que por muito tempo foi parte daquele país.

Em completo choque, imaginei italianos cercando-me por todos os lados, e pela primeira vez (e talvez a última até hoje) sofri um ataque de pânico. Não havia nada o que temer, mas admito que estava morrendo de medo, e voltei relutante ao meu acampamento, solitário e exposto no bosque.

Lá comi um mingau frio, sobra da noite anterior, pois não tive a mínima disposição de acender uma fogueira. Depois disso, sentindo-me melhor e mais seguro, dispersei esses terrores da minha imaginação e me deitei para dormir, já mais calmo.

Impossível supor quanto tempo dormi, mas acordei de repente com uma luz ofuscante no rosto, a qual me despertou como um tapa, e logo estava de joelhos, mas o brilho se desvaneceu tão rápido quanto tinha aparecido. A escuridão intensa, o som da tempestade e do vento do mar soprando forte ocultavam todos os outros.

Passou-se quase meio minuto até que eu me recompusesse. No entanto, imaginei ter sido despertado por um novo tipo de pesadelo vívido por dois motivos. Primeiro, a aba da minha tenda, que eu prendera com cuidado ao me deitar, estava solta. Segundo, ainda sentia o cheiro de metal quente e de óleo queimando, com uma certeza que excluía qualquer chance de alucinação. Portanto, a conclusão era evidente: alguém direcionando a fresta de uma lanterna para o meu rosto me acordara. Um simples clarão e nada mais. Alguém observara meu rosto e havia partido. Pensei no porquê de ser objeto de um procedimento tão estranho, e a resposta veio de imediato: o homem, quem quer que fosse, pensou me reconhecer, mas se enganou. Ainda havia outra questão cuja resposta eu temia: se eu fosse quem o sujeito esperava, o que ele teria feito?

Imediatamente parei de temer, entendendo que fora visitado por engano, e assim me convenci de que uma terrível ameaça pairava sobre o pavilhão. Reuni muita coragem para atravessar o matagal escuro que cercava e cobria a gruta, e fui tateando pelo caminho até chegar às dunas, encharcado pela chuva, surrado e ensurdecido pelas rajadas de vento, temendo a cada passo, pois talvez desse um encontrão em algum adversário à espreita. A escuridão era tão absoluta e o som do vento, tão intenso que eu poderia estar cercado por um exército e ainda assim não saberia; meus ouvidos e olhos de nada serviam.

Pelo restante daquela noite interminável, patrulhei as vizinhanças do pavilhão sem ver alma viva ou ouvir qualquer som que não fosse a sinfonia do vento, do mar e da chuva. Minha única companhia até o amanhecer foi uma luz no andar superior atravessando uma fresta das janelas.

CAPÍTULO V

De uma conversa entre mim, Northmour e Clara

Com o raiar do dia, saí do espaço aberto e voltei ao meu covil nas colinas de areia para esperar a chegada da minha esposa. A manhã estava cinzenta, tempestuosa e melancólica; o vento diminuíra antes de o sol nascer, mas as lufadas continuavam vindas do oceano; a maré começava a baixar, porém, a chuva ainda caía impiedosa. Embora por todo o ermo das colinas de areia não se visse criatura alguma, eu estava certo de que nos arredores se apinhavam inimigos à espreita. A luz que me despertara e o chapéu soprado pelo vento no atoleiro constituíam dois sinais claros do perigo que rondava Clara e os outros no pavilhão.

Acho que eram sete e meia, ou quase oito horas, quando a porta se abriu e aquela figura querida caminhou em minha direção em meio à chuva. Eu já estava na praia antes que ela cruzasse as dunas.

– Foi difícil vir! – Explicou. – Não queriam que eu saísse para caminhar na chuva.

– Clara, você não está com medo? – Indaguei.

– Não – ela respondeu com uma simplicidade que encheu meu coração de segurança; minha esposa era a melhor e a mais corajosa das mulheres; em minha vida descobri duas coisas que nem sempre andam juntas, mas nela se encontravam: Clara combinava o extremo da firmeza com as mais encantadoras virtudes.

Contei-lhe o que havia acontecido, e, ainda que pálida, ela manteve o mais perfeito controle emocional.

– Veja que estou seguro – concluí. – Não querem nada comigo, pois, se quisessem, eu já estaria morto ontem à noite.

Ela apoiou a mão em meu braço.

– E eu não fazia ideia! – Exclamou.

Encantou-me o jeito de ela falar aquilo. Envolvi-a em um abraço, e, antes que percebêssemos, as mãos dela deslizaram pelos meus ombros e nossos lábios se encontraram. E lembre que, naquele momento, ainda não havíamos trocado palavras de amor. Até hoje me recordo daquele toque da face molhada e gelada pela chuva, e muitas vezes desde então, quando ela lavava o rosto, eu a beijava movido pela lembrança daquela manhã na praia. Agora que foi tirada de mim e termino minha peregrinação sozinho, penso no carinho mútuo em que vivíamos e na profunda honestidade e afeição que nos uniam, e a perda que sofro hoje não é nada em comparação.

Acho que ficamos abraçados por alguns segundos – porque o tempo passa rápido para os que amam –, até que uma gargalhada próxima nos surpreendeu, um riso forçado para disfarçar alguma irritação. Nós nos viramos, meu braço esquerdo ainda ao redor da cintura de Clara, que não se afastou; alguns passos adiante, ali na praia, vimos Northmour, a cabeça baixa, as mãos para trás e a feição amarrada de raiva.

– Ah! Cassilis! – Disse ele quando identificou meu rosto.

– O próprio – confirmei, afinal não tinha o que esconder.

– Então, srta. Huddlestone, é assim que confia em seu pai e em mim? – Continuou ele, devagar, mas furioso. – É esse o valor que dá à vida do seu pai? E está tão apaixonada por esse jovem cavalheiro que pretende enfrentar a ruína, a decência e a cautela...

– A srta. Huddlestone... – Comecei, mas ele me cortou.

– Segure sua língua – disse. – Estou falando com a garota.

– Essa garota, como a chama, é minha esposa – corrigi, e ela se aproximou um pouco mais para que eu soubesse que confirmava minhas palavras.

– Sua o quê? – Gritou. – Mentira!

– Northmour, todos sabemos que você tem um gênio ruim, e sou a última pessoa que vai se ofender por suas palavras. Por isso, peço-lhe que fale mais baixo, porque estou convencido de que não estamos sozinhos.

Ele espreitou ao redor, e ficou claro que minha observação, até certo ponto, abrandara sua ira.

– Como assim? – Perguntou.

Eu só disse uma palavra: "Italianos".

Northmour soltou um palavrão e nos encarou, olhando de um para o outro.

– O sr. Cassilis sabe tudo o que eu sei – esclareceu minha esposa.

– E quero saber – irrompeu ele – de onde o diabo do sr. Cassilis saiu, e o que esse diabo está fazendo aqui. Vocês se dizem casados, e não acredito. Se fossem, o atoleiro de Graden logo os divorciaria, em quatro minutos e meio, Cassilis. Mantenho meu cemitério privado para os amigos.

– Para o italiano – objetei –, demorou um pouco mais que isso.

Por um momento, ele me encarou meio apavorado, e em seguida, quase cordialmente, pediu-me que contasse a história.

– Você me conhece muito bem, Cassilis – completou.

Eu lhe contei a história toda, inclusive como cheguei a Graden e a tentativa de ele me matar, e Northmour ouviu, exclamando várias vezes. Falei então o que tinha visto e ouvido dos italianos.

– Bem – disse ele, quando terminei –, sem dúvida o perigo está aqui. Se me permite perguntar, o que pretende fazer?

– Ficar com vocês e ajudá-los.

– Você é um homem corajoso – ele comentou, com uma entonação peculiar.

– Não estou com medo – expliquei.

– Então – continuou –, vocês dois são mesmo casados? E confirma isso diante de mim, srta. Huddlestone?

– Ainda não nos casamos – respondeu Clara –, mas tão logo seja possível o faremos.

– Bravo! – Exclamou Northmour. – E o trato? Maldição, você não é tola, jovenzinha; sejamos francos. E o trato? Sabe tão bem quanto eu do que a vida do seu pai depende. Basta eu enfiar as mãos nos bolsos e sair daqui que a garganta dele será cortada antes do anoitecer.

– Sim – retrucou Clara, determinada –, mas o senhor nunca fará isso. Firmou um acordo indigno para um cavalheiro, mas, como cavalheiro, jamais vai abandonar um homem a quem está ajudando.

– Rá! – Exclamou ele. – Acha que darei minha embarcação por nada? Acha que vou arriscar minha vida e liberdade por amor a um velho? E depois, suponho, compensar sendo o padrinho de um casamento? Bem – complementou, com um sorriso estranho –, talvez não esteja totalmente errada. Mas pergunte a Cassilis. *Ele* me conhece. Sou confiável? Tenho escrúpulos? Sou generoso?

– Bem sei que o senhor fala demais e, às vezes, muita bobagem – comentou Clara. – Mas também sei que é um cavalheiro, e, portanto, não temo qualquer represália.

Ele a encarou com aprovação e admiração ímpares; então, olhando para mim, disse:

– Acha que vou desistir dela assim de qualquer jeito, Frank? Serei direto, preste atenção: na próxima vez que chegarmos às vias de fato...

– Será a terceira – interrompi, sorrindo.

– Ah, sim, será – disse ele. – Tinha me esquecido. Bem, a sorte vem na terceira vez.

– Quer dizer que na terceira a tripulação do *Conde Vermelho* virá para ajudá-lo? – Falei.

– Está ouvindo o que ele diz? – Perguntou Northmour à minha esposa.

– Vejo dois homens falando como covardes – esclareceu ela. – Tenho horror de me imaginar pensando ou falando desse jeito. E nenhum dos dois acredita em uma palavra do que o outro diz, o que torna a situação ainda mais ridícula.

– A senhorita é mesmo preciosa! – Exclamou Northmour. – Mas ainda não é a sra. Cassilis. Por enquanto não vou falar mais nada.

Então, minha esposa me surpreendeu ao dizer de repente:

– Vou deixar vocês aqui. Meu pai está sozinho já faz muito tempo. Mas lembrem-se de uma coisa: façam as pazes, pois até onde sei são bons amigos.

Depois, ela me explicou o porquê de sua atitude: imaginava que, se permanecesse ali, nós dois continuaríamos discutindo, e suponho que estivesse certa; assim que se afastou, de imediato meu amigo e eu começamos uma troca de confidências.

Northmour observou-a se afastando pelas dunas.

– Ela é única! – Exclamou, com um palavrão. – Veja só como age!

Aproveitei o momento para esclarecer algumas coisas.

– Northmour, estamos todos juntos nessa, não?

– Acredito em você, meu caro – respondeu ele com muita ênfase, olhando nos meus olhos. – Na verdade, estamos trazendo o inferno até aqui. Não sei se acredita em mim, mas temo pela minha vida.

– Conte-me uma coisa: esses italianos... Eles estão atrás do quê? O que querem com o sr. Huddlestone?

– Você não sabe? – Perguntou. – O velho malandro recebeu um depósito *carbonaro*: duzentas e oitenta mil libras, e é claro que investiu tudo em apostas. Era para acontecer uma revolução em Tridentino, ou em Parma, mas não foi adiante, e agora o vespeiro todo está atrás de Huddlestone. Teremos muita sorte se conseguirmos salvar nossa pele.

– Os *carbonari*! – Exclamei. – Que Deus o proteja, de fato!

– Amém! – Retrucou Northmour. – E agora, veja só: eu disse que estamos encrencados, e, sendo sincero, sua ajuda me deixa feliz. Se não conseguir salvar Huddlestone, quero pelo menos salvar a garota. Venha e fique no pavilhão, e prometo-lhe que vou agir como seu amigo até que o velho esteja livre ou morto. Mas, uma vez que a situação esteja resolvida, você será de novo meu rival, e já lhe aviso... olhos vivos.

– Feito – falei, e selamos o acordo com um aperto de mãos.

– E agora, vamos direto à fortaleza – disse Northmour, caminhando através da chuva.

CAPÍTULO VI

De quando fui apresentado ao homem alto

Clara abriu a porta quando chegamos ao pavilhão, e surpreendeu-me a atenção dedicada à segurança e à defesa ali no local. Uma barricada muito forte, ainda que fácil de remover, protegia a entrada de qualquer violência externa, e as persianas da sala de jantar (aonde fui levado diretamente, iluminada apenas por uma lamparina) estavam fortificadas de modo ainda mais apurado: barras entrecruzadas reforçavam as folhas das janelas, as quais se mantinham no lugar devido a um sistema de braçadeiras e escoras, algumas delas apoiadas no chão, outras no teto e as demais, por fim, nas paredes opostas do aposento. Não escondi minha admiração diante daquela obra de carpintaria sólida e bem planejada.

– O engenheiro fui eu – exibiu-se Northmour. – Lembra-se das tábuas do jardim? Consegue vê-las?

– Não sabia que tinha tantos talentos – respondi.

– Você está armado? – Perguntou ele, apontando para um conjunto de espingardas e pistolas, todas organizadas de um jeito formidável, enfileiradas na parede e dispostas no aparador.

– Obrigado – agradeci. – Eu me armei desde o nosso último encontro, mas, para ser sincero, não comi nada desde ontem à tarde.

Northmour trouxe alguns embutidos e um ótimo vinho da Borgonha, dos quais logo me servi; encharcado pela chuva, não fiz cerimônia para beber. Sempre fui um homem abstêmio por princípios, mas é inútil levar princípios aos extremos, e naquela ocasião acho que acabei com três quartos da garrafa de uma vez. Enquanto comia, continuava a admirar os sistemas de defesa do pavilhão.

– Poderíamos aguentar um cerco aqui – falei, depois de um tempo.

– Sim... – Afirmou Northmour, a voz arrastada. – Pouco tempo talvez. Tenho absoluta certeza da resistência do pavilhão, mas a preocupação redobrada me consome. Se chegarmos a um tiroteio, alguém na região vai ouvir, e então... Bem, como se diz, é a mesma coisa, ainda que de outro jeito: presos pela justiça ou mortos por *carbonari*. Essas são as alternativas. Neste mundo, ter a lei contra você é terrível... Sempre digo isso ao senhor no andar de cima. Acho que ele concorda comigo.

– Aliás – comentei –, que tipo de pessoa ele é?

– Ah! – Exclamou. – Até onde sei, não passa de um sujeito repugnante. Adoraria ver o pescoço dele torcido amanhã mesmo por todos os demônios da Itália. Não estou nessa por causa dele. Acha que eu seria capaz disso? Fiz um acordo pela mão da nossa donzela, e ainda pretendo que seja cumprido.

– Entendo – retruquei. – Mas como o sr. Huddlestone vai entender minha intrusão aqui?

– Deixe isso com a minha Clara – debochou Northmour.

Eu poderia ter reagido com um soco a essa provocação gratuita, mas respeitei a trégua e (preciso dizer) Northmour também. Assim, enquanto o perigo nos rondou, nenhuma rusga surgiu entre nós. Meu testemunho sobre ele está repleto da mais sincera satisfação, e também me orgulho do meu próprio comportamento, pois é certo que nunca se viram dois homens forçados a conviver em uma situação tão irritante e hostil quanto aquela.

Assim que terminei de comer, inspecionamos o térreo. Verificamos os suportes de cada uma das janelas, fazendo aqui e ali alguma alteração sutil, com as batidas do martelo ressoando absurdamente alto pela casa. Lembro-me de ter sugerido que deixássemos brechas para atirar, mas Northmour me disse que já havia deixado algumas nas janelas do andar superior. A tensão de inspecionar tudo me deixou desanimado. Precisávamos proteger duas portas e cinco janelas e, contando com Clara, éramos apenas quatro para defender o lugar de um número desconhecido de inimigos. Expressei minha preocupação a Northmour, que me garantiu, inabalável, que as compartilhava completamente.

– Antes do amanhecer, estaremos esquartejados e enterrados no atoleiro – sentenciou ele. – Para mim, isso já é certeza.

Um calafrio me percorreu diante da menção das areias movediças, mas lembrei a Northmour que nossos oponentes haviam me poupado no bosque.

– Não se gabe – criticou ele. – Naquele momento, você não estava no mesmo barco que o velho. Vamos todos parar no atoleiro, escreva o que estou dizendo.

Estremeci pensando em Clara, ao mesmo tempo que ouvi a sua doce voz nos chamando para subir. Northmour foi na frente e, quando chegou ao piso superior, bateu à porta do que costumava chamar de *O quarto de meu tio*, visto que o fundador do pavilhão projetara o aposento especialmente para uso próprio.

– Entre, Northmour; venha, meu caro sr. Cassilis – disse uma voz lá dentro.

Abrindo a porta, Northmour permitiu-me entrar antes dele. Assim que o fiz, vi Clara passando discretamente pela porta ao lado, o escritório que fora preparado como quarto para ela. A cama, antes em pé contra a parede (como eu havia visto pela janela, em minha última ousada incursão), naquele momento estava no chão, e nela se sentava Bernard Huddlestone, o banqueiro falido. Apesar de apenas vê-lo nas dunas, sob as luzes oscilantes da lanterna, foi fácil reconhecê-lo. O rosto era pálido e tristonho, emoldurado por costeletas e uma longa barba ruiva. O nariz quebrado e as maçãs do rosto altas lhe conferiam traços de mongol, e os olhos claros brilhavam de maneira febril. Usava um gorro de seda preta, e uma bíblia enorme estava ao seu lado, na cama, um par de óculos dourados sobre ela; no aparador, empilhavam-se outros livros. No rosto, um ar cadavérico reforçado pelas cortinas verdes, e ele, apoiado em travesseiros, prostrava-se bastante encurvado, a cabeça tão à frente que passava dos joelhos. Acho que, se não tivesse morrido de outra maneira, a morte ocorreria em poucas semanas, devido a alguma doença.

O homem me cumprimentou com a mão comprida, magra e desagradavelmente hirsuta.

– Venha, venha, sr. Cassilis – disse. – Outro protetor, rá! Outro protetor. Um amigo de minha filha é sempre bem-vindo, sr. Cassilis. Como me ajudam esses amigos dela! Que Deus os abençoe e recompense por isso!

Estiquei-lhe minha mão, é claro, porque não poderia evitar, mas, preparado para simpatizar com o pai de Clara, senti-me imediatamente frustrado pela aparência dele e pelos tons lisonjeiros e surreais de sua fala.

– Cassilis é um bom homem – disse Northmour. – Vale por dez.

– Fiquei sabendo! – Exclamou o sr. Huddlestone, animado. – Minha menina me disse. Ah, sr. Cassilis, meus pecados finalmente me alcançaram! Estou muito, muito triste, mas igualmente arrependido. Todos deveremos nos ajoelhar diante do trono de Deus um dia, sr. Cassilis. Da minha parte, acredito que seja tarde, porém, com humildade sincera, ainda tenho fé.

– Você só fala bobagem! – Zombou Northmour.

– Não, não, caro Northmour! – Exclamou o velho. – Não diga isso. Não abale minhas esperanças. Você está esquecendo, meu rapaz, que esta noite mesmo talvez esteja diante do meu Criador.

Muito triste observar aquela agitação do homem, e me senti cada vez mais indignado com Northmour, cujas opiniões de descrente eu já conhecia (e das quais discordava), enquanto ele continuava a provocar o pobre pecador até tirá-lo do sério sobre seus arrependimentos.

– Ah, meu caro Huddlestone! – Disse ele. – Está sendo injusto consigo mesmo. Por dentro e por fora você é um homem do mundo, e fez todo tipo de coisa errada antes mesmo de eu ter nascido. Sua consciência é tão curtida quanto couro sul-americano; só se esqueceu de curtir seu fígado, e acredito que dele vem esse seu incômodo!

– Seu moleque arrogante! – Exclamou o sr. Huddlestone, balançando o dedo. – Não sou um puritano, se é essa a questão; sempre odiei puritanos, embora nunca tenha deixado de acreditar em algo melhor. Fiz coisas erradas, sr. Cassilis, não vou negar, ainda que depois da morte de minha esposa, e você sabe que, para um viúvo, as coisas mudam; sou pecador, sim, mas esperemos que não dos piores aos olhos de Deus. E falando nisso... Ouçam! – Irrompeu, com a mão levantada e os dedos abertos, no rosto uma expressão atenta e aterrorizada. – É só a chuva, graças a Deus! – Acrescentou, depois de uma pausa, com alívio indescritível.

Por alguns momentos, recostou-se entre os travesseiros como se fosse desmaiar; então se recompôs e, com a fala meio trêmula, começou a me agradecer mais uma vez pelo que eu estava prestes a fazer para defendê-lo.

– Uma pergunta, senhor – falei quando ele terminou. – É verdade que guarda dinheiro consigo?

Mesmo parecendo incomodado pela questão, admitiu, com relutância, que tinha um pouco.

– Bem – continuei –, eles estão atrás do dinheiro, não? Por que simplesmente não o entrega?

– Ah! – Respondeu ele, negando com a cabeça. – Já tentei, sr. Cassilis, e deveria ter resolvido! Mas eles querem sangue.

– Huddlestone, não foi bem assim – interveio Northmour. – Fale que ofereceu a eles duzentas mil libras a menos. Uma diferença digna de nota, não? É o que chamam de completar a soma, Frank. Entenda que os sujeitos pensam de um modo claramente italiano, e parece a eles, assim como a mim, que receberão as duas coisas quando chegar a hora: dinheiro e sangue, e com prazer.

– O dinheiro está no pavilhão? – Perguntei.

– Sim, mas o queria no fundo do mar – revelou Northmour. Então, de repente, continuou: – Por que está fazendo essas caras? – Gritou para o sr. Huddlestone, a quem eu havia ficado de costas sem perceber. – Acha que Cassilis venderia você?

O pai de Clara protestou, dizendo que jamais pensaria em algo do tipo.

– Acho bom mesmo – retorquiu Northmour, no pior humor possível. – Vamos acabar nos cansando de você. O que ia dizer? – Acrescentou, olhando para mim.

– Pensei em propor algo para esta tarde – falei. – Levar o dinheiro para fora, moeda por moeda, e deixá-lo diante da porta do pavilhão. Se os *carbonari* vierem... Bem, que levem o que é deles.

– Não, não! – Exclamou o sr. Huddlestone. – Não lhes pertence! Deve ser rateado entre todos os meus credores!

– Ora, vamos, Huddlestone – disse Northmour. – Não comece.

– Ai, mas a minha filha... – Gemeu o velho miserável.

– Vai ficar tudo bem com ela. Escolherá entre dois pretendentes, Cassilis e eu, e nenhum de nós é um desvalido. Quanto a você, para encerrar esta discussão: não tem direito a uma moeda sequer e, a menos que eu esteja muito enganado, está prestes a morrer.

As palavras de Northmour foram muito cruéis, mas o sr. Huddlestone atraía pouca simpatia e, ainda que ele tenha se encolhido e estremecido, mentalmente endossei aquela crítica; aliás, fui além, acrescentando em seguida:

– Northmour e eu estamos dispostos a ajudá-lo a salvar sua vida, desde que não escape com dinheiro roubado.

Percebi que ele lutou consigo mesmo por um momento, como se fosse ceder à raiva, mas prudentemente se conteve.

– Meus caros – disse, por fim –, façam comigo ou com meu dinheiro o que quiserem. Deixo tudo em suas mãos. Quanto a mim, preciso me recompor.

E, então, saímos de bom grado do aposento. Em um último relance, vi que ele pegou a enorme bíblia outra vez, e com mãos trêmulas ajustou os óculos para ler.

CAPÍTULO VII

De um grito na janela do pavilhão

A lembrança daquela tarde estará gravada para sempre em minha memória. Northmour e eu tínhamos certeza da iminência do ataque e, se detivéssemos o poder de alterar de algum jeito a ordem dos acontecimentos, nós o usaríamos para adiantá-los, em vez de postergar os momentos mais críticos. Esperávamos o pior, e ainda assim parecia não haver sofrimento mais terrível que aquele suspense todo... Nunca fui o mais ávido dos leitores (mesmo lendo bastante), mas jamais vira livros tão insípidos quanto aqueles que peguei e deixei de lado naquela tarde. À medida que o tempo passava, até conversar tornou-se impossível: um ou outro estava sempre atento a qualquer som, ou à espreita das dunas por uma das janelas do andar superior, sem qualquer sinal dos nossos adversários.

Discutimos várias vezes a proposta que fiz sobre o dinheiro, e, se estivéssemos com a cabeça mais fria, tenho certeza de que concordaríamos que não era inteligente; no entanto, determinados, ansiosos, preocupados, tomávamos medidas desesperadas, ainda que executar nosso plano servisse apenas para anunciar aos quatro ventos a presença do sr. Huddlestone no pavilhão.

O valor guardado estava parte em espécie, parte em notas promissórias e parte em ordens de pagamento em nome de James Gregory; tiramos tudo, contamos, guardamos em um pequeno baú de Northmour e redigimos uma carta em italiano, a qual ele prendeu na alça. Estava assinada por nós dois, sob juramento, e declarava que aquilo era tudo o que sobrara da falência da família

Huddlestone. Provavelmente foi a decisão mais insana já tomada por duas pessoas que se diziam sãs. Se o baú caísse nas mãos erradas, estaríamos condenados pelo testemunho escrito de próprio punho... Mas, como eu disse, nenhum de nós tinha condições de pensar direito, e ansiávamos fazer qualquer coisa, certa ou errada, que nos tirasse do lugar, em vez de suportar a agonia da espera. Além disso, convencidos de que espiões nos observando enchiam as baixadas das colinas de areia, esperávamos que nossa saída com aquele baú levasse a algum diálogo e, talvez, a um acordo.

Deixamos o pavilhão quase às três horas. A chuva cessara, e o sol brilhava agradável.

Eu nunca tinha visto as gaivotas voarem tão perto da casa ou se aproximarem tão destemidas de seres humanos. Mesmo na soleira da porta, uma delas passou voando pela nossa cabeça e gritou bem no meu ouvido.

– Um agouro para você – disse Northmour, que, como todos os livres-pensadores, era facilmente influenciado por superstições. – Elas acham que já estamos mortos.

Respondi com algum gracejo, ainda que apreensivo, porque a cena me impressionara.

Depositamos o baú a um ou dois metros fora do portão, em um trecho de relva macia, e Northmour balançou um lenço branco sobre a cabeça. Nenhuma resposta. Gritamos em italiano que estávamos ali como representantes de Huddlestone para acertar a disputa, mas, tirando as gaivotas e as ondas, só silêncio. Senti um peso no peito quando paramos e vi Northmour mais pálido do que de costume. Olhava sobre os ombros, nervoso, como se temesse que alguém se interpusesse entre ele e a porta do pavilhão.

– Por Deus – sussurrou –, isso é demais para mim!

– No fim das contas, parece que não tem ninguém – retruquei também em um sussurro.

– Ali – falou, indicando o local com a cabeça como se tivesse medo de apontar.

Olhei na direção indicada; lá, na parte norte do bosque, uma fina coluna de fumaça subia, destacando-se contra o céu sem nuvens.

– Northmour – continuei a conversa de sussurros –, não é possível aguentar este suspense todo. Prefiro a morte de uma vez. Fique de guarda aqui no pavilhão; vou até lá, mesmo que dê de cara com o acampamento deles.

Ele olhou ao redor de novo, os olhos arregalados, então meneou a cabeça, concordando com minha proposta.

Conforme caminhava, bem rápido, em direção à fumaça, meu coração batia feito uma marreta, e ainda que até aquele momento tremesse e me sentisse gelado, de repente tive consciência de um calor subindo pelo meu corpo. O terreno era bastante acidentado, e cem homens talvez se escondessem por toda aquela extensão. Mas a prática me ajudou, pois escolhi os atalhos mais furtivos, andando ao longo das encostas mais convenientes e, assim, conseguindo passar por várias baixadas de uma só vez. Não demorou para minha cautela me recompensar: ao chegar, de repente, a um outeiro um pouco mais elevado que os demais morros no entorno, vi um homem encurvado uns trinta metros adiante, movendo-se muito rápido, abaixado, ao longo de uma ravina. Eu desfizera a emboscada de um dos espiões; assim que o vi, gritei em inglês e em italiano, e ele, percebendo a impossibilidade de se esconder, ficou ereto, saiu da ravina e correu em linha reta até a beirada da mata.

Não pretendia persegui-lo, pois já confirmara o que queria: estávamos sitiados no pavilhão, sendo observados. Voltei imediatamente, tentando andar por cima das minhas pegadas anteriores, até onde Northmour me esperava, ao lado do baú. Ele estava ainda mais pálido do que quando o deixara, e perguntou com voz trêmula:

– Você viu como ele era?

– Não, só consegui vê-lo de costas – expliquei.

– Vamos para dentro, Frank. Não me acho covarde, mas estou no meu limite aqui – sussurrou.

Quando entramos, o céu brilhava e o dia continuava igual em torno do pavilhão: as gaivotas voavam em círculos maiores ou então saltitavam na praia e entre as dunas. E tal isolamento me assustava mais do que um regimento armado; portanto, só quando barricamos a porta de novo consegui inspirar profundamente e tirar um pouco do peso do meu peito. Northmour e eu trocamos um olhar firme, e suponho que cada um tirou as próprias conclusões diante do aspecto pálido e assustado do outro.

– Você estava certo – falei. – Acabou. Vamos apertar as mãos, meu velho, pela última vez.

– Sim – concordou ele. – Vou apertar sua mão porque, enquanto estiver aqui, não lhe desejo mal algum. Mas lembre-se: se por algum acidente impossível dermos um jeito naqueles canalhas, ainda vou levar a melhor sobre você, por bem ou por mal.

– Ah, não me canse! – Exclamei.

Parecendo ofendido, ele caminhou em silêncio até o pé das escadas, onde parou.

– Você não está entendendo – disse. – Não sou mentiroso. Só estou me resguardando. Se isso o cansa ou não, sr. Cassilis, pouco me importa. Falo o que penso, não o que lhe agrada. É melhor que suba as escadas para cortejar a garota; vou ficar por aqui.

– Ficarei com você – afirmei. – Acha que eu aproveitaria para tirar vantagem, mesmo com sua permissão?

– Frank – sorriu ele –, você é íntegro, mas infelizmente é um idiota. Hoje devo estar com as emoções *amortecidas*; não vai conseguir me irritar mesmo se tentar. Sabe – continuou, delicado –, acho que você e eu somos os homens mais miseráveis da Inglaterra. Chegamos aos trinta anos sem esposa ou filho, ou mesmo um negócio para tocar. Dois pobres-diabos, perdidos e patéticos! E agora, discutimos por causa de uma mulher, como se não houvesse milhões delas no Reino Unido! Ah, Frank, Frank, vou sentir pena de quem quer que perca essa chance! Ao perdedor, segundo aquele trecho bíblico: "melhor fora lhe atassem ao pescoço a mó de um moinho e o lançassem no fundo do mar". Vamos beber – concluiu de repente, mas no mesmo tom.

Sensibilizado pelas palavras, consenti. Ele se sentou à mesa na sala de jantar e ergueu um copo de vinho à altura dos olhos.

– Se me vencer, Frank – disse –, é provável que eu ceda ao alcoolismo. E você, o que fará se perder?

– Só Deus sabe – afirmei.

– Bem – continuou –, até lá, um brinde: *Itália irredenta!*

Passamos o restante do dia mergulhados no mesmo tédio e suspense pavoroso. Organizei a mesa para jantar, enquanto Northmour e Clara prepararam a comida juntos na cozinha. Consegui ouvir a conversa deles, conforme eu ia e voltava, e surpreendeu-me saber que falavam de mim. Northmour ficava nos comparando, e instigava Clara a escolher o marido, mas as palavras revelavam que me via com bons olhos, e nada falava de mal a menos que se incluísse na condenação. Isso me despertou uma enorme gratidão, que, combinada com a proximidade do perigo, encheu meus olhos de lágrimas. Afinal, eu pensava (talvez com alguma vaidade risível) que éramos três nobres seres humanos se arriscando para defender um banqueiro ladrão.

Antes de nos sentarmos para comer, fui até uma das janelas do andar superior. Anoitecia, as dunas estavam completamente desertas, e o baú continuava intocado no mesmo lugar onde o deixáramos horas antes.

O sr. Huddlestone, usando um longo roupão amarelo, sentou-se em uma das pontas da mesa, e Clara na outra, enquanto Northmour e eu nos acomodamos nas laterais, frente a frente. A lamparina, então com o pavio aparado, brilhava; o vinho era bom, e a comida, embora quase fria, estava excelente. Parecia que havíamos feito um acordo tácito: nenhuma referência à catástrofe por vir e, considerando as circunstâncias trágicas, a ceia foi mais alegre do que esperávamos. É verdade que, de tempos em tempos, Northmour ou eu saía para uma ronda pela casa, e em cada uma dessas ocasiões o sr. Huddlestone revelava as emoções de sua tragédia pessoal: olhava para o alto, lívido, o rosto contorcido de terror. Mas logo se apressava para esvaziar o copo, secar a testa com o próprio lenço e retomar a conversa.

Impressionaram-me o raciocínio e a inteligência dele. Evidente que o sr. Huddlestone não era uma pessoa comum; letrado, estava sempre estudando e tinha muitos talentos. Mesmo que eu nunca tenha aprendido a amar o sujeito, comecei a entender o porquê do sucesso dele nos negócios e como o respeitavam antes da falência. Acima de tudo, ele incorporava o dom da sociabilidade, e apesar de nunca tê-lo ouvido falar antes daquela ocasião tão desfavorável, percebi que era uma das melhores pessoas para conversar que eu já havia conhecido.

Ele estava contando, animado e aparentemente sem constrangimento algum, as estratégias de um revendedor safado que conhecera e com quem estudara na juventude, e ouvíamos com uma mistura de riso e vergonha quando se encerrou de repente nosso pequeno festim, do jeito mais assustador possível.

Um som como o de um dedo molhado percorrendo o vidro de uma janela interrompeu a história, e em um instante nós quatro estávamos brancos como papel, imóveis e mudos em torno da mesa.

– Um caramujo – afirmei, enfim; já tinha ouvido falar que faziam um barulho parecido.

– O diabo que é um caramujo! – Exclamou Northmour. – Xiu!

O mesmo som repetiu-se mais duas vezes em intervalos regulares, até que uma voz impressionante gritou entre as persianas: "*Traditore!*".

A cabeça do sr. Huddlestone pendeu para trás; as pálpebras estremeceram e, no momento seguinte, ele caiu inerte sobre a mesa. Northmour e eu corremos até o arsenal e cada um pegou uma arma. Clara estava em pé, com a mão no pescoço.

Ficamos ali à espera, pensando que a hora do ataque havia finalmente chegado; mas os segundos se passaram, um após o outro, e nada além do som das ondas quebrava o silêncio no entorno do pavilhão.

– Rápido – disse Northmour –, vamos subir com o velho antes que eles venham.

CAPÍTULO VIII

Do fim do homem alto

Apesar de trabalhoso, nós três demos um jeito de levar Bernard Huddlestone até *O quarto de meu tio* e deitá-lo na cama. Enquanto o carregávamos, tarefa nada fácil, ele não deu sinal algum de consciência, e ficou lá parado do jeito que o deixamos, sem mover um dedo. Clara abriu os botões da camisa do velho e começou a passar um pano úmido na cabeça e no peito dele, enquanto Northmour e eu corremos até a janela. O tempo continuava limpo, e a lua, naquele instante quase cheia, havia se erguido e derramava uma luz clara sobre as dunas; mesmo assim, vimos apenas alguns pontos pretos aqui e ali, mas impossível ter certeza: poderiam ser homens agachados ou tão somente as sombras das colinas.

– Graças a Deus Aggie não vem hoje à noite – disse Northmour.

Aggie era a velha criada; ele parecia ainda não ter pensado nela, mas, para dizer a verdade, só o fato de mencioná-la já me surpreendia.

Mais uma vez, ficamos fadados à espera. Northmour caminhou até a lareira, onde ficou com as mãos espalmadas diante das brasas, como se sentisse frio. Meus olhos o acompanharam de modo automático, e, ao fazê-lo, fiquei de costas para a janela. Nesse momento, soou um estampido abafado lá fora; uma bala estilhaçou uma das vidraças e se enterrou na persiana, a dois dedos da minha cabeça. Ouvi Clara gritar, e ainda que eu tivesse me afastado imediatamente e me atirado em um canto, ela já estava ao meu lado, verificando se eu estava ferido. Senti que valeria a pena estar na mira de uma arma todos os dias, se recebesse aquele sinal de afeto como recompensa, e continuei a acalmá-la com o maior cuidado, esquecendo-me completamente da nossa situação, até que voltei a mim com a voz de Northmour.

– Espingarda de ar comprimido – explicou ele. – Não querem fazer barulho.

Deixei Clara ao meu lado e olhei para meu companheiro. Em pé, de costas para a lareira e com as mãos para trás, o olhar tenebroso indicou que suas emoções estavam à flor da pele. Eu já havia visto aquela expressão antes, quando ele me atacou em uma longínqua noite de março no quarto ao lado; mas, mesmo compreendendo toda aquela raiva, confesso que temia as consequências. Northmour olhava diretamente à frente, observando-nos pelo canto dos olhos, e a raiva parecia só aumentar. Com uma batalha nos aguardando do lado de fora, senti medo da possibilidade de um conflito mortal ali mesmo.

De repente, ainda atento à expressão dele e preparando-me para o pior, vi uma mudança, um brilho, um ar de alívio percorrer seu rosto. Ele pegou a lamparina na mesa e se virou agitado para nós.

– Precisamos saber – disse – se vão matar todos nós ou apenas Huddlestone. Será que acharam que era ele na janela, ou atiraram em você por causa dos seus *belos olhos*?

– Com certeza nos confundiram – respondi. – Somos quase da mesma altura, e meu cabelo também é claro.

– Vou me certificar – declarou Northmour, e caminhou até a janela segurando a lamparina acima da cabeça; ali parou, enfrentando a morte em silêncio por alguns momentos.

Clara adiantou-se para puxá-lo, mas, movido pelo egoísmo (perdoável), segurei-a à força.

– Sim – disse Northmour, afastando-se da janela calmamente. – Só querem Huddlestone.

– Oh, sr. Northmour! – Exclamou Clara, e então silenciou; a temeridade do que havia visto parecia indescritível.

Ele, por sua vez, olhou para mim inclinando a cabeça, o olhar triunfante, e entendi na hora que arriscara sua vida apenas para chamar a atenção de Clara, despojando-me da posição de herói do momento. Então, estalou os dedos e disse:

– O tiro foi só o começo. Quando resolverem agir de verdade, não serão muito seletivos.

Ouvimos uma voz na entrada. Da janela, vislumbramos a silhueta de um homem sob a luz da lua: parado, encarando-nos, o braço levantado segurando um trapo branco. E enquanto o observávamos, embora ele estivesse a muitos metros nas dunas, o brilho do luar faiscou nos olhos do sujeito.

Abriu a boca mais uma vez e falou sem pausar por um tempo, tão alto que seria ouvido em todos os cantos do pavilhão e até nos limites do bosque. Era a mesma voz que havia gritado "*Traditore!*" pelas persianas da sala de jantar, e dessa vez fazia uma declaração clara e completa: caso "Odelstone", o traidor, fosse entregue, todos os demais seriam poupados; caso não fosse, não sobraria ninguém para contar a história.

– Bem, sr. Huddlestone, o que diz disso? – Perguntou Northmour, virando-se para a cama.

Até aquele momento, o banqueiro não dera sinal de vida, e eu, pelo menos, ainda o julgava desmaiado. Entretanto, ele respondeu na hora e, em um tom que nunca ouvi em lugar algum (exceto vindo de algum doente delirante), rogou e implorou que não o abandonássemos. Com certeza o comportamento mais odiável e desprezível que consigo imaginar.

– Basta! – Exclamou Northmour. Então, abriu a janela, inclinou-se para fora e, com a voz exultante, esquecendo-se completamente de que estava na presença de uma dama, despejou no embaixador uma sequência dos mais abomináveis xingamentos e palavrões em inglês e em italiano, ordenando ao homem que voltasse ao lugar de onde tinha saído. Acredito que nada deixou Northmour mais feliz naquele momento do que o pensamento de que todos morreríamos antes do término da noite.

Diante disso, o italiano colocou a bandeira de paz no bolso e, andando calmamente entre as dunas, desapareceu.

– São homens honrados na guerra – afirmou Northmour. – Todos cavalheiros e soldados. Pelo bem da situação toda, gostaria que mudássemos de lado, você e eu, Frank, e também a senhorita, minha querida, e deixássemos essa coisa na cama para que outros lhe deem um jeito. Tsc! Não façam essa cara! Vamos todos morrer, e ao menos que seja com alguma decência. Até onde sei, se primeiro conseguisse estrangular Huddlestone e então ter Clara em meus braços, morreria com algum orgulho e satisfação. E como estamos aqui, por Deus, vou ter um beijo!

Antes que eu interviesse, ele abraçou Clara grosseiramente e beijou a garota, que resistiu repetidas vezes. No instante seguinte, puxei-o com raiva e atirei-o com tudo contra a parede. Northmour riu, alto e sem parar, e temi que tivesse perdido completamente a razão, porque mesmo nos melhores dias ele ria muito pouco, e discretamente.

– Agora, Frank – disse, quando já havia rido o bastante –, é sua vez. Esta é a minha deixa; adeus!

Então, vendo que eu continuava rígido e indignado, segurando Clara ao meu lado, ele irrompeu:

– Homem! Está com raiva? Pensou que iríamos morrer com todas as graças da sociedade? Roubei um beijo e estou feliz por isso; agora você pode fazer o mesmo, se quiser, e estaremos quites.

Virei as costas para ele, dominado por um sentimento de desprezo que não pretendia disfarçar.

– Como quiser! – Exclamou. – Você foi insolente a vida toda, e vai morrer insolente.

Em seguida, sentou-se em uma cadeira, com a espingarda sobre o joelho, e ficou brincando com o mecanismo da arma; notei que aquela ebulição de ânimo (a única que o vi demonstrar) já havia terminado, substituída por uma disposição sombria e carrancuda.

Àquela altura, se nossos agressores já tivessem invadido a casa, nem ficaríamos sabendo; de fato, quase esquecemos o perigo que nos ameaçara por tantos dias. Mas foi aí que o sr. Huddlestone deu um grito e pulou da cama.

Perguntei-lhe o que havia de errado.

– Fogo! – Exclamou. – Atearam fogo na casa!

Northmour levantou-se de imediato, e corri com ele até o escritório. Uma luz vermelha e furiosa banhava a sala. Quase no mesmo momento em que entramos, uma torre de chamas subiu diante da janela e, com um barulho estridente, uma das vidraças despencou para dentro, no carpete. Haviam colocado fogo no anexo, onde Northmour costumava tratar seus negativos.

– Problemas! – disse ele. – Vamos tentar pelo seu antigo quarto, Frank.

Chegamos lá em um instante, abrimos a janela e olhamos para fora. Haviam disposto pilhas de madeira ao longo de toda a parede posterior do pavilhão, provavelmente encharcadas com óleo mineral, as quais queimavam vigorosamente apesar da chuva da manhã. Labaredas subiam cada vez mais alto no anexo; a porta dos fundos estava no centro de uma fogueira ardente; ao olharmos para cima, os beirais da casa que conseguíamos ver já estavam se incendiando, e o teto pendia, sustentado ainda por vigas fortes de madeira. Uma enormidade de fumaça quente, mordaz e asfixiante começava a preencher tudo. E não vimos ninguém lá fora.

– Ah, bem! – Exclamou Northmour. – Acabou, graças a Deus!

Voltamos até *O quarto de meu tio*. Com uma determinação inédita para mim, ainda que tremendo violentamente, o sr. Huddlestone estava calçando as botas. Clara ao lado dele, com um manto em mãos, parecia pronta para cobrir os ombros; o olhar estranho sugeria que ela estivesse meio esperançosa, meio hesitante em relação ao pai.

– Bem, meninos e meninas – disse Northmour –, que tal um passeio? O forno está esquentando, e aqui estaremos assados, o que não será nada bom; pretendo chegar até eles e resolver a situação de uma vez.

– Não sobrou nada – retruquei.

E Clara e o sr. Huddlestone, cada um com um tom diferente, ecoaram:

– Nada.

Tão logo descemos as escadas, o calor era insuportável, e o rugir do fogo dominou nossos ouvidos. Mal havíamos alcançado a passagem quando a janela da escadaria ruiu para dentro e uma coluna de fogo surgiu pela abertura, iluminando o interior do pavilhão com aquela luz pavorosa e oscilante. Ao mesmo tempo, ouvimos a queda de alguma coisa dura e pesada no andar superior, evidenciando que o pavilhão inteiro acendia como uma caixa de fósforos, e não só se inflamava até o céu para quem conseguisse ver, como também corria o risco de desmoronar a qualquer momento.

Northmour e eu engatilhamos nossos revólveres. O sr. Huddlestone, que antes se recusara a usar uma arma, postou-se à nossa frente, um ar de liderança no semblante.

– Deixem que Clara abra a porta – advertiu. – Assim, caso atirem, ela estará protegida. Enquanto isso, fiquem atrás de mim. Sou o bode expiatório; meus pecados me encontraram.

Eu estava logo atrás dele, prendendo a respiração conforme o ouvia. Com a pistola pronta, balbuciei uma rápida oração entre sussurros trêmulos e confesso, por pior que seja esse pensamento, que desprezei o homem por pensar naquelas súplicas em um momento tão crucial. Nesse ínterim, Clara, branca de pavor, mas ainda raciocinando, removeu a barricada da porta da frente. Mais um momento e ela a abriu; a mescla confusa das luzes do fogo e do luar iluminava as areias da praia, e bem longe contra o céu vimos uma coluna de fumaça brilhando.

O sr. Huddlestone, naquele momento dono de uma força descomunal, socou meu peito e o de Northmour. Incapazes de agir, vimos o velho levantar os braços acima da cabeça, como se pronto para um mergulho, e correr em linha reta para fora do pavilhão.

– Estou aqui! – Gritou. – Huddlestone! Matem-me e deixem os outros em paz!

Acho que essa aparição súbita intimidou nossos inimigos escondidos, porque Northmour e eu recobramos o fôlego, colocamos Clara entre nós de braços dados, corremos para ajudá-lo, e nada aconteceu. Porém, tão logo passamos pela porta, ouvimos uns dez tiros e vimos clarões em todas as direções, entre as baixadas das dunas. O sr. Huddlestone cambaleou, soltou um grito estranho e assustador, colocou os braços sobre a cabeça e caiu para trás na relva.

– *Traditore! Traditore!* – Gritavam os vingadores invisíveis.

E então, boa parte do telhado do pavilhão cedeu, o fogo rapidamente consumindo o lugar. Um som alto, vago e horrível, acompanhou o desmoronamento, e um imenso volume de chamas subiu aos céus, talvez visto a mais de trinta quilômetros no mar, da costa de Graden Wester, e terra adentro até o pico de Graystiel, o ponto mais alto do leste de Caulder Hills. Bernard Huddlestone teve uma bela pira no momento de sua morte, embora só Deus saiba no que pensou em seus últimos instantes.

CAPÍTULO IX

De como Northmour cumpriu sua ameaça

É muito difícil para mim contar o que aconteceu logo depois daquela tragédia. A tentativa de recordar exige um esforço intenso, pois as lembranças parecem difusas, misturadas, como se saídas de um pesadelo. Clara, disso eu me lembro, deu um gemido rouco e teria desabado no chão se Northmour e eu não a tivéssemos amparado quando desmaiou. Não acho que fomos atacados; não me lembro de ter nem visto os agressores, e penso que deixei o sr. Huddlestone lá mesmo, sem pestanejar. Só me resta a clara recordação de correr como um louco, ora carregando Clara, ora dividindo o peso dela com Northmour, ora me engalfinhando com ele pela posse daquele fardo estimado; no entanto, não consigo explicar o porquê de termos ido até meu acampamento na gruta, e nem mesmo como chegamos lá. Daquela noite, o primeiro momento de que me lembro com detalhes começa assim: Clara recostada sobre o lado externo da minha pequena tenda, Northmour e eu rolando no chão, e ele, com uma raiva contida, dando-me coronhadas com o revólver. Atribuo minha lucidez repentina à perda de sangue, pois ele fizera dois cortes na minha cabeça.

Peguei-o pelo pulso, o corpo dele sobre o meu.

– Northmour – lembro-me de ter dito. – Mate-me depois; vamos cuidar de Clara primeiro.

Mal terminei de falar e o vi correndo até a barraca; no instante seguinte, puxava a cabeça de Clara até o próprio peito, enquanto acariciava o rosto e as mãos desacordadas dela.

– Que vergonha! – Gritei. – Que vergonha, Northmour!

E, mesmo ainda zonzo, soquei-o várias vezes na cabeça e nos ombros.

Ele parou com os carinhos e me encarou sob o luar entrecortado pelas árvores.

– Eu estava vencendo e soltei você – falou. – E agora vem me bater? Covarde!

– Você é o covarde! – Refutei. – Ela queria os seus beijos quando ainda estava acordada? Não! E agora talvez esteja morrendo, e você gasta esse tempo precioso para abusar de uma mulher inconsciente. Afaste-se e deixe-me ajudá-la.

Ele me confrontou por um momento, pálido e ameaçador, e de repente deu um passo para o lado.

– Ajude então – disse.

Ajoelhei-me e afrouxei seu vestido e corselete, mas, enquanto cuidava dela, senti algo agarrando meu ombro.

– Tire as mãos de Clara – disse Northmour, furioso. – Acha que tenho sangue de barata?

– Northmour – intervim –, se você não vai ajudá-la, e nem permitir que eu o faça, minha única opção não é matá-lo?

– Bem melhor! – Ele gritou. – Deixe-a morrer também, qual é o problema? Afaste-se da garota e fique em pé para lutar!

– Deve ter percebido – falei, meio que me levantando – que ainda não a beijei.

– Pois duvido que a beije! – Berrou ele.

Não sei o que me possuiu naquele momento, mas é uma das coisas mais vergonhosas que já fiz, mesmo sabendo que, segundo minha esposa, meus beijos seriam sempre bem-vindos, estando ela viva ou morta. Ajoelhei-me novamente, afastei-lhe o cabelo do rosto e, com todo respeito, pousei meus lábios na testa gelada dela. Minha atitude foi mais o carinho que um pai ou que um homem prestes a morrer dedicaria a uma mulher já morta.

– Agora estou a seu dispor, sr. Northmour – declarei.

Porém, para minha surpresa, vi o homem de costas para mim.

– Está me ouvindo? – Perguntei.

– Claro. Se quiser lutar, estou pronto. Caso contrário, salve Clara. Para mim dá no mesmo.

Não esperei que pedisse outra vez. Abaixei-me de novo sobre Clara e redobrei meus esforços para revivê-la. Continuava pálida e sem vida; temi que sua alma gentil já tivesse partido, e um sentimento de horror e desolação tomou meu coração. Chamei-a pelo nome das formas mais carinhosas possíveis; bati suas mãos uma na outra, e as esfreguei com as minhas; tentei abaixar sua cabeça, ou então apoiá-la em meu joelho, mas tudo parecia em vão: Clara não abria os olhos.

– Northmour – falei –, pegue meu chapéu. Pelo amor de Deus, traga um pouco de água da nascente.

Um instante depois, ele estava ao meu lado com a água.

– Trouxe no meu mesmo – afirmou. – Ou só você pode ter essa honra?

– Northmour... – Comecei a falar, enquanto passava água no rosto e no peito de Clara, mas ele me interrompeu violentamente dizendo:

– Ah, cale a boca! O melhor agora é ficar quieto!

Eu não queria conversar, pois minha mente se enchia de preocupação pela minha amada; então, em silêncio, continuei fazendo o que podia para ela se recuperar. Assim que o chapéu esvaziava, entregava-o a Northmour com uma palavra: "Mais". Acho que ele já trouxera água várias vezes quando Clara acordou.

– Agora – disse –, já que ela está melhor, deixe-me em paz, tudo bem? Boa noite, sr. Cassilis.

E embrenhou-se no bosque. Fiz uma fogueira, já sem medo dos italianos, que nem haviam mexido nas minhas poucas coisas no acampamento. E por mais que Clara estivesse abalada com toda a agitação e a catástrofe daquela noite, consegui ajudá-la com aquilo de que dispunha: persuasão, encorajamento, calor e os poucos remédios que eu tinha, até que ela retomou um pouco das forças do corpo e do espírito.

Já havia amanhecido quando um "Psiu!" agudo veio do matagal. Começou na altura do chão, mas logo ouvi a voz tranquila de Northmour dizendo:

– Venha cá, Cassilis, mas sozinho. Quero lhe mostrar uma coisa.

Consultei Clara com um olhar e, depois de sua permissão silenciosa, deixei-a sozinha e subi pela encosta da gruta. A certa distância dali, vi Northmour recostado em um sabugueiro; logo que ele me notou começou a andar em direção ao mar. Eu o alcancei quando estava chegando à orla do bosque.

– Veja – disse ele, parando.

Mais alguns passos e saí da mata. A manhã brilhava, clara e fria, sobre aquela cena já conhecida. O pavilhão resumia-se a destroços escuros: o teto afundado, uma das cumeeiras tombada e, por todo lado, trechos de relva queimada marcavam as faces das dunas. Uma fumaça densa continuava a subir ereta no ar sem o vento do nascer do dia, e uma grande pilha de cinzas ardentes cobria as paredes expostas da casa, como carvão em uma lareira aberta. Perto da ilhota, um iate parado, e um bote com vários homens se aproximava da praia.

– O *Conde Vermelho*! – Gritei. – O *Conde Vermelho*, doze horas atrasado!

– Confira seus bolsos, Frank. Está armado? – Perguntou Northmour.

Obedeci, e acho que fiquei mortalmente pálido. Meu revólver desaparecera.

– Você está em meu poder – continuou ele. – Eu o desarmei na noite passada enquanto cuidava de Clara. Mas aqui e agora, pegue sua arma. Sem agradecimentos! – Gritou, levantando a mão. – Não gosto disso, e é a única coisa que vai me irritar.

Logo depois, ele começou a caminhar pelas dunas rumo à embarcação, e o segui um ou dois passos atrás. Em frente ao pavilhão, parei para ver onde o sr. Huddlestone havia caído, mas nada dele, nada de marca de sangue.

– O atoleiro – disse Northmour, que continuou avançando até chegarmos à parte mais alta da praia. – Só até aqui – falou. – Você quer ficar com Clara na mansão?

– Obrigado – respondi. – Acho que vou levá-la à casa paroquial em Graden Wester.

A proa do bote rangeu ao alcançar a praia, e um marinheiro pulou na areia com uma corda nas mãos.

– Um minuto, rapazes! – Gritou Northmour, e baixou a voz para falar comigo. – É melhor que não fale nada disso para ela.

– Pelo contrário – discordei. – Vou dizer a Clara tudo que puder.

– Você não entende – continuou ele, com ar de nobreza. – A história não vai significar nada, pois é o que ela espera de mim. Adeus! – Despediu-se, com um aceno.

Ofereci-lhe minha mão.

– Perdoe-me – disse ele. – Não posso continuar com isso. Sem sentimentalismos; não quero ser um velhinho andarilho que descansa diante da lareira, nada disso. Pelo contrário: peço a Deus que nunca mais veja vocês.

– Bem, então que Deus o abençoe, Northmour! – Falei, com sinceridade.

– Ah, sim – retrucou.

Ele desceu até a praia, e o marinheiro o ajudou a subir, ambos saltando para o barco logo em seguida. Northmour pegou a cana do leme, e a embarcação escalou as ondas, os remos soando ásperos e ritmados pelo ar da manhã.

Fiquei observando a partida, e eles ainda não haviam chegado à metade do caminho até o *Conde Vermelho* quando o primeiro raio de sol despontou no horizonte do mar.

Mais uma palavra e minha história termina. Anos depois, mataram Northmour lutando sob a bandeira de Garibaldi pela independência do Tirol, nas guerras italianas.

O DIAMANTE DO RAJÁ

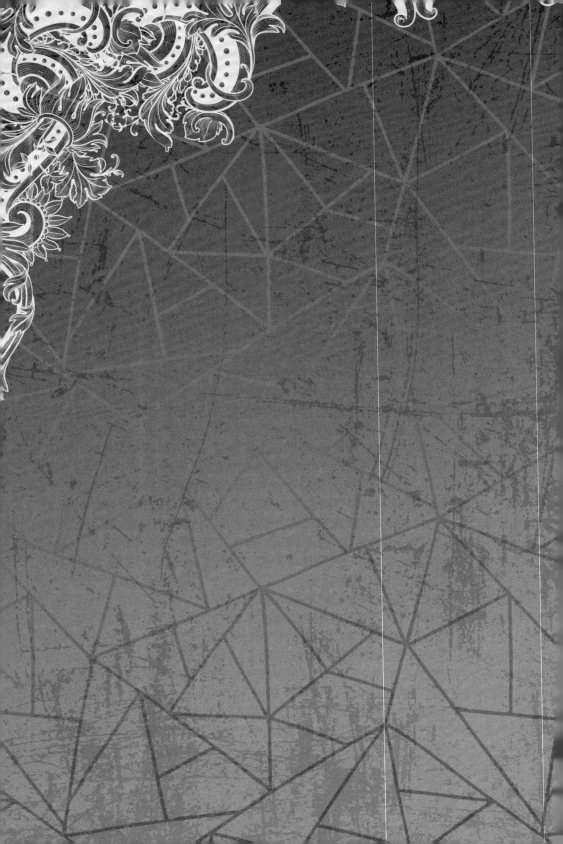

A CHAPELEIRA

O sr. Harry Hartley recebeu a educação normalmente comum a cavalheiros até os dezesseis anos, primeiro em uma escola privada, depois em uma das grandes instituições pelas quais a Inglaterra é bem conhecida. Naquele tempo, apesar de evidente seu desgosto pelos estudos, tinha todas as permissões para perder tempo com frivolidades e outros assuntos insignificantes, visto que só lhe restara da família um pai fraco e ignorante. Dois anos depois, órfão, tornara-se quase um pedinte. Por mais que tivesse tentado se virar, Harry revelou-se incompetente por sua própria natureza e por seu esforço. Conseguia cantar cantigas de amor e tocar piano enquanto o fazia; era um cavalheiro gracioso, ainda que tímido; tinha um gosto refinado para o xadrez, e a vida havia lhe presenteado com uma aparência bela e desejável: cabelos loiros, olhar agradável e sorriso gentil; no semblante, um ar de ternura e melancolia, e um modo carinhoso e submisso de agir. Portanto, não era um homem que lutaria em uma guerra ou que estaria liderando um conselho de Estado.

Durante o luto de Harry, um episódio de boa sorte e alguma influência conferiram-lhe a posição de secretário particular de Sir Thomas Vandeleur, general de Brigada e Companheiro da Ordem de Bath. Sir Thomas, aos sessenta anos, era um homem falante, barulhento, sempre o centro das atenções. Por alguma razão desconhecida, muitas vezes sussurrada e repetidas vezes negada, ele fora presenteado pelo rajá de Kashgar com o sexto diamante do mundo, razão pela qual saiu da pobreza e enriqueceu, transformando-se de um soldado obscuro qualquer em um dos leões da sociedade londrina. O portador do Diamante do Rajá era bem-vindo nos círculos mais exclusivos, em que Vandeleur havia encontrado uma jovem dama, bela e bem-nascida, disposta a se apropriar da pedra mesmo que o preço fosse o casamento com o general. Naquele tempo, dizia-se que uma joia atraía a outra, e com certeza Lady Vandeleur não apenas era das mais belas gemas, como também se exibia com todo luxo ao mundo; muitas autoridades respeitáveis a colocavam entre as três ou quatro mulheres mais bem-vestidas da Inglaterra.

Apesar de a função de Harry como secretário não ser particularmente difícil, ele tinha aversão a qualquer tipo de trabalho prolongado: detestava sujar os dedos de tinta, e com frequência precisava sair da biblioteca e ir ao *boudoir* de Lady Vandeleur, em razão dos caprichos dela com as vestimentas. Ele era muito delicado na presença das mulheres: falava de moda com muito gosto, exultava-se em criticar as cores de algum laço de fita e adorava ir à chapelaria tratar de alguma coisa. Resumindo, a correspondência de Sir Thomas ficava para depois, e a dona da casa ganhara um criado a mais.

Até que um dia, o general – um militar dos menos pacientes –, em um acesso de fúria, disse ao secretário que não precisaria mais dos serviços dele, recorrendo a uma atitude raramente empregada entre cavalheiros: a porta, infelizmente aberta, foi incapaz de interromper a queda do sr. Hartley escada abaixo.

Harry levantou-se meio machucado e profundamente decepcionado. A vida na casa do general era ótima: ocupava uma posição mais ou menos digna e ia para todo canto em boa companhia; trabalhava pouco, comia do melhor e sentia uma satisfação calorosa na presença de Lady Vandeleur, a quem, em seu coração, chamava por um nome mais enfático.

Logo depois de o pé militar chutar-lhe o traseiro, Hartley correu ao *boudoir* para suas lamentações.

– Sabe muito bem, querido Harry – retrucou Lady Vandeleur, que o chamava pelo nome como se fosse uma criança ou um serviçal –, que você nunca, de forma alguma, faz o que o general lhe pede. E está certo em argumentar que eu também não. Mas é diferente:

depois de um ano de desobediência, uma mulher talvez seja perdoada por meio de um único ato de submissão bem planejado, e, além disso, nenhuma se casou com o secretário particular dele. Entristece-me perdê-lo, mas, como não pode permanecer em uma casa onde foi insultado, desejo-lhe uma boa partida e prometo que farei o general pensar melhor no que fez.

A expressão de Harry ficou sombria; lágrimas encheram seus olhos, e ele encarou Lady Vandeleur com um ar de sutil repreensão.

– Milady, que insulto? Tenho aversão a alguém incapaz de perdoar uma coisa dessas. Mas abandonar os amigos, romper os laços de afeto... – Harry não conseguiu continuar, tamanha a emoção que o sufocava, e desandou a chorar.

Lady Vandeleur o observou com uma expressão curiosa. "Esse bobo acha que está apaixonado por mim", pensou. "Por que não torná-lo meu próprio criado, em vez de ele trabalhar para o general? É bondoso, prestativo, entende de moda; além disso, ficaria fora de perigo. Com certeza é adorável demais para simplesmente partir." Naquela noite, ela abordou o assunto com o marido, que de certa maneira já se envergonhava do próprio comportamento, e transferiram Harry para o departamento feminino, onde sua vida quase se tornou um paraíso. Estava sempre muito bem-vestido, usava flores delicadas na lapela e entretinha qualquer visitante com muita sensibilidade e cortesia. Orgulhava-se de servir a uma bela dama, recebia as ordens dela com prazer, sentindo-se feliz de se exibir diante de outros homens, que zombavam da situação e o desprezavam por cuidar de chapéus e assumir-se criado de uma mulher. Harry jamais pensava em sua existência do ponto de vista moral: maldade lhe parecia um atributo essencialmente masculino e, para ele, passar os dias ao lado de uma dama delicada, lidando quase sempre com corte e costura, significava habitar uma ilha encantada em meio às tempestades da vida.

Em uma bela manhã, na sala de estar, ele começou a tocar piano. Do outro lado do aposento, Lady Vandeleur conversava de um jeito aflito com o irmão, Charlie Pendragon, um jovem com ares de velho, manco e perdido na vadiagem. O secretário particular, a cuja presença não davam importância, ouviu parte da discussão.

– É agora ou nunca – disse a dama. – De uma vez por todas, deve ser feito hoje.

– Então, que seja hoje – confirmou o irmão, com um suspiro. – Mas é um passo em falso, Clara, um passo desastroso, e vamos viver para nos arrepender muito disso.

Lady Vandeleur encarou o irmão com firmeza, no rosto uma expressão meio estranha.

– Você se esqueça – disse ela – de que chegou a hora de ele morrer.

– Meu Deus, Clara! – Exclamou Pendragon. – Você deve ser a pilantra mais desalmada da Inglaterra!

– Homens – ela refutou. – Tão grosseiros que são incapazes de entender as nuances de significado. Vocês são gananciosos, violentos, insolentes e desatentos, mas se uma mulher ousa pensar no futuro, nossa! Não tenho a menor paciência para esse tipo de coisa. Se fossem as palavras de um banqueiro, isso não representaria nada, mas quando somos nós, vocês nos chamam de loucas.

– Deve ter razão – refletiu o irmão. – Você sempre foi mais esperta que eu. Além disso, conhece meu lema: família antes de tudo.

– Sim, Charlie – confirmou ela, pegando nas mãos do irmão. – Conheço seu lema melhor que você. "E Clara antes da família!", não é essa a segunda parte? Você é o melhor irmão do mundo, e sabe que o amo.

O sr. Pendragon levantou-se um pouco confuso com a demonstração de afeto.

– Melhor eu não ser visto aqui – falou. – Sei bem o que devo fazer, e vou manter um olho no Gato Manso.

– Isso mesmo. Ele é uma criatura desprezível, que pode pôr tudo a perder.

Ela tocou nos lábios e soprou um beijo, e o irmão saiu pelo *boudoir* e pela escada dos fundos.

– Harry – disse Lady Vandeleur, virando-se para o secretário assim que ficaram sozinhos –, tenho um pedido para você agora de manhã, mas pegue uma carruagem, porque não quero meu secretário com a pele marcada pelo sol.

Ela falou as últimas palavras com ênfase e orgulho meio maternal, o que deixou o pobre Harry muito contente, e ele se disse encantado com a oportunidade de ser útil.

– É outro de nossos grandes segredos – continuou, maliciosa –, e um que ninguém pode saber além de nós dois. Sir Thomas faria um escândalo, e você não nem imagina como estou cansada daquelas ceninhas! Ah, Harry, Harry, consegue me explicar por que os homens são tão injustos e violentos? Sei que não; você é o único homem do mundo desprovido dessas emoções vergonhosas. Você é tão bom, Harry, tão gentil, e ainda amigo de uma mulher. Sabe de uma coisa? Os outros ficam mais feios quando comparados a você.

– Quanta gentileza... – Disse Harry, educado. – Você me trata como...

– Como uma mãe – interrompeu Lady Vandeleur. – Tento ser uma mãe para você. Ou, pelo menos – ela sorriu, corrigindo-se –, quase uma mãe. Acho que sou jovem demais para ser sua mãe. Vamos dizer "amiga", uma querida amiga.

Ela fez uma pausa por um momento, esperando que suas palavras tivessem efeito nas emoções de Harry, que nem sequer teve tempo de emitir qualquer comentário.

– Mas isso não vem ao caso – prosseguiu. – Você vai encontrar uma chapeleira na parte esquerda do armário de carvalho; está embaixo das anáguas rosa que usei na quarta-feira com a minha renda belga. Leve-a imediatamente a este endereço, mas não a solte por nada até que lhe deem um recibo escrito por mim. Entendeu? Responda, por favor. Responda! Isso é extremamente importante; preste bastante atenção.

Harry a acalmou ao repetir com perfeição as instruções, e ela estava prestes a falar mais alguma coisa quando o general Vandeleur entrou na sala, vermelho de raiva, nas mãos uma longa conta da chapelaria.

– Pode dar uma olhada nisso, madame? – Gritou. – Faça-me o favor de ver este recibo. Sei muito bem que se casou comigo por dinheiro, e espero ser capaz de lhe proporcionar as regalias, como qualquer homem em minha posição faria, mas, em nome de Deus, preciso dar um basta em tanto desperdício absurdo!

– Sr. Hartley – disse Lady Vandeleur –, acho que entendeu o que precisa fazer. Poderia ir agora mesmo?

– Pare – disse o general para Harry. – Uma palavrinha antes de você sair. –Então prosseguiu, voltando-se mais uma vez para Lady Vandeleur: – O que o nosso caro amigo aqui vai fazer agora? – Exigiu saber. – Para ser sincero, não confio mais nele do que confio em você. Se o rapaz tivesse o mínimo de dignidade, com certeza se recusaria a ficar nesta casa, e o que faz com o salário é um mistério para o mundo todo. O que pediu para ele fazer, madame? Por que o está apressando?

– Só imaginei que você queria falar comigo em particular – respondeu a dama.

– Você lhe pediu algo – insistiu o general. – Não tente me enganar neste meu estado de espírito. Deu a ele uma tarefa.

– Se você insiste em deixar seus criados a par de nossas discussões vergonhosas – retrucou Lady Vandeleur –, talvez seja melhor pedir ao sr. Hartley que se sente. Não? Pode ir, sr. Hartley. Acredito que se lembra de tudo o que ouviu nesta sala; poderá lhe ser útil.

Harry sumiu da sala de estar no mesmo instante e, enquanto corria pela escada, ouviu a voz alta do general em um sermão, e os tons delicados de Lady Vandeleur em réplicas impassíveis a cada oportunidade. Como admirava a mulher! Como ela se desviava habilmente de qualquer pergunta difícil! Com que impertinência ela repetira as instruções, mesmo sob as armas do inimigo! E, por outro lado, como odiava aquele homem!

Nada aconteceu de excepcional naquela manhã, pois era comum assistir Lady Vandeleur em suas missões secretas, sobretudo as relacionadas à chapelaria. Ele bem sabia dos esqueletos nos armários daquela casa: a extravagância sem fim e as dívidas desconhecidas da mulher tinham sugado a fortuna dela havia tempos, e todos os dias ameaçavam engolir as riquezas do marido. Uma ou outra vez no ano a ruína e a pobreza pareciam iminentes, e Harry continuava indo a todo tipo de lojas e fornecedores, dando alguma desculpa e pagando adiantado um pouco do que deviam, até outro prazo ser superado e a dama e seu fiel secretário respirarem novamente. O coração e a alma de Harry pesavam naquela guerra: não apenas adorava Lady Vandeleur e odiava o marido da mulher, como também amava aquelas coisas refinadas, e no alfaiate abusava das próprias extravagâncias.

Ele encontrou a chapeleira no local indicado, organizou as roupas com cuidado e saiu da casa. O sol ardia no céu; Harry precisaria percorrer uma distância considerável, e desesperado percebeu que o rompante do general impedira Lady Vandeleur de lhe entregar o dinheiro para a carruagem. Com certeza passaria mal em um dia tão abafado, e andar por Londres com uma chapeleira sob o braço seria uma humilhação quase insuportável para um jovem como ele. Então, pensou: os Vandeleur viviam em Eaton Place, e ele teria de ir perto de Notting Hill, portanto bastaria cruzar o Hyde Park, afastando-se dos lugares muito cheios. Além disso, agradeceu aos céus ao perceber que ainda era bem cedo.

Ansioso para se livrar daquele pesadelo, caminhava mais rápido que o normal quando, quase na metade do parque, em um ponto solitário entre as árvores, se viu confrontado pelo general.

– Com sua licença, Sir Thomas – disse Harry, desviando-se educadamente.

– Aonde está indo, rapaz? – Perguntou o general.

– Só uma caminhada entre as árvores – respondeu.

O general tocou a chapeleira com a bengala.

– Com esse negócio? – Bradou. – Está mentindo e sabe muito bem disso!

– Perdão, Sir Thomas – refutou Harry. – Não estou acostumado a ser questionado assim.

– Parece que não entendeu sua posição – disse o general. – Você é meu criado, e por sinal um criado que me desperta muitas suspeitas. Como vou saber se não carrega minhas colheres de prata nessa caixa?

– É só o chapéu de seda de uma amiga – informou Harry.

– Muito bem – afirmou Vandeleur. – Então quero ver o chapéu de seda de sua amiga. Sou muito curioso com chapéus – acrescentou, em tom ameaçador –, e imagino que você saiba do que estou falando.

– Desculpe-me, Sir Thomas, não quero ser grosseiro, mas de fato é um assunto particular.

O general o segurou pelo ombro bruscamente, e com a outra mão ergueu a bengala de modo alarmante. Harry julgou-se perdido, mas os Céus intervieram a seu favor na pessoa de Charlie Pendragon, que saiu de trás das árvores.

– Ora, ora, general, controle-se – disse ele. – Um homem de respeito não agiria desse modo.

– Rá! – Exclamou o general, encarando seu novo antagonista. – Sr. Pendragon! Acha que pelo infortúnio de me casar com sua irmã abaixaria minha cabeça a um libertino falido e desonrado feito você? Só a presença de Lady Vandeleur em minha vida já elimina minha possível simpatia pelo restante da família.

– E então, general Vandeleur – retrucou Charlie –, acha que, quando minha irmã teve o azar de se casar com o senhor, renunciou aos seus direitos e privilégios de dama? Acredito que ela age como qualquer pessoa na mesma posição, e para mim ainda é uma Pendragon. É meu dever protegê-la de qualquer descortesia raivosa! Mesmo que se casassem dez vezes, eu ainda continuaria não permitindo que restringisse as liberdades dela dessa maneira ou que os criados pessoais da dama sofressem tamanha violência.

– Que tal isto, sr. Hartley? – Perguntou o general. – Pelo visto, o sr. Pendragon concorda comigo e também suspeita que Lady Vandeleur tem algo a ver com o chapéu de seda da amiga.

Charlie, percebendo que cometera uma gafe imperdoável, apressou-se em corrigi-la.

– O quê, senhor? – Bradou. – Não suspeito de nada. Mas, sempre que presencio alguém abusando da força ou um homem humilhando seus subordinados, tomo a liberdade de interferir – explicou, e fez um gesto para Harry, infelizmente muito distraído ou muito confuso para entender.

– E como devo interpretar sua atitude? – Vandeleur exigiu saber.

– Ora, senhor, como bem quiser – respondeu Pendragon.

O general levantou a bengala de novo e tentou acertar a cabeça de Charlie, que, mesmo manco, se esquivou usando um guarda-chuva, correndo e imediatamente se jogando sobre seu adversário.

– Corra, Harry, corra! – Gritou. – Corra, seu tonto!

Harry, paralisado por um momento diante da cena de os dois se engalfinhando, depois se virou e correu. Quando olhou para trás, viu o general prostrado sob o joelho de Charlie, em um esforço desesperado para reverter a situação; os jardins lotaram de gente vindo de todas as direções para assistir à briga. O espetáculo pareceu conferir asas ao secretário, que não diminuiu o passo até chegar à rua Bayswater, do outro lado do parque, onde se escondeu em alguma travessa aleatória e quase vazia.

Para Harry, era chocante o escândalo de dois conhecidos atracados daquele jeito brutal. Queria apagar da memória a cena e, acima de tudo, ficar o mais longe possível do general Vandeleur, e tanta aflição o levou a se esquecer completamente do que deveria fazer, e ele seguiu tremendo em linha reta. Ao ponderar que Lady Vandeleur era esposa de um e irmã do outro daqueles gladiadores, simpatizou mais ainda com aquela mulher tão perdida na vida. Mesmo a situação do secretário na casa do general não continuaria agradável como de costume à luz de tanta violência.

Perdido em pensamentos, ele já havia caminhado uma certa distância quando uma leve esbarrada em outra pessoa na rua o fez lembrar-se da chapeleira.

– Meu Deus! – Exclamou. – Onde eu estava com a cabeça? Que lugar é este?

Imediatamente consultou o envelope que Lady Vandeleur lhe entregara. O endereço estava ali, mas sem destinatário. A instrução fora simples: Harry deveria perguntar pelo "cavalheiro que aguarda uma encomenda de Lady Vandeleur" e esperar ali mesmo caso o sujeito não aparecesse. O cavalheiro, de acordo com o bilhete, daria a Harry um recibo com a caligrafia da própria dama. Tudo muito misterioso, e o rapaz sentia-se mais que espantado com a omissão do nome e a formalidade do recibo. Não pensara muito nisso enquanto ouvia a conversa dos dois, mas, lendo as instruções naquele momento e conectando-a aos outros pormenores estranhos, convenceu-se de que estava se envolvendo em algo perigoso. Por um instante, duvidou da própria Lady Vandeleur, considerando que procedimentos tão obscuros não seriam dignos de uma dama sofisticada, e ficou ainda mais desconfiado ao pensar que ela talvez escondesse mais coisas dele. Porém, a mulher dominava o coração do rapaz, que logo deixou as suspeitas de lado com um sentimento de culpa por pensar esse tipo de coisa.

No entanto, dever e interesse, generosidade e terrores, todos os sentimentos concordavam em um aspecto: ele precisaria livrar-se da chapeleira o mais rápido possível.

Então, abordou um policial a quem perguntou sobre os arredores, descobrindo que não estava longe do endereço. Depois de uma caminhada de alguns minutos, chegou a uma alameda e à pequena casa, recém-pintada e muito bem cuidada, do local indicado. A aldrava e o puxador da campainha estavam bem polidos, vasos floridos decoravam os peitoris de várias janelas, e cortinas de um tecido refinado ocultavam dos olhares curiosos da rua o interior do lugar. Ali pairava uma atmosfera de tranquilidade e discrição, e Harry, invadido pelo mesmo espírito, bateu à porta com mais delicadeza que a normal e limpou as botas com mais atenção do que de costume.

Uma criada muito bonita e simpática abriu a porta imediatamente.

– É a encomenda de Lady Vandeleur – disse Harry.

– Sei – afirmou a criada, assentindo. – Mas o cavalheiro não está. Pode deixar comigo?

– Não posso – explicou Harry. – Recebi instruções de não voltar até que certos requisitos sejam cumpridos, e pediram-me que esperasse aqui.

– Bem, acho que não fará mal deixá-lo entrar – disse ela. – Para dizer a verdade, estou bastante solitária, e não me parece que você devoraria uma garota indefesa. Mas não me pergunte o nome do cavalheiro, pois não posso dizer.

– É mesmo? – Exclamou Harry. – Ora, que estranho... Desde cedo uma sequência de surpresas me persegue! Porém, acho que uma pergunta não seria indiscreta: ele é o dono desta casa?

– É um inquilino, não faz nem uma semana – explicou a criada. – E agora, eu que lhe pergunto: conhece Lady Vandeleur?

– Sou secretário particular dela – respondeu ele, contendo o orgulho.

– A mulher é uma graça, não?

– Ah, muito linda! – Exclamou Harry. – Adorável, bondosa e gentil!

– Você também parece muito gentil – retorquiu ela. – E aposto que vale uma dúzia de *ladies* Vandeleur.

Harry escandalizou-se.

– Eu? Sou só um secretário!

– E o que isso faz de mim? – Perguntou a garota. – Não passo de uma empregada. – Então, diante da óbvia confusão de Harry, continuou: – Sei que não quer dizer nada ofensivo, e gostei de você, mas não acho Lady Vandeleur nada de mais. Ai, essas damas! – Exclamou. – Mandar até aqui um cavalheiro feito você, com uma chapeleira, em plena luz do dia!

Ambos não saíram do lugar enquanto conversavam, ela na soleira da porta, ele na calçada, sem o chapéu por causa do calor, e com a chapeleira sob o braço. Porém, com a última fala da jovem, Harry começou a mudar de atitude: incapaz tanto de receber elogios diretos à sua aparência como de sustentar o olhar insinuante que os acompanhava, começou a observar os entornos, perturbado. Virou o rosto para o fim da alameda e, com um desespero indescritível, seus olhos encontraram os do general Vandeleur, que, imensamente agitado, perturbado e indignado, vasculhava as ruas atrás do cunhado; no entanto, assim que vislumbrou o secretário delinquente, mudou de propósito e a fúria fluiu em outra direção: virou-se e começou a subir a alameda vociferando com gestos truculentos.

Sem pensar, Harry só disparou para dentro da casa, arrastando junto a criada, a porta batendo na cara do velho.

– Há uma barra para a porta? Ela tranca? – Perguntou Harry, enquanto o barulho da aldrava ecoava por todas as paredes da casa.

– Ora, o que está acontecendo? – Perguntou a criada. – O que esse senhor quer?

– Se ele me pegar, serei um homem morto – sussurrou Harry. – Está me perseguindo o dia todo, carrega uma bengala de lâmina e é um oficial do exército que lutou na Índia.

– Mas que sujeito educado – ironizou a criada. – E qual seria o nome dele?

– É o general, o meu patrão – respondeu Harry. – Está atrás desta chapeleira.

– Não falei? – Disse a criada, triunfante. – Bem disse que a sua Lady Vandeleur não valia nada! Se seus olhos funcionassem direito, você já teria percebido há muito tempo! Na certa não passa de uma mulher insolente!

O general continuou atacando a aldrava, até que, com a raiva alimentada pela demora, começou a chutar a porta.

– Sorte que estou sozinha na casa – observou a criada. – Seu general pode bater até se cansar que ninguém vai abrir para ele. Venha!

Em seguida, levou Harry até a cozinha, onde o fez se sentar. Com a mão no ombro do rapaz, ficou parada ao lado dele com um ar de preocupação. O barulho na porta, longe de parar, intensificou-se mais, e a cada batida o secretário estremecia.

– Qual seu nome? – Perguntou a garota.

– Harry Hartley – respondeu ele.

– O meu é Prudence. Gosta?

– Muito – disse Harry. – Mas veja só como o general soca a porta. Desse jeito vai arrombá-la, e então, por Deus, o que me restará além da morte?

– Você se preocupa demais sem motivos – assegurou Prudence. – Deixe que ele bata; conseguirá apenas bolhas nas mãos. Acha que eu o traria para cá se não pudesse protegê-lo? Ah, não, sou uma boa amiga daqueles que me agradam! Além disso, temos uma porta que dá em outra rua. No entanto – ela aguardou Harry ficar em pé para continuar –, não vou mostrar-lhe onde fica até que me beije. Faria isso?

– Claro! – Exclamou ele, galante. – Não por causa da porta, e sim por você ser bela e gentil.

E beijaram-se.

Depois, Prudence conduziu-o até o portão dos fundos, onde parou segurando a chave na fechadura.

– Vai voltar para me ver? – Perguntou.

– Lógico – disse ele. – Não lhe devo minha vida?

– Agora corra o mais rápido que puder – advertiu ela, abrindo o portão –, porque vou permitir que o general entre.

Harry não pensou duas vezes: tomado de medo, saiu em disparada. Mais alguns passos e escaparia de tantos problemas, voltando à presença segura de Lady Vandeleur. Porém, logo ouviu um homem gritando seu nome, acompanhado de muitos palavrões; olhando para trás, viu Charlie Pendragon acenando com os dois braços. O choque desse novo incidente foi tão súbito e profundo que Harry, já agitado e nervoso, não conseguiu pensar em mais nada além de correr ainda mais. É certo que, recordando-se da cena de os dois brigando nos jardins do parque, entendia que o general era seu inimigo, e Charlie Pendragon só poderia ser amigo, mas, transtornado, nem parou para refletir sobre isso, e prosseguiu na corrida desvairada pela alameda.

Pelos gritos de Charlie e pelos impropérios vociferados, estava óbvio que corria furioso logo atrás de Harry. No entanto, mesmo que Pendragon se esforçasse, sua deficiência retardava a perseguição, e logo os gritos e o som dos passos mancos começaram a se distanciar do secretário.

As esperanças do rapaz se renovaram mais uma vez. A alameda era uma subida estreita, bastante solitária e ladeada por sebes de folhagens altas e, até onde o fugitivo conseguia enxergar, não havia alma viva ou qualquer porta aberta diante de si. A providência divina, cansada da perseguição, o abençoava com um campo aberto para continuar a fuga.

Até que, enquanto passava diante da entrada de um jardim sombreada por castanheiras, do outro lado da rua se abriu o portão e Harry vislumbrou na trilha um ajudante de açougueiro carregando uma bandeja sob o braço. Ele mal havia compreendido bem o fato, pois estava alguns passos à frente, mas o outro, observando-o, surpreendeu-se muito por ver um cavalheiro naquela velocidade, saiu e vociferou gritos irônicos de encorajamento.

Aquela aparição inesperada fez Charlie Pendragon, ainda que completamente sem fôlego, gritar mais uma vez:

– Pare! Ladrão!

Ao ouvir o berro, o ajudante de açougueiro juntou-se imediatamente à perseguição.

Sem dúvida um momento amargo para o secretário caçado. O pânico renovado impulsionou ainda mais seu ritmo, e Harry conseguiu afastar-se dos perseguidores, mas estava bastante ciente de que não aguentaria mais, e caso encontrasse qualquer outra pessoa vindo da direção oposta, aquela situação na alameda estreita ficaria desesperadora.

"Preciso de um lugar para me esconder", pensou, "e tem de ser agora, ou estarei perdido!"

Mal havia concluído seu pensamento quando percebeu uma curva abrupta na alameda, o que o livrou da vista dos inimigos. Em determinadas circunstâncias, até as pessoas mais tranquilas aprendem a agir com vigor e determinação, e as mais cautelosas se esquecem da prudência e abraçam soluções insensatas. Harry Hartley enfrentava uma dessas ocasiões, e aqueles que o conheciam bem se surpreenderiam pela audácia do rapaz: ele parou de repente, jogou a chapeleira por cima do muro de um jardim, em cujas cercaduras se firmou, saltou com agilidade e se jogou de cabeça para dentro.

Voltou a si alguns momentos depois, sentado em uma área de pequenas roseiras. As mãos e os joelhos ralados sangravam graças à proteção de cacos de vidro no topo do muro, e, mesmo tonto, sentiu que deslocou alguma coisa. À sua volta, estendia-se um jardim muitíssimo bem cuidado, com flores exalando perfumes esplêndidos, e diante dele viu os fundos de uma casa. Apesar do tamanho considerável e da aparência habitável, a construção formava um contraste bizarro com os arredores, pois era estranha, malcuidada e meio decadente. De todos os lados, avistavam-se os muros do jardim.

Ele percebeu as características do ambiente de um jeito automático, com a mente incapaz de estabelecer relações e chegar a uma conclusão sobre a paisagem. E, quando ouviu passos avançando pelo cascalho, mesmo olhando na direção do som, não lhe ocorreu nenhum pensamento de defesa ou de fuga.

O recém-chegado, uma figura grande, grosseira e de aparência sórdida, portava um regador na mão esquerda. Alguém menos confuso ficaria impressionado, e também um pouco preocupado, com o tamanho imenso do sujeito e com seus olhos sombrios. Mas Harry, abalado demais pela queda para ficar assustado e sem conseguir tirar os olhos do jardineiro, continuou completamente parado, o que soou como um convite para que o homem se aproximasse: o grandalhão pegou o secretário (que não resistiu) pelos ombros e o deixou em pé, bruscamente.

Por um momento, os dois se olharam nos olhos: Harry com um ar perdido e o outro com um aspecto cruel, raivoso e cheio de desdém.

– Quem é você? – Perguntou, enfim. – Quem pensa que é para pular o meu muro e destruir minha *Gloire de Dijon*? – E indicou a roseira, acrescentando com um chacoalhão: – Qual seu nome? O que quer aqui?

Harry não conseguiu emitir uma palavra nem sequer para se explicar.

Bem naquele momento, Pendragon e o rapaz do açougue passaram correndo, o som dos passos e dos gritos ecoando na rua estreita. O jardineiro, com um sorriso detestável, observou Harry.

– Um ladrão! – Exclamou. – Ora essa, e pelo visto dos bons, pois se veste feito um cavalheiro respeitável da cabeça aos pés. Não se envergonha de sair por aí desse jeito, com tanta gente honesta que se contenta em ficar com tranqueiras de segunda mão? Fale, seu cachorro – continuou o homem. – Acho que você entende inglês e pretendo que conversemos antes de arrastá-lo até a polícia.

– Veja, senhor – começou a explicar Harry –, isso é apenas um tremendo equívoco, e se me acompanhar até a casa de Sir Thomas Vandeleur, em Eaton Place, prometo-lhe que a situação vai se esclarecer. Agora entendo bem que até a mais correta das pessoas pode acabar em situações suspeitas.

– Rapazinho – refutou o jardineiro –, não vou mais longe que a delegacia de polícia ali na outra rua. Não tenho dúvidas da felicidade do inspetor em acompanhá-lo em uma caminhada até Eaton Place, e até em tomar um chá com seus excelentes amigos. Ou prefere ir direto à Secretaria de Estado? Sir Thomas Vandeleur, até parece! Acha que não sei diferenciar um cavalheiro de um vagabundo como você? Bem--vestido ou não, consigo lê-lo como um livro aberto. Essa camisa deve custar o meu chapéu de domingo, o casaco parece novinho, e as botas...

O homem, naquele momento fitando o chão, parou com os insultos e encarou algo aos pés dele. E, então, falou, com a voz estranhamente alterada:

– Em nome de Deus, o que é tudo isso?

Harry, seguindo a direção dos olhos do jardineiro, viu um espetáculo que o deixou pasmo e aterrorizado. Na queda, aterrissara diretamente sobre a chapeleira, abrindo-a de um lado ao outro; de dentro, jorrava um impressionante tesouro de diamantes, parte pisoteado na terra, parte espalhado por todo lado, em uma imensa profusão cintilante. Ali estava o diadema maravilhoso de Lady Vandeleur, que ele tantas vezes admirara cingindo a cabeça da dama; ali estavam os anéis e os broches, os brincos e os braceletes, e até mesmo joias soltas caídas por todo lado e entre as roseiras, brilhando como gotas de orvalho. No chão entre os dois homens, uma fortuna esplêndida disposta de maneira convidativa, sólida e durável, capaz de ser facilmente carregada, bela por si só, e dispersa sob a luz do sol em uma miríade de arcos-íris.

– Deus do céu! – Exclamou Harry. – Estou perdido!

Mentalmente refez seu caminho com uma velocidade inimaginável, e começou a entender as aventuras do dia, a compreendê-las como um todo e a reconhecer o triste imbróglio em que se envolvera. Olhou em volta como se fosse pedir ajuda, mas estava sozinho no jardim, com os diamantes espalhados entre ele e seu formidável interlocutor; não havia som algum além do farfalhar das folhas e das batidas aceleradas do coração do rapaz. Óbvio que ele perdeu completamente as forças e, com uma voz falha, repetiu sua última exclamação:

– Estou perdido!

O jardineiro olhou em todas as direções com um ar de culpa, até que, sem vislumbrar ninguém nas janelas, pareceu se tranquilizar.

– Tome jeito, seu tonto! – Disse ele. – O pior já passou. Por que não explicou de uma vez que havia o bastante para duas pessoas? Duas? – Repetiu. – Duzentas! Vamos sair daqui, onde podemos ser vistos e, pelo amor de Deus, ajeite o chapéu e limpe as roupas. Você está tão ridículo que não daria dois passos sem chamar atenção.

Enquanto Harry atendia aos pedidos de modo automático, o jardineiro ajoelhou-se e, com pressa, juntou as joias e as colocou de volta na chapeleira. Ao tocar aquelas pedras caras, o gigantesco homem estremeceu de emoção, a feição transformando-se e os olhos cintilando ambiciosos. Na verdade, poderia ter reunido o tesouro de modo mais ágil, mas se encantava com cada diamante que pegava. Logo que concluiu o processo, escondendo a chapeleira sob o avental, gesticulou para Harry acompanhá-lo até a casa.

Perto da porta, encontraram-se com um jovem moreno, muito bonito, claramente ordenado ao sacerdócio. No rosto, uma mescla de fragilidade e determinação, e vestia-se cuidadosamente de acordo com sua casta. Foi evidente o incômodo do jardineiro com aquele encontro, mas, fazendo a melhor cara que conseguiu, ele aproximou-se do clérigo com um ar obsequioso e sorridente.

– Uma bela tarde, sr. Rolles – disse. – Bela graças ao nosso bom Deus! Este é um amigo meu, que queria ver as minhas roseiras. Tomei a liberdade de trazê-lo até aqui, porque imaginei que não haveria problema nisso.

– Por mim, nenhum – refutou o reverendo Rolles. – E não acho que qualquer um de nós se oporia a um acontecimento tão trivial. Sabemos que o jardim lhe pertence, sr. Raeburn, e por nos dar a liberdade de desfrutá-lo, seria muita ingratidão de nossa parte interferir no que convém aos seus amigos. Por outro lado, acho que esse cavalheiro e eu já nos encontramos antes. Sr. Hartley, se me lembro bem. Sinto muito, parece que o senhor levou um tombo.

Então, ofereceu a mão a Harry.

Movido por uma espécie de dignidade e um desejo de retardar ao máximo a necessidade de se explicar, Harry recusou a ajuda e negou a própria identidade. Preferiu resolver a situação com o jardineiro, que pelo menos era um desconhecido, a encarar a curiosidade e talvez as perguntas de alguém que o conhecesse.

– Temo que esteja enganado – disse. – Meu nome é Thomlison, e sou um amigo do sr. Raeburn.

– Verdade? – Perguntou o sr. Rolles. – A semelhança é incrível.

O sr. Raeburn, mordendo-se de nervosismo em razão de toda a conversa, sentiu que chegara o momento de encerrá-la.

– Tenha uma excelente tarde, senhor – disse.

E, conduzindo Harry pela casa, chegaram até um quarto que dava para o jardim. O sr. Raeburn primeiro fechou as persianas, pois o clérigo continuava no mesmo lugar, um ar pensativo de perplexidade. Então, esvaziou a chapeleira quebrada na mesa, parou diante de todo aquele tesouro com uma expressão absurda de ganância e esfregou as mãos nas coxas. A visão do rosto daquele homem tão emocionado só acrescentou mais uma pontada às dores que Harry já estava sentindo. Parecia-lhe inacreditável de repente ver-se mergulhado em negócios sórdidos e criminosos, justo ele, que levava uma vida de pura frivolidade e delicadezas. Não se lembrava de nenhum pecado que lhe pesasse na consciência, e naquele momento sofria a condenação dos pecadores em suas formas mais cruéis: o pavor da punição, a suspeição das pessoas de bem e a companhia e a contaminação daquelas naturezas malignas e brutais. Sentiu que sacrificaria a própria vida com prazer só pela satisfação de sair daquela sala e da parceria inesperada com o sr. Raeburn.

– Agora... – Disse o jardineiro, depois de separar as joias em duas partes iguais e puxar uma em sua direção. – Bem, tudo nesta vida tem um preço, mas algumas coisas são mais baratas. Sabe, sr. Hartley, e é esse seu nome, sempre fui um homem sem muita paciência, e bondade nunca foi meu forte. Eu embolsaria todas essas pedrinhas bonitas se quisesse, e bem que gostaria de vê-lo tentar me impedir, mas acho que simpatizei com você, se é esse o termo certo. Então, veja bem, por pura boa vontade proponho-lhe que façamos uma divisão, e estas – apontou as duas pilhas – são as proporções que me parecem as mais justas. Tem alguma objeção, sr. Hartley? Não vou discutir por causa de um broche a mais ou a menos.

– Senhor, sua proposta é inviável! – Exclamou Harry. – As joias não são minhas, e não posso dividir o que não me pertence, não importa com quem e nem em quais proporções.

– Ah, então não são suas? – Questionou Raeburn. – E não pode dividi-las com ninguém? Bem, que pena. Serei obrigado a levá-lo à delegacia. Pense bem na polícia, pense no desgosto que vai dar à sua família, pense – prosseguiu, pegando Harry pelo punho – na desgraça de o enviarem para as colônias, e no dia do Juízo Final...

– E o que vou fazer? – Lamentou Harry. – Não é culpa minha. Não pode vir comigo até Eaton Place?

– Não. Lógico que não. E pretendo dividir essas coisinhas com você aqui mesmo – explicou o jardineiro, torcendo repentinamente o punho do rapaz.

Harry não conseguiu segurar o grito, o suor visível no rosto. Talvez a dor e o medo naquele momento tenham lhe despertado o raciocínio, pois uma luz mental o levou a compreender a situação toda por um outro viés; percebeu que só lhe restava a opção de concordar com a proposta daquele malandro, fazer o possível para voltar para casa e, tão logo as circunstâncias fossem mais favoráveis (e ele estivesse livre de qualquer suspeita), forçar o homem a confessar.

– Certo! Concordo – disse.

– E com que facilidade! – Escarneceu o jardineiro. – Imaginei que no fim pensaria em benefício próprio. Vou queimar essa chapeleira com o lixo – continuou –, porque alguém poderá reconhecê-la; quanto a você, pegue logo o que lhe pertence e enfie tudo nos bolsos.

Harry obedeceu, com Raeburn observando-o, a ganância do sujeito despertada mais uma vez pelos brilhantes; e então, ele pegava mais alguma das joias da parte do secretário, atirando-a ao próprio montante.

Quando terminaram, ambos caminharam até a porta da frente, a qual Raeburn abriu com cuidado para observar a rua. Aparentemente estava vazia, porque de súbito o homem agarrou Harry pela nuca e o segurou com o rosto para baixo, de modo que não visse nada além do chão e dos degraus das casas, e saiu empurrando-o, descendo uma rua e subindo outra, durante quase dois minutos. Harry contou três esquinas antes que o valentão o soltasse.

– Agora suma daqui! – Ordenou, fazendo-o quase voar com um chute muito bem dado.

Assim que Harry se levantou, meio atordoado e com o nariz sangrando, o sr. Raeburn já havia desaparecido. Pela primeira vez, a raiva e a dor dominaram completamente o espírito do rapaz, que começou a chorar desesperado, estático no meio da rua, soluçando.

Depois de se acalmar um pouco, olhou ao redor e leu os nomes das ruas do cruzamento em que fora deixado. Continuava em uma região pouco movimentada do oeste de Londres, entre casarões e grandes jardins, e observou algumas pessoas em uma janela que haviam testemunhado sua desventura; logo uma criada saiu correndo da casa e ofereceu-lhe um copo d'água. Ao mesmo tempo, um sujeito mal-encarado que vadiava pela vizinhança aproximou-se pelo outro lado.

– Pobre rapaz – disse a criada. – Que horror aquele homem fez com você! Está com os joelhos ralados, a roupa toda rasgada! Conhece o miserável?

– Ora, se conheço! – Exclamou Harry, um pouco melhor por causa da água. – E ainda vou atrás dele. Garanto-lhe que o grandalhão ainda vai pagar caro.

– É melhor que entre e se lave – afirmou a criada. – Minha senhora vai permitir que entre, não se preocupe. Deixe que eu pego seu chapéu. – E de repente parou. – Meu Deus do céu! Você derrubou esse monte de diamantes pela rua?

Foi mesmo o que aconteceu: metade do que havia ficado com Harry depois da divisão de Raeburn caiu-lhe dos bolsos quando o sujeito o arremessou no chão, e as joias brilhavam com as pedras. Ele agradeceu aos céus a perspicácia da criada. "Não há nada tão ruim que não possa piorar", pensou, e recuperar aquelas poucas joias lhe parecia um problema tão relevante quanto a perda do restante. Porém, assim que se levantou para pegar os tesouros, o vagabundo da rua passou correndo, derrubou Harry e a criada com um encontrão, pegou dois punhados de diamantes e disparou em uma velocidade incrível.

Assim que ficou em pé de novo, Harry saiu correndo, gritando atrás do canalha, que, provavelmente conhecendo a região muito bem, rápido demais virou uma esquina para que o secretário o perdesse de vista.

Profundamente melancólico, Harry voltou à cena do acontecido, onde a criada, muito honesta, ainda aguardando-o, devolveu-lhe o chapéu e o restante dos diamantes que haviam caído. Harry agradeceu-lhe do fundo do coração e então, abandonando a preocupação com o próprio dinheiro, foi até o posto de carruagens mais próximo e comprou a passagem até Eaton Place.

Quando chegou, notou que na casa parecia reinar a confusão, como se uma catástrofe tivesse atingido a família; os criados, todos juntos no saguão, não contiveram o riso (ou talvez nem se esforçaram para isso) ao ver a figura desgrenhada do secretário. Ele passou inflando a maior dignidade de que era capaz, e seguiu direto ao *boudoir*. Ao abrir a porta, viu um espetáculo ainda mais eloquente: o general, sua esposa e, inesperadamente, Charlie Pendragon. Os três, muito próximos, conversavam sobre algum assunto bem sério. Harry logo percebeu que não haveria muito o que explicar, pois era evidente que o general sabia não só da fraude que pretendiam cometer, bem como do fracasso da empreitada; assim, os três se uniram para enfrentar uma ameaça em comum.

– Graças a Deus! – Exclamou Lady Vandeleur. – Aqui está! A chapeleira, Harry! A chapeleira!

Mas Harry postou-se diante deles em silêncio, cabisbaixo.

– Fale! – Ela gritou. – Fale! Onde está a chapeleira?

E os homens, com gestos ameaçadores, repetiram o pedido.

Harry, muito pálido, tirou um punhado de joias do bolso.

– Aqui está tudo o que sobrou – disse. – E juro por Deus que não foi culpa minha. Se tiverem paciência, mesmo temendo que algumas jamais sejam recuperadas, é possível que encontre outras.

– Ai! – Lamentou Lady Vandeleur. – Nossos diamantes se foram, e agora devo noventa mil libras em roupas!

– Madame – disse o general. – Seus negócios escusos poderiam ter levado todos nós à sarjeta, você poderia ter me endividado com um valor cinquenta vezes maior que o mencionado; poderia ter roubado o diadema e o anel de minha mãe, e, no fim das contas, eu ainda talvez lhe perdoasse. Porém, você pegou o Diamante do Rajá! O "Olho da Luz", no jeito poético dos orientais; o Orgulho de Kashgar! Tomou de mim o Diamante do Rajá! – Gritou, levantando as mãos. – E tudo, madame, tudo o que existe entre nós está por um fio!

– Acredite em mim, general Vandeleur – retrucou ela. – Até hoje essa é uma das coisas mais sensatas que você já disse, e como estamos à beira da ruína, eu quase aceitaria essa mudança se ela me afastasse da sua presença. Já me falou várias vezes que me casei por dinheiro, então me permita dizer que sempre me arrependi profundamente dessa barganha. Hoje, mesmo que você estivesse disponível para casamento e fosse dono de um diamante maior que a sua cabeça, eu aconselharia até minha mais simples criada a jamais se prender numa união tão repulsiva e desastrosa. Quanto a você, sr. Hartley – continuou, virando-se para o secretário –, já demonstrou muito bem seus valiosos talentos nesta casa; agora estamos todos convencidos de que lhe falta bom senso, respeito próprio e a atitude que se espera de um homem. Só lhe resta um caminho: suma daqui imediatamente e, se possível, nunca mais volte. Quanto ao seu salário, coloque-se como um credor na falência de meu marido.

Harry mal teve tempo de assimilar os insultos antes que o general lhe direcionasse mais alguns.

– Antes de partir – disse ele –, irá comigo até o inspetor de polícia mais próximo. Pode até se safar diante de um soldadinho qualquer, mas o olho da lei vai enxergar muito bem os seus podres. Se minha velhice está condenada à miséria, entre suas intrigas e as de minha esposa, espero que você seja, no mínimo, punido pelos seus crimes, e Deus, Deus vai me negar uma satisfação imensa se você não passar o resto da vida fabricando estopa em alguma prisão!

E em seguida, o general arrastou Harry para fora do aposento, empurrando-o pelas escadas e ao longo da rua até a delegacia do distrito.

Aqui (diz meu autor árabe) *termina o assunto deplorável da chapeleira. Mas para o triste secretário tudo era apenas o começo de uma vida renovada e mais digna. A polícia facilmente se convenceu da inocência do rapaz, que, depois de ajudar nas buscas subsequentes, foi até mesmo elogiado por um dos chefes do departamento de investigações, por sua integridade e pela simplicidade de suas ações. Muitas pessoas se interessaram por alguém tão desafortunado, e logo ele herdou uma boa soma de dinheiro de uma tia solteira de Worcestershire. Com a fortuna, casou-se com Prudence e zarparam para Bendigo, na Austrália, ou, como outros dizem, para Triquinimale, no Sri Lanka, extremamente felizes e com um futuro muito promissor.*

O JOVEM SACERDOTE

O reverendo Simon Rolles havia se destacado em Ciências Morais, e era ainda mais proficiente em Teologia. Ganhara certa notoriedade na Universidade de Oxford, quando publicaram seu ensaio "Sobre a doutrina cristã das obrigações sociais", e nos círculos eruditos e clericais entendia-se que o jovem realizava um trabalho importante, dizia-se que um livro sobre a autoridade dos padres da Igreja. No entanto, essas conquistas e os projetos ambiciosos estavam distantes de elevar sua posição; continuava à procura de sua primeira paróquia quando, em um passeio ao acaso por certa parte de Londres, encantou-se com o aspecto pacífico e suntuoso de um jardim. Assim, o desejo pelos estudos e pela reclusão (e o baixo preço da moradia) o levou a alugar um quarto na casa do sr. Raeburn, o jardineiro da alameda Stockdove.

Mantinha o mesmo hábito todas as tardes: depois de trabalhar durante sete ou oito horas na igreja de Santo Ambrósio ou na de São João Crisóstomo, meditava caminhando entre as roseiras, geralmente o momento mais produtivo do seu dia. Porém, mesmo o sincero apetite pelo pensamento e o ânimo pela abordagem de dilemas sem solução nem sempre bastavam para que a mente do filósofo passasse incólume diante do contato com o mundo externo. Assim, quando o sr. Rolles encontrou o secretário do general Vandeleur aos trapos e sangrando na companhia do senhorio; quando ambos pareceram mudar de cor e evitaram suas perguntas e, acima de tudo, quando aquele rapaz negou a própria identidade sem pestanejar, o sacerdote logo se esqueceu dos santos e dos padres da igreja e se entregou à curiosidade mundana.

"Não posso estar enganado", pensou. "Sem dúvida, é o sr. Hartley. Mas o que houve com ele? Por que fingiu ser outra pessoa? E que tipo de negócio tem com aquele bruto do meu senhorio?"

Enquanto pensava, outra circunstância peculiar atraiu sua atenção. O rosto do sr. Raeburn apareceu em uma janela baixa perto da porta e, como manda o acaso, seus olhos encontraram os do sr. Rolles. O jardineiro, desconcertado e até mesmo preocupado, imediatamente fechou as persianas do aposento.

"Pode não ser nada", refletiu o sr. Rolles. "Pode não ser absolutamente nada, mas confesso que não acredito nisso. Desconfiados, dissimulados, mentindo, com medo de serem vistos... Tenho certeza de que esses dois estão metidos em alguma coisa errada."

O detetive que vive em todos nós despertou na alma do sr. Rolles, que, com passos rápidos e vivazes, diferentes da lenta caminhada usual, continuou pela trilha do jardim. Quando chegou à cena da escalada de Harry, seu olhar de imediato mergulhou na roseira quebrada e no chão pisoteado. Olhando para cima, viu raspões nos tijolos e um pedaço de roupa rasgada balançando em um dos cacos de vidro do muro. E então, o amigo do sr. Raeburn resolveu entrar ali! Seria daquela maneira que o secretário do general Vandeleur costumava admirar flores? O jovem clérigo assoviou ao se inclinar para ver o chão; entendeu onde Harry havia caído após o salto arriscado; reconheceu a pegada pesada do sr. Raeburn no momento que levantou o secretário pelo colarinho e, em uma inspeção mais atenta, distinguiu marcas de dedos agarrando a terra, como se coisas, depois de caídas no chão, tivessem sido rapidamente coletadas.

"Ora essa", pensou. "Isto está cada vez mais interessante."

Foi então que alguma coisa despontou da terra. Em um instante, o sr. Rolles desenterrou um delicado estojo de couro marroquino, ornamentado com ouro e cerrado por um fecho igualmente dourado. Fora pisoteado profundamente no solo fofo, assim escapando da busca apressada do sr. Raeburn. O clérigo abriu o objeto, inspirando o ar demoradamente, pasmo e quase horrorizado: diante dele, em um berço de veludo verde, jazia um diamante enorme e da mais alta pureza, do tamanho de um ovo de pato, lapidação maravilhosa, sem qualquer defeito. Quando a luz do sol o atravessou, cintilou igual a um raio e pareceu queimar na mão do jovem, como se no interior ardesse uma miríade de fogos.

Ele pouco entendia de pedras preciosas, mas a perfeição do Diamante do Rajá dispensava qualquer explicação. Se uma criança o encontrasse, sairia correndo aos gritos até a casa mais próxima; se um selvagem o pegasse, ficaria prostrado em adoração diante de artefato para ele encantado. A beleza da pedra capturou os olhos do jovem clérigo; a ideia do valor incalculável da joia dominou todo seu intelecto. Ele sabia que o diamante valia mais que muitos anos de seu salário na arquidiocese; sabia que com ele poderia construir catedrais mais grandiosas que a de Ely ou a de Colônia; sabia que quem quer que o possuísse se livraria para sempre da maldição primordial e faria o que quisesse sem pressa ou preocupação, sem atrasos ou obstáculos. E quando o virou, de repente os raios de luz dançaram em um brilho renovado e pareceram perfurar o coração do clérigo.

Muitas vezes, o ser humano toma ações decisivas quando está privado da razão. O sr. Rolles vivia uma dessas ocasiões. Preocupado, ele olhou em volta, mas, como o sr. Raeburn antes dele, viu tão somente o jardim florido ensolarado, as copas das árvores e a casa com as janelas fechadas. E em uma ação rápida fechou o estojo, enfiou-o no bolso e correu para o escritório, a culpa apressando-lhe os passos.

O reverendo Simon Rolles havia roubado o Diamante do Rajá.

No começo da tarde, a polícia chegou com Harry Hartley. O jardineiro, aterrorizado logo atrás do sacerdote, prontamente entregou sua parte do tesouro, e identificaram e inventariaram as joias na presença do secretário. Quanto ao sr. Rolles, ele se portou de uma maneira muito gentil e prestativa, falando tranquilamente tudo o que sabia e dizendo-se triste por não poder ajudar ainda mais os oficiais naquela investigação.

– Imagino – acrescentou – que não haja mais muito o que resolver?

– Está bem longe de acabar – respondeu o homem da Scotland Yard, que, então, narrou o segundo roubo do qual Harry fora vítima e descreveu ao clérigo uma das joias mais importantes ainda não encontradas, demorando-se particularmente ao falar do Diamante do Rajá.

– Deve valer uma fortuna – observou o sr. Rolles.

– Dez fortunas. Vinte fortunas! – Exclamou o oficial.

– Quanto mais elevado o valor, mais difícil deve ser vendê-la – comentou Simon, com astúcia. – Uma joia assim tão específica dificilmente passaria por outra coisa; seria como tentar vender a Catedral de São Paulo.

– Ah, com certeza! – Disse o outro. – Mas se o ladrão for esperto, dividirá a pedra em três ou quatro, e ainda terá dinheiro para ser rico.

– Obrigado – agradeceu o clérigo. – Não sabe como esses assuntos me fascinam.

Depois do comentário, o oficial admitiu que sabiam de muitas coisas estranhas por causa da profissão, e logo foi embora.

O sr. Rolles voltou ao seu quarto, que parecia menor e mais vazio do que de costume; as ferramentas de sua obra grandiosa nunca lhe soaram menos interessantes, e olhou para sua biblioteca particular com desdém. Pegou vários dos escritos dos padres da igreja e os folheou volume por volume, mas não havia ali nada que o ajudasse em seu propósito.

"Esses velhos senhores", pensou, "são sem dúvida escritores importantes, mas me parecem claramente ignorantes da vida real. Aqui estou eu, estudando para ser bispo, e não sei nem o básico para me desfazer de um diamante roubado. Peguei uma dica de um simples policial, e mesmo com toda minha erudição, ainda sou incapaz de executá-la. E aí penso: de que serve tanto estudo?"

Então, chutou sua estante de livros e, colocando o chapéu, saiu rápido de casa, indo ao clube do qual era membro. Esperava que em um lugar de entretenimento mundano encontrasse alguém mais vivido, de quem talvez recebesse algum conselho. Na sala de leitura, viu muitos clérigos do interior e um arcebispo; passou por três jornalistas e por um escritor e filósofo, que estavam jogando bilhar, e na sala de jantar apenas os mais simplórios dos membros do clube davam as caras. Ninguém ali conheceria assuntos arriscados mais que ele próprio, pensou o sr. Rolles; ninguém estaria apto a ajudá-lo. Após subir muitas escadas, no fim da sala reservada aos fumantes viu um cavalheiro corpulento, vestido de modo tão simples que chamava atenção. Fumava um charuto e lia uma edição da *Fortnightly Review*, uma revista de opinião política; no rosto, não se via qualquer indício de preocupação ou de cansaço, e algo em torno dele parecia despertar confiança, ainda que impusesse alguma submissão a quem o abordasse. O clérigo, observando essas características, convenceu-se de que ali estava alguém capaz de aconselhá-lo.

– Senhor – disse –, desculpe minha intromissão, mas vejo que parece bastante vivido neste mundo.

– Concordo – afirmou o estranho, colocando a revista de lado, no olhar um misto de surpresa e divertimento.

– Senhor – continuou o clérigo –, sou um estudante, um recluso, uma criatura dos papéis e frascos de tinta da igreja. No entanto, um acontecimento recente me fez repensar muita coisa, e quero aprender mais sobre a vida. Por vida – acrescentou –, não me refiro aos lugares-comuns dos romances de Thackeray, e sim aos crimes e às possibilidades secretas de nossa sociedade, e a como agir sabiamente diante de eventos excepcionais. Sou um leitor paciente; indica-me algum livro que ensine isso?

– Assim você me complica – disse o sujeito. – Confesso que nos livros não procuro muitas respostas, exceto a distração que proporcionam numa viagem de trem; acredito, no entanto, que há muitos tratados precisos de astronomia, do uso de globos, da agricultura, e também da arte das flores de papel. Sobre os aspectos mais obscuros da vida, acho que não encontrará nada muito confiável. Mas diga-me uma coisa – continuou –, você já leu Gaboriau?

O sr. Rolles admitiu que nunca nem sequer havia ouvido o nome.

– Pode aprender alguma coisa com Gaboriau – explicou o homem. – Ele é no mínimo inspirador, e como autor é bastante estudado pelo Príncipe de Bismarck, ou seja, pelo menos você estará em boa companhia nos estudos.

– Senhor – disse o rapaz –, agradeço imensamente sua cortesia.

– Você mais do que me pagou por ela – retrucou o outro.

– Como assim? – Perguntou Simon.

– Pela novidade do seu pedido – respondeu o sujeito, que, com um gesto educado, como se pedisse permissão, voltou à leitura da *Fortnightly Review.*

No caminho para casa, o sr. Rolles comprou um livro sobre pedras preciosas e vários dos romances de Gaboriau. Leu-os por alto, ansioso, até a madrugada, mas, ainda que lhe apresentassem muitas ideias novas, não descobriu o que fazer com um diamante roubado. Irritava-o, mais do que qualquer coisa, a ideia de encontrar informações dispersas em meio às narrativas românticas, em vez de conhecê-las mais detalhadas em um manual técnico. E concluiu que faltava ao escritor um método decente para ensinar, mesmo refletindo muito sobre aqueles assuntos. Apesar disso, não conteve sua admiração pelas conquistas de Lecoq, um dos protagonistas das histórias.

"Uma criatura admirável mesmo", ruminou o sr. Rolles. "Conhecia o mundo como conheço a liturgia. Não há nada de que ele não corresse atrás e fizesse com as próprias mãos, mesmo nas maiores dificuldades. Céus! Não seria essa a lição? Devo aprender a lapidar diamantes?"

E, como se de repente, parecia que ele próprio tinha afastado as nuvens densas que obscureciam seus pensamentos: lembrou-se de B. MacCulloch, um joalheiro de Edimburgo que ficaria contente em iniciá-lo em tal ofício. Assim, depois de alguns meses (talvez anos) de trabalho duro, o jovem sacerdote poderia conquistar a experiência necessária para o fracionamento, e a astúcia para vender o Diamante do Rajá nos lugares certos. Ao término de tudo, voltaria às suas pesquisas com tranquilidade, um estudante rico e sofisticado, invejado e respeitado por todos. Naquela noite, visões douradas invadiram seus sonhos, e acordou renovado e feliz com o sol da manhã.

A polícia fecharia naquele dia a casa do sr. Raeburn, o que serviu de pretexto para Simon partir. Fez as malas muito alegremente e levou tudo para a estação de King's Cross, onde as deixou no guarda-volumes, retornando depois ao clube para comer alguma coisa e passar o restante da tarde.

– Se for jantar aqui hoje, Rolles – disse um conhecido –, talvez conheça dois dos homens mais notáveis da Inglaterra: o príncipe Florizel da Boêmia e o velho Vandeleur.

– Já ouvi falar do príncipe – afirmou o sr. Rolles –, e até já me encontrei com o general Vandeleur.

– O general é um idiota! – Exclamou o outro. – Estou falando de John, irmão dele, o aventureiro especialista em pedras preciosas e um dos negociantes mais astutos da Europa. Nunca ouviu falar do duque de Val d'Orge? De suas façanhas e atrocidades quando foi ditador do Paraguai? Da sua competência ao recuperar as joias de Sir Samuel Levi? Ou dos serviços que ele prestou na Revolta Indiana, dos quais o governo teve todo lucro possível, apesar de nunca ter admitido? Você me faz pensar no que significa fama, ou até mesmo infâmia, pois John Vandeleur fez conquistas prodigiosas nesses dois campos. Desça as escadas, fique em uma mesa perto dos dois e mantenha os ouvidos bem atentos. Acredite que ouvirá todo tipo de coisa exótica.

– Mas como vou saber quem são? – Perguntou o clérigo.

– Saber quem são! – Exclamou o colega. – Ora, o príncipe é o sujeito mais refinado da Europa, a única criatura viva que se parece com um rei; quanto a Vandeleur, se puder imaginar um Ulisses de setenta anos com um corte de sabre estampado no rosto, é ele! Saber quem são... Rá! Daria para reconhecer qualquer um dos dois até no meio de uma multidão.

Rolles apressou-se até a sala de jantar, e aconteceu exatamente como o amigo lhe dissera: impossível enganar-se quanto à dupla em questão. O velho John Vandeleur, dono de um vigor impressionante, obviamente colocara o corpo a todo tipo de prova. Não tinha a postura de um espadachim, de um marujo ou de alguém habituado a cavalgar, mas incorporava quase uma mistura de tudo isso, e assim parecia uma pessoa de muitas habilidades, com traços fortes, aquilinos, e um jeito arrogante e predatório. Tudo nele remetia a um homem de ações ligeiras, violentas e inescrupulosas, e o abundante cabelo branco, junto à profunda marca de sabre que marcava nariz e têmpora, acrescentava um tom de selvageria a um rosto por si só já bastante ameaçador.

Quanto ao seu companheiro, o príncipe da Boêmia, o sr. Rolles surpreendeu-se ao reconhecer o cavalheiro que havia lhe recomendado estudar Gaboriau. Apesar de membro honorário, o príncipe raramente visitava o clube, e não havia dúvidas de que estava esperando John Vandeleur quando Simon o abordara no dia anterior.

Os demais membros que jantavam tinham se recolhido aos cantos da sala, deixando a distinta dupla meio isolada; mesmo assim, descontrolado pelo deslumbramento, o jovem clérigo caminhou decidido e procurou a mesa mais próxima dos dois.

De fato, a conversa abordava um tema novo aos ouvidos do estudante. O ex-ditador do Paraguai contava diversas experiências extraordinárias em diferentes cantos do mundo, e o príncipe fazia comentários que, para um homem letrado, eram ainda mais interessantes que os eventos narrados pelo outro. Portanto, as duas formas de experiência se apresentavam diante do sacerdote, que não sabia qual admirava mais: o ator desesperado ou o profundo conhecedor da vida; o homem que narrava bravamente os próprios feitos e apuros ou o sujeito que parecia, como um deus, saber de todas as coisas sem nunca ter sofrido nada. O ditador satisfazia-se com brutalidades na fala e nos gestos, a mão abrindo, fechando e batendo com força na mesa, a voz grave e retumbante. O príncipe, por outro lado, parecia o exemplo da gentileza e da tranquilidade urbanas: o mais insignificante dos seus movimentos, a mais insignificante das suas inflexões soava mais expressiva que todos os gritos e pantomimas do companheiro. E se em algum momento falou de experiências pessoais, o que parecia o caso, era quase imperceptível discerni-las do restante da conversa.

Com o tempo, o diálogo encaminhou-se para os crimes recentes, até chegar ao Diamante do Rajá.

– Esse diamante deveria estar no fundo do mar – observou o príncipe.

– Sendo eu um Vandeleur – refutou o ditador –, Vossa Alteza deve imaginar que discordo.

– Refiro-me ao interesse público – prosseguiu Florizel. – Joias valiosas assim deveriam ser reservadas à coleção de um príncipe ou ao tesouro de uma grande nação. Distribuí-las entre os homens comuns significa praticamente colocar um preço na cabeça da virtude. E se o rajá de Kashgar, que imagino seja um príncipe bastante esclarecido, desejasse se vingar dos europeus, dificilmente o conseguiria de um jeito mais eficaz que este: enviando-nos o fruto da discórdia. Nenhuma honestidade resiste a tal desafio. Mesmo eu, que tenho muitos deveres e privilégios, eu, sr. Vandeleur, mal conseguiria manusear um cristal encantador daquele e continuar seguro de mim. Quanto a você, que é um caçador de diamantes por gosto e por ofício, acredito não existir um único crime que não seria capaz de cometer. Não sei se tem um amigo a quem deixaria de trair, e não sei se tem família, mas creio que sacrificaria até seus filhos, se fosse o caso. E por quê? Não para ser rico, nem para ter mais confortos ou mais respeito, mas apenas para chamar o diamante de seu por um ou dois anos antes de morrer, e de vez em quando abrir um cofre para admirá-lo como se fosse uma pintura.

– É verdade – concordou Vandeleur. – Já cacei de tudo, de homens e mulheres até mosquitos. Já mergulhei em busca de corais, persegui baleias e tigres, mas um diamante é o maior dos troféus; com tanta beleza e valor, sozinho já recompensaria os ardores da caçada. Neste momento, como Vossa Alteza deve imaginar, estou seguindo os rastros. Tenho meus talentos e muita experiência. Conheço todas as pedras preciosas da coleção de meu irmão como um pastor conhece suas ovelhas, e prefiro morrer a deixar de recuperar cada uma delas!

– Sir Thomas Vandeleur vai ter todos os motivos para lhe agradecer – disse o príncipe.

– Não tenho tanta certeza assim – explicou o ditador, com uma gargalhada. – Um dos Vandeleur vai. Thomas ou John, Peter ou Paul. Somos todos apóstolos – concluiu, rindo.

– Não entendi – disse o príncipe, com algum desdém.

E bem naquele momento, um garçom aproximou-se para informar ao sr. Vandeleur que seu transporte estava à porta.

O sr. Rolles, olhando para o relógio, constatou que também estava na hora de partir; a coincidência o afetou profunda e desagradavelmente, pois não queria, de modo algum, rever o caçador de diamantes.

De certo modo, o excesso de estudo abalara os nervos do jovem, que sofria de insônia. Por isso, ao viajar não economizava no preço das passagens, e para aquela jornada havia reservado um sofá-cama no vagão-dormitório.

– Vai ser uma viagem muito confortável – dissera o guarda. – Não há ninguém no seu compartimento, e só um senhor na outra ponta do vagão.

Quase na hora, os bilhetes já sendo verificados, o sr. Rolles viu seu companheiro de viagem seguido por diversos carregadores; não havia um único homem no mundo pior que aquele, John Vandeleur, o velho ex-ditador.

Os vagões-dormitório da linha Great Northern dividiam-se em três compartimentos, um em cada ponta para os passageiros, e um no centro aparelhado como lavatório. Uma porta deslizante separava cada extremidade do lavatório, mas, como não havia tramelas ou cadeados, os três ambientes acabavam formando um único lugar.

Estudando a situação, o sr. Rolles percebeu que estaria indefeso. Caso o ditador quisesse visitá-lo durante a noite, não teria como recusar; não teria nada para se proteger, suscetível a um ataque como se estivesse deitado em campo aberto. Sentiu-se agoniado. Com preocupação, lembrou-se das declarações arrogantes do colega de vagão naquela mesa de jantar, e das imoralidades que haviam deixado o príncipe indignado. O sacerdote lera em algum lugar que determinadas pessoas eram dotadas de uma espécie de sexto sentido quando próximas de algum metal precioso; dizia-se que, mesmo através de paredes e a distâncias consideráveis, elas eram capazes de sentir a presença do ouro. A mesma coisa não poderia acontecer com diamantes? Imaginava que sim. E, se possível, quem mais teria esse sentido sobrenatural senão a pessoa que se vangloriava como o grande Caçador de Diamantes? Sabia que qualquer coisa vinda daquele homem geraria medo, e esperou ansiosamente o amanhecer.

No meio-tempo, agiu com muita cautela: escondeu o diamante no bolso mais interno das camadas de roupas e pediu à providência divina que o protegesse.

O trem seguiu o caminho de sempre, rápido e tranquilo; já quase na metade da jornada, o sono começou a triunfar sobre as preocupações torturadoras do sr. Rolles. Por algum tempo, resistiu ao impulso, mas o cansaço aumentou, e um pouco antes de passarem por York, esticou-se sobre o sofá e fechou os olhos. Quase de imediato a consciência do jovem clérigo se apagou, seus últimos pensamentos dissipando-se no vizinho assustador.

Acordou ainda no breu, exceto pelo cintilar que atravessava a fresta da lamparina coberta; o rugido e a oscilação contínuos atestavam a velocidade inabalável do trem. Sentou-se ereto, em pânico depois de pesadelos terríveis; passaram-se alguns segundos antes que recobrasse a consciência, mas mesmo depois de calmo o sono mantinha-se distante. Permaneceu acordado, a mente agitada, os olhos fixos na porta do lavatório. Então, resolveu puxou o chapéu de feltro até os olhos para proteger-se da luz, e fez o que todos fazem para dormir, como contar até mil, esvaziar a mente e recorrer a outros métodos pelos quais qualquer pessoa acelera a chegada do sono. No caso do sr. Rolles, tudo em vão; tipos de ansiedade diferentes o atormentavam: o velho do outro lado do vagão o assombrava de todas as formas, e qualquer posição em que se acomodasse para dormir fazia o diamante escondido no bolso incomodá-lo demais. Ora queimava, ora parecia muito grande, ora esfolava-lhe as costelas... e em várias frações infinitesimais de segundo ele quase pensou em jogar a joia pela janela.

Então, com o sr. Rolles ainda deitado, um incidente estranho aconteceu.

A porta de correr do lavatório deslizou ligeiramente, depois um pouco mais, até ficar quase dois palmos aberta. Em razão da lamparina descoberta, pela fresta iluminada o clérigo viu a cabeça do sr. Vandeleur, que parecia muito atento a alguma coisa. O sacerdote tinha consciência de que o ditador o encarava e, portanto, em um instinto de autopreservação, prendeu a respiração, evitou qualquer movimento e, ainda com os olhos semicerrados, ficou observando alerta o visitante, que depois de alguns momentos afastou a cabeça e fechou a porta.

O ditador não viera para um ataque, e sim para mera observação; agia não como um homem ameaçando outro, mas como um que se sentia ameaçado. Dessa maneira, se o sr. Rolles temia Vandeleur, este também não aparentava conforto com aquela situação. Pelo visto, o homem aparecera ali para se certificar de que o companheiro de viagem estava dormindo e, satisfeito, voltara ao seu lugar.

O clérigo ficou em pé em um pulo. Os extremos do terror haviam cedido a uma audácia imprudente. Imaginou que o sacolejar do trem abafava todos os outros sons e, muito determinado, resolveu devolver a visita recém-recebida. Despindo-se da capa que poderia atrapalhá-lo, entrou no lavatório e parou para escutar. Como esperava, nenhum som além do rugido da viagem; assim, colocando a mão em um dos lados da porta, deslocou-a cuidadosamente, abrindo uma fresta de uns quinze centímetros. Então, deteve-se com uma exclamação de surpresa.

John Vandeleur usava um chapéu de pelos, com abas para proteger as orelhas, o que, combinado ao barulho do vagão, talvez o tenha ajudado a não perceber os acontecimentos. É fato que, sem erguer a cabeça, continuou naquela coisa estranha sem interrupção. Entre os pés do homem, uma chapeleira aberta; em uma mão, ele segurava a manga do sobretudo de pele de foca, e na outra, uma faca impressionante, com a qual havia acabado de cortar aquela parte da roupa. O sr. Rolles já lera sobre pessoas que carregavam dinheiro preso em cintos, mas, ao pensar nos tipos de cinto que ele mesmo conhecia, era incapaz de conceber como fazer aquilo. Diante de seus olhos, uma cena ainda mais inusitada: aparentemente, John Vandeleur carregava diamantes no forro das mangas, diversas das pedras brilhantes caindo na chapeleira, uma atrás da outra.

Imóvel, o rapaz ficou atento àquela visão incomum. A maioria dos diamantes era pequena, em formato ou cores indistinguíveis. De repente, o ditador, parecendo encontrar alguma dificuldade, usou as duas mãos para continuar a tarefa, absorto na manobra de uma grande tiara de diamantes que se enroscava no forro; depois de enfim removê-la, examinou-a por alguns momentos antes de colocá-la junto às outras coisas na chapeleira. A tiara cintilou como um raio de luz para o sr. Rolles, que a reconheceu imediatamente como parte do tesouro de Harry Hartley roubado pelo ladrão quando o secretário fora jogado na rua. Impossível se enganar, pois era exatamente como o detetive a havia descrito: as estrelas de rubi, a grande esmeralda no centro, crescentes entrelaçados e pingentes em forma de gotas, cada um deles feitos de uma única pedra, o que dava um valor especial ao diadema de Lady Vandeleur.

O sr. Rolles sentiu-se mais tranquilo. O ditador estava tão envolvido no roubo quanto ele e, portanto, nenhum poderia denunciar o outro. Junto a esse primeiro sentimento de alegria veio um suspiro de alívio, mas com a garganta seca e o peito apertado de tanto nervosismo, seguiu-se uma tosse.

O sr. Vandeleur levantou a cabeça, o rosto contraído na mais pura raiva; os olhos se arregalaram e a boca se abriu exalando uma surpresa à beira da fúria. Por puro instinto, cobriu a chapeleira com o casaco. Os dois encararam-se por um instante, em silêncio. Um intervalo breve de tempo, mas que bastou para o sr. Rolles, que era do tipo que pensava rápido em ocasiões perigosas. Embora sabendo que sua vida corria perigo, optou por uma ação extremamente ousada e foi o primeiro a quebrar o silêncio ao dizer:

– Com licença.

O ditador tremeu por um instante e, quando falou, a voz soou rouca:

– O que quer aqui?

– Interesso-me por diamantes – explicou o sr. Rolles, parecendo muito seguro de si. – E acho que dois conhecedores da área poderiam conversar. Tenho comigo uma coisinha que talvez sirva de apresentação. – E então tirou o estojo do bolso com calma, mostrou o Diamante do Rajá ao ditador por um instante e devolveu-o à segurança de onde estava. – Isso já pertenceu a seu irmão – acrescentou.

John Vandeleur continuou encarando-o com um olhar de espanto quase doloroso, em silêncio, sem se mover.

– Tive o deleite de perceber – continuou o jovem – que temos gemas da mesma coleção.

O ditador foi dominado pela surpresa.

– Mil desculpas – disse ele –, mas acho que estou ficando velho! Definitivamente não me sinto preparado para esse tipo de incidente. Só me esclareça uma coisa: engano-me ou você é um sacerdote?

– De fato, faço parte do clero – respondeu o sr. Rolles.

– Bem – exclamou o outro –, enquanto eu viver nunca mais falarei mal da Igreja!

– Fico lisonjeado.

– Perdoe-me – afirmou Vandeleur. – Perdoe-me, rapaz. Você é corajoso, mas ainda vamos ver se não é também um tolo. – Recostando-se no assento, continuou: – Talvez me esclareça algumas coisas. Suponho que tenha algum motivo para esse atrevimento incrível, e confesso que estou curioso para conhecê-lo.

– É muito simples – disse Simon. – Vem da minha excepcional inexperiência de vida.

– Gostaria de acreditar nisso – debochou Vandeleur.

Com a deixa, o sr. Rolles contou ao sujeito toda a história de sua relação com o Diamante do Rajá, desde quando o encontrou no jardim de Raeburn até o momento em que saiu de Londres a bordo do trem. Acrescentou ao relato alguns detalhes sobre suas sensações e seus pensamentos durante a viagem, e terminou com estas palavras:

– Quando reconheci a tiara, percebi que agíamos da mesma maneira, o que me deu uma esperança, e imagino que a julgará lógica, de que você poderia, de alguma forma, tornar-se meu parceiro nessas dificuldades e, claro, nos lucros envolvidos na situação toda. Para alguém com tanto conhecimento e tanta experiência, negociar o diamante não significaria quase nada; no entanto, para mim beira o impossível. Por outro lado, acredito que eu talvez saísse no prejuízo se tentasse cortar o diamante sozinho, quando o dinheiro poderia ser mais bem aplicado na sua generosa assistência. Com certeza, um assunto difícil de ser abordado, e temo não tê-lo feito com tanta sutileza quanto deveria. Mas lembre-se de que esta situação me é completamente nova, e nem sequer imagino como deveria iniciar um assunto desses. Creio que eu seria capaz de casá-lo ou batizá-lo em cerimônias bastante decentes, mas cada um tem suas próprias aptidões, e esse tipo de barganha não constitui uma das minhas conquistas pessoais.

– Não quero elogiá-lo – retrucou Vandeleur –, mas, meu Deus, seu jeito é bem estranho para a vida de criminoso. Acumula mais conquistas do que imagina! Já encontrei muitos vigaristas pelo mundo, e nunca vi um tão descarado assim. Anime-se, sr. Rolles, finalmente está na profissão certa! Quanto a ajudá-lo, estou às suas ordens. Ficarei apenas um dia em Edimburgo, resolvendo coisas para o meu irmão, e assim que terminar vou voltar para Paris, onde vivo. Se quiser, acompanhe-me na viagem, e acredito que em menos de um mês seu negócio terá uma bela conclusão.

(Neste ponto, desviando-se de todos os cânones de sua arte, nosso autor árabe termina O jovem sacerdote. *Lamento e condeno esse tipo de prática, mas devo seguir como o original e convidar o leitor para a conclusão das aventuras do sr. Rolles na próxima narrativa,* A casa de persianas verdes.*)*

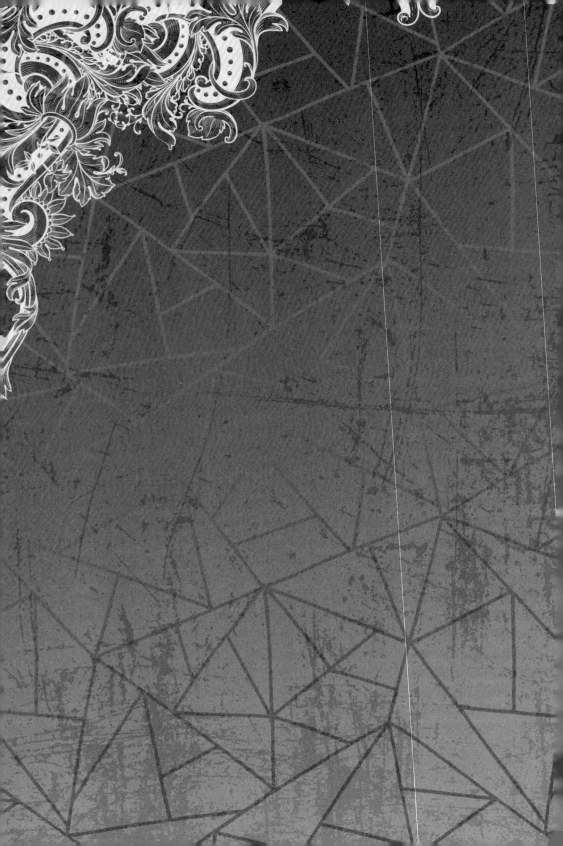

A CASA DE PERSIANAS VERDES

Francis Scrymgeour, um funcionário do Banco da Escócia de Edimburgo, chegara aos 25 anos vivendo uma vida tranquila, decente e bastante doméstica. Perdera a mãe quando ainda pequeno, mas o pai, muito íntegro e sensato, havia lhe proporcionado uma excelente educação escolar em casa, com bastante disciplina e frugalidade. Francis, cuja personalidade era muito doce e afetuosa, soube aproveitar muito bem suas características, e tornou-se completamente devoto ao emprego. Entretinha-se em caminhadas em um sábado à tarde, ocasionalmente um jantar com parentes ou então uma estada de duas semanas nas Terras Altas ou mesmo na Europa Continental. Logo caiu nas graças de seus superiores, e já recebia um salário de quase duzentas libras por ano, com a possibilidade de subir na carreira e ganhar até o dobro. Poucos jovens viviam mais contentes, e menos ainda se dedicavam tanto ao trabalho quanto Francis Scrymgeour. À noite, depois de ler o jornal diário, às vezes tocava flauta para distrair o pai, que admirava e respeitava os talentos do filho.

Um dia recebeu uma mensagem de um conhecido escritório de advocacia, que gentilmente o convidava para uma conversa assim que possível. A carta, marcada como "particular e confidencial", fora-lhe endereçada por meio do banco, em vez de sua casa, duas circunstâncias incomuns que o apressaram para ver do que se tratava. O membro mais antigo da firma, um homem muito austero, deu a Francis solenes boas-vindas e pediu-lhe que se sentasse, iniciando uma explicação repleta dos jargões de um velho profissional. Uma pessoa cuja identidade não seria revelada, mas na qual o advogado tinha todas as razões para confiar, resumindo, um homem de certa posição, desejava pagar ao rapaz uma pensão anual de quinhentas libras. Aquele escritório e dois administradores anônimos controlariam o capital. Havia certas condições atreladas a essa generosidade, mas o advogado acreditava que o novo cliente nada encontraria de exacerbado ou indecente nos termos, duas palavras que repetiu com ênfase, como se não quisesse se comprometer com mais nada.

Francis perguntou quais seriam as condições.

– Como bem enfatizei – disse o advogado –, não são exacerbadas ou indecentes, mas não vou esconder-lhe as excentricidades delas. De fato, o negócio todo diverge do que costumamos fazer, e eu certamente teria recusado se não fosse pela reputação do cavalheiro que o confiou a mim. E permita-me acrescentar que me interessei pelo senhor em razão dos comentários e elogios favoráveis, e acredito que muito merecidos, à sua pessoa.

Francis queria mais detalhes.

– Não pode imaginar meu desconforto em relação a essas condições – disse.

– São duas – retrucou o advogado. – Apenas duas, e a quantia, como bem se lembra, é de quinhentas libras por ano em valor líquido. Esqueci de mencionar: líquido. – E as sobrancelhas do advogado se arquearam de um jeito dramático. – A primeira delas é incrivelmente simples: o senhor precisará estar em Paris na tarde do dia 15, domingo; lá, no balcão de recepção da Comédie-Française, receberá um bilhete de entrada com seu nome. Deverá permanecer durante toda a apresentação no assento que lhe foi reservado, e só.

– Preferiria que fosse em um dia de semana – comentou Francis. – Se bem que é uma vez...

– E em Paris, meu caro – acrescentou o advogado, tranquilizando o rapaz. – Eu mesmo sou uma pessoa muito exigente, mas, se tratando de algo assim, e em Paris, não hesitaria nem por um instante.

E os dois riram juntos, e em seguida o advogado retomou o assunto.

– A segunda condição, aliás bem mais importante, refere-se ao seu casamento. Meu cliente, muito preocupado com seu bem-estar, deseja aconselhá-lo em relação à escolha da esposa, e quer que o senhor lhe obedeça de maneira categórica. Categórica, entenda bem isso – repetiu.

– Sejamos mais explícitos, por favor – solicitou Francis. – Devo casar-me com qualquer mulher, solteira ou viúva, preta ou branca, que essa pessoa invisível escolher?

– Eu estava para dizer que idade e posição social compatíveis devem ser uma diretriz do seu benfeitor – explicou o advogado. – Quanto à origem, confesso que isso não me ocorreu, e nem pensei em perguntar, mas, se quiser, escrevo a ele uma carta o quanto antes e lhe aviso assim que possível.

– Senhor – disse Francis –, ainda falta saber se esse negócio todo não passa de uma fraude absurda. As circunstâncias são inexplicáveis (e aqui eu quase disse "inacreditáveis"), e até que esclarecidas, acompanhadas de motivos plausíveis; confesso que não entendo por que me comprometeria assim. Preciso de mais informações. Preciso saber mais sobre o que está por trás de tudo. Se o senhor não sabe, não imagina, ou não tem a liberdade de me dizer, vou pegar meu chapéu e voltar ao trabalho.

– Eu não sei – admitiu o advogado –, mas tenho um palpite excelente. Seu pai, e ninguém mais, está na raiz desse negócio aparentemente incomum.

– Meu pai! – Exclamou Francis, com desdém. – Com certeza um homem digno; sei tudo sobre ele e já contei cada moeda de suas economias!

– O senhor não entendeu minhas palavras – começou a explicar o outro. – Não me refiro ao sr. Scrymgeour, que não é seu pai. Quando ele e a esposa chegaram a Edimburgo, o senhor já tinha quase um ano, embora estivesse com eles há não mais de três meses. Guardaram o segredo muito bem, essa é a verdade. Desconhecem seu pai biológico, e reitero que as condições que me encarregaram de lhe apresentar vêm dele.

Impossível descrever a perplexidade de Francis Scrymgeour diante da informação inesperada. Então, disse, confuso, ao advogado:

– Senhor, depois de uma notícia tão surpreendente, preciso que me dê algumas horas para pensar. Ainda esta noite conhecerá minha decisão.

O advogado elogiou a prudência do rapaz. Francis foi até o banco, onde, como pretexto para se afastar, explicou que precisaria resolver algo. Saindo para uma caminhada, refletiu sobre as diferentes etapas e os aspectos do caso. Uma sensação prazerosa envolvendo a importância dele naquele cenário lhe abriu a mente, mesmo que desde o início o negócio parecesse duvidoso. O lado materialista de Francis levava-o a querer aceitar as quinhentas libras anuais e as estranhas condições impostas, mas seu coração vibrou em uma repugnância insuperável ao nome Scrymgeour, do qual antes nunca havia desgostado. O rapaz começou a desprezar os interesses simplórios e banais de sua vida e, assim que se decidiu, caminhou com um novo sentimento de força e liberdade, nutrindo as mais alegres expectativas.

Bastou uma palavra ao advogado e imediatamente recebeu o valor equivalente ao último semestre, pois a pensão valia a partir do dia primeiro de janeiro. Com o cheque no bolso, foi para casa. Naquele momento, o apartamento na rua Scotland lhe pareceu esfrangalhado; pela primeira vez, as narinas de Francis se rebelaram com o cheiro da cozinha, e notou no pai adotivo todo tipo de pequenos defeitos, coisas que o deixaram surpreso e quase enojado. Já se decidira: no dia seguinte, estaria a caminho de Paris.

Quando chegou à cidade, muito antes da data marcada, hospedou-se em um hotel modesto, frequentado por ingleses e italianos. Ali, dedicou-se a melhorar seu francês: aulas particulares duas vezes por semana, conversa com pessoas que passavam pela Champs-Élysées, teatros à noite. Comprou roupas da última moda, e todas as manhãs ia a um barbeiro de uma rua vizinha. Portanto, Francis incorporou um ar de estrangeiro, e sentia como se expurgasse a austeridade dos anos passados.

Depois de um tempo, em um sábado à tarde, foi até a bilheteria do teatro na rua Richelieu. Mal mencionou seu nome, e o funcionário pegou a encomenda em um envelope cuja tinta do remetente ainda parecia fresca.

– Acabou de ser deixado aqui – disse o atendente.

– É mesmo? – Exclamou Francis. – Sabe me dizer o nome do cavalheiro?

– Uma pessoa fácil de ser descrita – respondeu o outro. – É velho, forte e bem-apessoado, cabelos brancos e no rosto um corte de sabre. Impossível não reconhecer alguém com tais características.

– De fato – afirmou Francis. – Agradeço a cortesia.

– Ele não deve estar muito longe – acrescentou o funcionário. – Irá alcançá-lo caso se apresse.

Francis não pensou duas vezes; precipitado, saiu correndo do teatro e parou no meio da rua, olhando em todas as direções. Havia alguns homens de cabelos brancos, porém, por mais que observasse, não viu nenhum com o corte de sabre. Tentou por quase meia hora vislumbrar o sujeito em cada rua dos arredores, até que um tempo depois, reconhecendo a busca em vão, passou a caminhar na tentativa de se acalmar de toda agitação; a proximidade de um encontro com a pessoa a quem devia toda mudança de vida o havia deixado profundamente comovido.

Ocorreu que a sorte o levou da rua Drouot até a rua des Martyrs – e a sorte, nesse caso, foi melhor que qualquer premonição no mundo. Em um largo da avenida, viu dois homens em um banco, conversando com muita seriedade. Um era moreno, jovem, muito bonito e, apesar de vestido com trajes comuns, tinha um ar definitivamente religioso; o outro seguia à risca a descrição do funcionário do teatro. O coração de Francis acelerou: sabia que logo ouviria a voz do pai. Fazendo uma curva ampla, andou em silêncio e sentou-se logo atrás dos dois, que continuavam tão imersos na própria conversa que nada mais viam. Como Francis esperava, falavam em inglês.

– Essa sua suspeita já está me irritando, Rolles – disse o homem mais velho. – Já lhe expliquei que estou fazendo tudo que posso; não é fácil pegar milhões de uma vez só. Não aceitei seus termos de boa vontade, mesmo você sendo um estranho? Não está vivendo às minhas custas?

– Graças a seus adiantamentos, sr. Vandeleur – corrigiu o outro.

– Adiantamentos, pouco importa a palavra! E também interesse, em vez de boa vontade, se é o que prefere – refutou Vandeleur em tom raivoso. – Não estou aqui para medir palavras. Negócio é negócio, e o seu, vale a pena lembrar, não é dos mais limpos. Confie em mim, ou deixe-me em paz e encontre outra pessoa... Mas, pelo amor de Deus, poupe-me de suas lamentações.

– Estou começando a aprender mais sobre o mundo – comentou Simon –, e entendo que tenha todas as razões para me julgar falso ou desonesto. Também não estou aqui para ficar medindo palavras; sei que deseja o diamante, e não ouse negar. Já não se passou por mim e vasculhou meu quarto quando eu não estava lá? Entendo o porquê de sua demora: está apenas esperando. É mesmo um caçador de diamantes, e cedo ou tarde, por bem ou por mal, vai colocar as mãos na joia. Mas ouça meu aviso: pare. Insista nisso e lhe prometo uma surpresa.

– Não comece com ameaças – desafiou Vandeleur. – Elas poderão ser pagas na mesma moeda. Meu irmão se encontra aqui em Paris, a polícia está alerta, e se você continuar me perturbando com essa ladainha, eu lhe garantirei uma surpresinha, sr. Rolles. E será definitiva. Está entendendo ou prefere que eu fale em hebraico? Tudo acaba em algum momento, e você já acabou com a minha paciência. Terça, às sete. Nem um dia, nem uma hora, nem meio segundo antes, mesmo que seja para salvar sua vida. E se prefere não esperar, faça-me o favor de ir para o inferno.

Em seguida, o ditador levantou-se do banco e marchou em direção a Montmartre, balançando a cabeça e agitando a bengala com fúria. Desolado, o jovem companheiro ficou onde estava.

Francis, no auge da surpresa e do horror, sentia-se completamente abalado. A ternura esperançosa com a qual se sentara no banco se transformara em repulsa e desespero. O velho Scrymgeour, pensou, era um pai muito mais gentil e honrado que aquele patife violento e ameaçador. No entanto, o rapaz conseguiu manter sua presença de espírito e logo saiu no encalço do ditador.

A fúria era tanta que o velho acelerara o passo, tão perdido em pensamentos raivosos que não havia olhado para trás em nenhum momento até chegar à sua porta.

A casa ficava na parte mais alta da rua Lepic, aberta para uma vista de toda Paris e banhada pelo ar puro das alturas. Tinha dois andares, janelas e persianas verdes, ainda que todas as viradas para a rua estivessem hermeticamente fechadas. As copas das árvores exibiam-se por sobre o muro alto do jardim, que era encimado por *chevaux-de-frise*, barras cheias de espigões de ferro. O ditador parou por um momento enquanto procurava sua chave no bolso, e então entrou pelo portão e desapareceu.

Francis olhou em volta; o local era bastante ermo, e a casa se isolava no jardim. Ele sentia que sua investigação chegava ali a um fim abrupto. No entanto, em uma segunda olhada, notou que no andar superior da casa vizinha, aliás bem alta, havia um cômodo com uma única janela, que se projetava sobre o jardim. Em frente à construção, viu um aviso referente a aluguel mensal de quartos sem mobília e, pedindo mais informações, soube que o aposento virado para o jardim do ditador estava disponível. Assim, sem pensar duas vezes, alugou o quarto, pagou adiantado por ele e voltou ao hotel para pegar as malas.

O velho com o corte de sabre no rosto poderia ou não ser o pai dele; Francis poderia ou não estar seguindo a pista correta, mas com certeza sentia-se à beira de um mistério incrível, e prometeu a si mesmo que não desistiria da investigação até descobrir o que se ocultava por trás daquele segredo.

Da janela do novo apartamento, Francis Scrymgeour tinha uma vista panorâmica do jardim da casa de persianas verdes. Logo abaixo dele, uma graciosa castanheira de copa larga sombreava duas mesas rústicas, onde alguém poderia fazer as refeições no calor do verão. Uma densa vegetação cobria a terra em todos os lados, exceto em um: ali, entre as mesas e a casa, uma trilha de cascalho ligava o alpendre da residência ao portão do jardim. Esquadrinhando o lugar através das frestas da veneziana, que não abria por medo de chamar a atenção, Francis viu bem poucos indícios dos hábitos dos habitantes daquele lugar, concluindo apenas que apreciavam o resguardo e o gosto por solidão. O jardim parecia o de um convento, e a casa se assemelhava a uma prisão: as persianas verdes sempre abaixadas, a porta do alpendre fechada, e o jardim, até onde ele conseguia ver, desprovido de visitantes durante o sol do entardecer. A modesta espiral de fumaça de uma chaminé solitária era o único sinal da existência de pessoas por lá.

Para evitar o ócio completo, e também para colorir um pouco sua nova vida, Francis havia comprado uma versão francesa de *Os elementos*, de Euclides, determinado a copiá-la e traduzi-la apoiado na maleta, sentado no chão e encostado na parede, pois não tinha sequer mesa ou cadeira. De vez em quando, levantava-se e olhava pelas frestas para a casa de persianas verdes, cujas janelas continuavam obstinadamente fechadas, e o jardim, vazio.

Só no fim da noite alguma coisa ali recompensou a vigília obstinada de Francis. Entre nove e dez horas, o tinido agudo de um sino o despertou de um cochilo, e ele correu até sua guarita a tempo de ouvir o som importante da abertura de cadeados e remoção das travas; o sr. Vandeleur saiu do alpendre e caminhou calmamente até o portão do jardim, nas mãos uma lanterna, no corpo um roupão e na cabeça um gorro de veludo negro. Repetiu-se o som de travas e cadeados sendo abertos, e um momento depois Francis viu, sob a luz bruxuleante da lanterna, o ditador escoltando até a casa um indivíduo de aspecto extremamente vil e desprezível.

Meia hora depois, o visitante foi acompanhado mais uma vez até a rua; e o sr. Vandeleur, colocando a lanterna sobre uma das mesas rústicas, com calma terminou de fumar um charuto sob a sombra da castanheira. Francis, bisbilhotando por um espaço aberto entre as folhas da copa da árvore, observou os gestos do velho enquanto ele batia as cinzas ou inspirava profundamente a fumaça. E então percebeu o cenho contraído do sujeito e os lábios apertados, o que sugeria não só pensamentos bem sérios, mas também sofrimento com o que quer que fosse. O charuto já estava acabando quando, de dentro da casa, ouviu-se a voz de uma garota gritando as horas.

– Só um momento – respondeu John Vandeleur.

Logo em seguida, jogou a bituca fora e, pegando a lanterna, caminhou pelo alpendre até entrar. Assim que a porta fechou, a casa reinou no mais absoluto breu; mesmo forçando a vista, Francis seria incapaz de ver o menor feixe de luz sob as persianas. Portanto, o bom senso o levou à conclusão de que os dormitórios ficavam todos do outro lado.

Com o raiar da manhã seguinte (Francis acordara cedo depois de uma noite desconfortável no chão), ele encontrou outra justificativa para aquela escuridão. O erguer das persianas uma atrás da outra para arejar o interior revelou venezianas de metal semelhantes às vistas no comércio, as quais foram enroladas de modo similar, e os aposentos se abriram para o ar da manhã. Quase uma hora depois, o próprio sr. Vandeleur fechou as persianas e as venezianas de metal.

Enquanto Francis se fascinava com tantas precauções, uma garota saiu da casa e, olhando em volta, caminhou pelo jardim. No entanto, nem se passaram dois minutos e voltou para o interior; ainda que a tivesse visto por um breve intervalo de tempo, o rapaz convenceu-se da beleza incomum da jovem. Curioso e com ânimo renovado diante do ocorrido, Francis parou de pensar na maneira de viver preocupada e equivocada do pai, agarrando-se com ardor à ideia de sua nova família; fosse a garota sua irmã, fosse sua futura esposa, estava certo de que era um anjo disfarçado entre humanos. Esse pensamento o atingiu com tanto impacto que, tomado de um horror súbito, refletiu sobre quão pouco realmente sabia e sobre a possibilidade de ter seguido a pessoa errada.

Francis consultou o porteiro do local onde estava morando, mas o pouco que descobriu soou misterioso e questionável. Soube que o sujeito da casa vizinha era um cavalheiro inglês dono de uma fortuna extraordinária, com gostos e hábitos excêntricos, proporcionais à sua riqueza. Proprietário de muitas coleções, e visando protegê-las, equipara a casa com venezianas de metal, trancas sofisticadas e o *chevaux-de-frise* ao longo do topo do muro. Vivia sozinho, ainda que recebesse alguns visitantes estranhos com os quais, aparentemente, mantinha negócios. Além dele, não havia mais ninguém ali, exceto a *mademoiselle* e uma velha criada.

– *Mademoiselle* é a filha dele? – perguntou Francis.

– Certamente – respondeu o porteiro. – Mas parece-me muito estranho o fato de trabalhar bastante. Apesar de toda fortuna do pai, é ela quem vai ao mercado, e todos os dias da semana passa com uma cesta no braço.

– E as coleções?

– Senhor, elas são inestimáveis – explicou o homem. – Não sei dizer mais nada. Desde a chegada de *monsieur* de Vandeleur ninguém do bairro atravessou a porta daquela casa.

– Imagino que não – disse Francis. – Mas você deve ter alguma noção do que o homem coleciona, certo? São pinturas, sedas, estátuas, joias ou o quê?

– Juro, senhor – garantiu o sujeito, dando de ombros –, poderiam ser cenouras que ainda não saberia dizer. E como saberia? A casa parece uma fortaleza, como deve ter visto.

Então, quando Francis retornava desapontado ao seu quarto, o porteiro o chamou de volta.

– Acabei de lembrar, senhor – disse. – *Monsieur* de Vandeleur já viajou por todas as partes do mundo, e uma vez ouvi a velha criada dizendo que ele havia trazido muitos diamantes consigo. Se for verdade, deve ser um espetáculo por trás daquelas persianas.

Bem cedo no domingo, Francis já se acomodava em seu lugar no teatro. O assento reservado a ele ficava a apenas dois ou três números de distância da ponta do lado esquerdo, diretamente oposto a um dos camarotes mais baixos. A importante posição do lugar confirmava ao rapaz que descobriria alguma coisa. Por instinto, ele imaginava que o camarote à direita estaria, de algum modo, relacionado ao drama do qual fazia parte sem saber mais nada. De fato, os ocupantes do camarote vizinho poderiam observá-lo em segurança do começo ao fim do espetáculo, se quisessem, e ao mesmo tempo conseguiriam ocultar-se facilmente, caso ele também tentasse inspecioná-los. Prometeu a si mesmo que não perderia aquele lugar de vista um só segundo e, enquanto perscrutava o restante do teatro, ou fazia-se de espectador do que acontecia no palco, ainda mantinha o canto do olho atento ao camarote vazio.

Quase no fim do segundo ato, a porta se abriu e duas pessoas abrigaram-se na parte mais escura do camarote à direita. Francis mal conteve as emoções: o sr. Vandeleur e a filha! Nas veias do rapaz, o sangue correu agitado; nos ouvidos, um zumbido, e na cabeça, o princípio de uma tontura. Não olharia na direção deles a menos que o fizesse sem levantar suspeitas. Em suas mãos, o libreto do teatro, o qual lia e relia do começo ao fim, foi mudando de cor. O palco parecia localizado a uma distância incalculável, e as vozes e os gestos dos atores soavam cada vez mais estranhos e absurdos.

De vez em quando, arriscava uma olhadela à cena que o interessava, e pelo menos uma vez teve certeza de que seus olhos se encontraram com os da jovem. Sentiu um choque percorrer-lhe o corpo e viu todas as cores do arco-íris. O que não daria para ouvir o que se passava entre os Vandeleur? O que não daria para ter a coragem de pegar os binóculos do teatro e inspecionar as atitudes e expressões dos dois? Ali, pelo que entendia, decidia-se sua vida inteira, e incapaz de interferir, incapaz de acompanhar o debate, ficava condenado a sofrer sentado, ansioso e impotente.

Enfim, o ato acabou. As cortinas desceram, e as pessoas começaram a sair de seus lugares para o intervalo. Bem natural que Francis seguisse o exemplo delas, mas, se o fizesse, teria de passar exatamente diante do camarote em questão. Juntando toda sua coragem, ainda que com o olhar baixo, o jovem se aproximou do lugar. Caminhava devagar, porque o idoso senhor à frente dele se movia ofegante e cauteloso. O que faria? Cumprimentaria os Vandeleur pelo nome? Deveria pegar a flor da lapela e jogá-la no camarote? Deveria levantar a cabeça e encarar, de maneira demorada e afetuosa, a senhorita que poderia ser sua irmã ou sua prometida? Enquanto se perdia em meio a tantas alternativas, recordou-se da rotina de sua antiga vida no banco, e logo foi invadido por um pensamento de remorso.

Nesse momento, ele já estava em frente ao camarote, e, mesmo perdido e sem saber o que fazer, levantou a cabeça e olhou para o lugar. Um muxoxo de lamentação: o camarote estava vazio. Conforme Francis caminhava, atrasado pelo velho, o sr. Vandeleur e a filha haviam desaparecido sem deixar rastros.

Uma pessoa educada logo atrás o lembrou de que estava bloqueando a passagem, e Francis se moveu mais uma vez em passos mecânicos, permitindo à multidão carregá-lo para fora do teatro.

Parou na rua, mais tranquilo, a consciência recobrada em razão do ar fresco da noite. Surpreso, percebeu que sua cabeça doía demais e que não se lembrava de uma só palavra dos dois atos a que havia assistido. Enfim, a agitação passou, seguida por uma imensa necessidade de sono, e ele chamou uma carruagem, partindo exaurido e muito desgostoso da vida.

Na manhã seguinte, ficou à espera da srta. Vandeleur no caminho para o mercado, e às oito a viu descendo uma alameda. Vestia-se com simplicidade, até mesmo mal, mas alguma coisa na sua postura revelava uma nobreza e graciosidade que trariam distinção aos trapos mais sujos. Mesmo a cesta, que carregava tão habilmente, assemelhava-se a um ornamento. Para Francis, escondido no vão de uma porta, parecia que a luz do sol a seguia, e que as sombras se afastavam à medida que ela andava, e pela primeira vez o rapaz percebeu uma ave cantando em uma gaiola logo acima na alameda.

Ele a viu passar e então, saindo do esconderijo, chamou-a pelo nome:

– Srta. Vandeleur.

Ela virou-se e, quando o reconheceu, ficou mortalmente pálida.

– Perdoe-me – ele continuou. – Deus sabe que não tive intenção de assustá-la, e garanto-lhe não haver motivo para amedrontar-se na presença de alguém que lhe quer tão bem. Acredite em mim, ajo mais por necessidade que por opção. Temos muito em comum, mas infelizmente estou às cegas: deveria resolver muita coisa, e minhas mãos estão atadas. Não sei o que sentir, nem quem são meus amigos e inimigos.

Ela esforçou-se para conseguir falar:

– Não sei quem é você.

– Ah, sim! Sabe sim, srta. Vandeleur! – Retrucou Francis. – Sabe mais que eu mesmo. Aliás, preciso de esclarecimentos sobre isso. Diga-me o que sabe – pediu. – Diga-me quem sou eu, quem é você e como nossos destinos estão atrelados. Ajude-me a viver, srta. Vandeleur... Apenas uma ou duas palavras para me orientar, apenas o nome do meu pai, se puder, e já ficarei feliz e agradecido.

– Não vou tentar enganá-lo – ela admitiu. – Sei quem você é, mas não tenho a liberdade de lhe dizer.

– Pelo menos me diga que perdoa a minha presunção, e vou esperar com toda a paciência! – Exclamou ele. – Se não é para eu saber, que assim seja. Sem dúvida, muita crueldade, mas vou aguentar. No entanto, não quero que me veja como inimigo.

– Você apenas fez o esperado – explicou ela –, e não tenho o que perdoar. Adeus.

– Isso é mesmo um *adeus*? – Perguntou.

– Nem eu sei dizer – esclareceu ela. – Se achar melhor, por ora, adeus. – E partiu.

Francis voltou perturbado ao apartamento. Naquela manhã, pouco progrediu no estudo de Euclides, e passou mais tempo na janela que na escrivaninha improvisada. Porém, além do retorno da srta. Vandeleur e do encontro dela com o pai, que estava no alpendre fumando um charuto indiano, até a hora do almoço nada aconteceu de notável nos entornos da casa de persianas verdes. O rapaz saciou afobado a fome em um restaurante na vizinhança, e, movido pela curiosidade insaciável, voltou rápido para a rua Lepic. Lá, um criado vestindo libré conduzia um cavalo selado, indo e voltando até a frente do muro do jardim, e o porteiro da pensão de Francis, recostado no batente da porta, fumava um cachimbo enquanto contemplava, absorto, o traje do sujeito e o porte da montaria.

– Olhe só! – Exclamou para o rapaz. – Que belo animal, e que roupas elegantes! Pertencem ao irmão de *monsieur* de Vandeleur, que está aí de visita. É um grande homem, um general do seu país, e tenho certeza de que deve conhecê-lo pela reputação.

– Confesso que nunca ouvi falar do general Vandeleur – disse Francis. – Temos muitos oficiais dessa patente, e meus interesses sempre foram exclusivamente civis.

– É ele quem perdeu o grande diamante das Índias – explicou o porteiro. – Pelo menos isso você deve ter ficado sabendo pelos jornais.

Assim que Francis conseguiu se livrar do porteiro, correu pelas escadas e foi de imediato até a janela. Lá estavam eles: logo abaixo do espaço aberto entre as folhas da castanheira, os dois cavalheiros conversavam, fumando. O general, um homem de faces avermelhadas e de porte militar, lembrava um pouco o irmão; ambos tinham traços em comum, ainda que a postura do oficial não fosse tão imponente; era mais velho, mais baixo, a aparência mais comum. A semelhança lembrava uma caricatura, e o homem parecia débil e pobre ao lado do ditador.

Falavam tão baixo, curvados sobre a mesa enquanto conversavam, que Francis não entendeu mais que uma ou outra palavra. Mesmo assim, convencera-se de que o assunto envolvia ele próprio e seu futuro; entendera a palavra "Scrymgeour" várias vezes, pois era fácil de distinguir, e imaginara ter ouvido "Francis" com alguma frequência.

Até que o general, como se estivesse com raiva, começou a falar, de maneira furiosa:

– Francis Vandeleur! – Exclamou, enfatizando a última palavra. – Francis Vandeleur, ora essa!

O corpo do ditador movimentou-se todo, meio afirmativo, meio desdenhoso, mas a resposta foi inaudível.

O rapaz ficou pensando: seria ele o Francis Vandeleur em questão? Estariam discutindo o nome que ele assumiria ao se casar? Ou tudo aquilo não passaria de um delírio diante de algo que ele mesmo almejava?

Depois de outro intervalo de conversa inaudível, pareceu que os dois mais uma vez começaram a discordar de alguma coisa, e de novo o general levantou a voz com tanta raiva que Francis o ouviu esbravejar:

– Minha esposa? Não tenho mais nada com ela! Não quero nem ouvir seu nome. Enojo-me só de ouvi-lo. – E gritou um palavrão, socando a mesa com o punho fechado.

Pelos gestos, parecia que o ditador tentava acalmar o irmão de modo paternal, até pouco depois conduzi-lo até o portão do jardim, onde trocaram um aperto de mãos afetuoso. Entretanto, assim que a porta se fechou, John Vandeleur gargalhou de modo cruel e até diabólico aos ouvidos de Francis Scrymgeour.

Então, mais um dia se passou, e mais um pouco foi revelado. Logo, o rapaz lembrou-se de que seria terça-feira, e prometeu a si mesmo que descobriria mais coisas. Talvez desse certo, talvez errado, mas tinha certeza de que pelo menos desvendaria algo curioso e, por sorte, chegaria ao centro do mistério envolvendo seu pai e sua família.

Conforme a hora do jantar se aproximava, o jardim da casa de persianas verdes passava por diversas preparações. A mesa que Francis distinguia entre as folhas da castanheira servia de apoio para diversos pratos e utensílios que serviriam salada; a outra, quase totalmente oculta, fora reservada às pessoas, e Francis teve apenas alguns vislumbres da toalha branca e das bandejas de prata.

O sr. Rolles chegou pontual, aparentemente na defensiva: falando baixo e muito pouco. O ditador, por outro lado, parecia muito bem-humorado, pois se ouvia com frequência sua risada, jovial e agradável. A modulação e a mudança no tom de voz indicavam que o homem contava histórias engraçadas, imitando os sotaques de diversos países. Assim, antes que ele e o jovem sacerdote terminassem o vermute, toda a sensação de desconfiança já havia desaparecido, e conversavam como colegas de escola.

Por fim, a srta. Vandeleur apareceu com a terrina de sopa. O sr. Rolles correu para lhe oferecer ajuda, que ela dispensou com uma risada; depois disso, houve uma troca de cortesias entre os três, que, pelo tom, pareciam falar do fato de se servirem e jantarem sozinhos.

– Assim ficamos mais à vontade – o sr. Vandeleur declarou.

Logo, cada um ocupava seu lugar, e Francis conseguiu ver e ouvir muito pouco. Mas o jantar pareceu tranquilo e feliz, em um tagarelar ininterrupto e o som constante de garfos e facas sob a castanheira. O jovem, que só dispunha de um pão para mordiscar, invejou o conforto e a atenção dedicada ao momento. O trio desfrutava com calma prato atrás de prato, até chegar a sobremesa delicada, acompanhada de uma velha garrafa de vinho cuidadosamente aberta pelo próprio ditador. Com o escurecer, colocaram uma lamparina entre eles e apenas um par de velas na mesa de apoio, porque a noite estava clara, estrelada e sem vento. A claridade vinda da porta e da janela do alpendre iluminava bem o jardim, as folhas cintilando na escuridão.

A srta. Vandeleur entrou na casa, talvez pela décima vez, e voltou com uma bandeja de café, que depositou na mesa com os utensílios. Ao mesmo tempo, seu pai levantou-se de onde estava.

– O café é comigo – Francis ouviu-o dizer.

E no momento seguinte discerniu seu suposto pai parado diante da mesa de apoio, iluminado pelas velas.

Falando sem parar por sobre os ombros, o sr. Vandeleur serviu duas xícaras da bebida energética e então, com um gesto rápido e discreto, esvaziou o conteúdo de um pequeno frasco na menor delas. O movimento foi tão ágil que até mesmo Francis, apesar de olhar diretamente para o velho, mal conseguiu percebê-lo. No instante seguinte, ainda rindo, o sr. Vandeleur virou-se para a mesa principal com uma xícara em cada mão.

– Nosso famoso judeu há de voltar antes de darmos isso por encerrado – disse ele.

Impossível descrever a confusão e a angústia de Francis Scrymgeour; testemunha de que algo terrível estava acontecendo, sentia-se impelido a interferir, embora sem saber como. Se não fosse nada, o que aconteceria se desse um aviso desnecessário? E, se ocorresse algo sério, o criminoso talvez fosse o próprio pai do jovem. Como não se sentiria mal se causasse a ruína de quem o trouxera ao mundo? Pela primeira vez, teve consciência de seu papel como espião. Pior do que a tortura era esperar em uma condição daquelas, sem poder agir, com sentimentos conflitantes batendo-lhe no peito. Agarrou-se empapado de suor às barras da janela, o coração acelerado e descompassado.

Muitos minutos se passaram.

Francis teve a impressão de que as vozes da conversa estavam cada vez mais baixas e menos animadas, mas sem nenhum sinal de agitação ou de qualquer evento digno de nota.

De repente, ao som de vidro quebrado se seguiu uma pancada surda, como se uma pessoa tivesse batido a cabeça na mesa. Ao mesmo tempo, um grito agudo veio do jardim.

– O que você fez? – Gritou a srta. Vandeleur. – Ele está morto!

O ditador respondeu em um sussurro violento, tão forte e sibilante que cada palavra seria ouvida pelo observador na janela:

– Quieta! Ele está melhor que eu. Pegue-o pelos pés enquanto o carrego pelos ombros.

Francis ouviu o choro copioso da srta. Vandeleur.

– Ouviu o que eu disse? – Continuou o ditador, no mesmo tom.
– Ou vai querer discutir comigo? A escolha é sua, srta. Vandeleur.

Houve outra pausa, e ele falou mais uma vez:

– Pegue-o pelos pés. Tenho de carregá-lo até a casa. Se eu fosse um pouco mais jovem, agiria sozinho. Mas agora que os anos e os perigos me alcançaram, e minhas mãos estão mais fracas, preciso de sua ajuda.

– Isto é um crime – respondeu a garota.

– Eu sou seu pai – declarou o ditador.

O apelo pareceu surtir efeito. Seguiu-se um ruído de coisas arrastando-se no cascalho; uma cadeira foi virada, e Francis viu o pai e a filha andando com dificuldade pela trilha e desaparecendo sob o alpendre, ambos carregando o corpo inerte do sr. Rolles pelos ombros e joelhos. A cabeça do jovem sacerdote, pálido e desfalecido, pendia, balançando a cada passo da dupla.

Estaria vivo ou morto? Francis, apesar da declaração do ditador, optou pela segunda possibilidade. Um crime hediondo fora cometido; uma calamidade se assomava sobre os residentes da casa de persianas verdes. Surpreso, o jovem percebeu que seu horror se relacionava mais à tristeza que sentia pela garota e pelo velho, a quem julgava em perigo. Uma onda de um sentimento generoso invadiu-o: ele também ajudaria seu pai a se defender de qualquer coisa, de qualquer pessoa, do destino e da justiça. Assim, abrindo a janela, fechou os olhos e se atirou de braços abertos na copa da castanheira.

Galho após galho escorregou das mãos de Francis ou quebrou sob seu peso, até que estancou a queda prendendo um deles sob o braço; suspenso por um instante, depois se deixou cair pesadamente sobre a mesa. Um grito de espanto vindo da casa evidenciou que o fato não passara despercebido. Recuperou-se, cambaleando, e em três saltos cruzou o jardim e se deteve diante da porta do alpendre.

Ali, em um pequeno quarto acarpetado, cercado por armários de vidro cheios de objetos raros e caros, o sr. Vandeleur reclinava-se sobre o corpo do sr. Rolles. Mas levantou-se com a entrada de Francis e, em um piscar de olhos, pareceu tirar algo do peito do clérigo.

O rapaz teve a impressão de que Vandeleur olhou o objeto por um instante, para logo em seguida passá-lo para a filha.

Tudo isso ocorreu enquanto Francis ainda estava com um pé na soleira da porta e o outro levantado no ar. No instante seguinte, ajoelhava-se diante do sr. Vandeleur.

– Pai! – Exclamou. – Permita-me ajudá-lo! Farei o que me pedir, sem questionar! Vou lhe obedecer até a morte: trate-me como um filho, e receberá minha devoção.

A primeira resposta do ditador foi uma explosão deplorável de palavrões, e depois as perguntas vociferadas:

– Pai e filho? Filho e pai? Que porcaria de comédia bizarra é essa? Como entrou no meu jardim? O que quer? E em nome de Deus, quem é você?

Francis, parecendo pasmo e envergonhado, levantou-se em silêncio.

Então, como se uma luz se acendesse na mente do sr. Vandeleur, ele deu uma gargalhada.

– Entendi! É o Scrymgeour! – Exclamou. – Muito bem, sr. Scrymgeour, deixe-me dizer-lhe algumas palavras para que se situe. Você invade minha residência particular, à força ou feito um ladrão, mas certamente sem encorajamento algum de minha parte. Chega em um momento problemático, quando um convidado acaba de desmaiar em minha mesa, e me bombardeia de absurdos. Não sou seu pai. Se quer mesmo saber, você é filho bastardo do meu irmão com uma vendedora de peixes qualquer. Sua presença apenas me causa uma indiferença que beira a aversão, e agora, vendo como age, imagino que sua inteligência faça jus à sua aparência. Reflita sobre isso e, nesse ínterim, faça-me o favor de nos livrar de sua presença. Se eu não estivesse ocupado – acrescentou o ditador, com um palavrão horrendo –, cobriria você com a surra que merece.

Francis apenas ouviu, profundamente humilhado. Se possível, teria fugido, mas, sem condições de sair da casa onde entrara de modo no mínimo incomum, limitou-se a ficar parado feito um bobo.

A srta. Vandeleur rompeu o silêncio ao dizer:

– Pai, quem fala é sua raiva. O sr. Scrymgeour pode estar enganado, mas foi movido pelas melhores intenções.

– Obrigado por falar isso – retrucou o ditador. – Lembrou-me de algumas outras coisas que posso dizer ao sr. Scrymgeour. Meu tolo irmão – continuou, olhando para o rapaz – lhe deu uma pensão; meu presunçoso irmão propôs um casamento com essa donzela aqui. Você a conheceu há duas noites, e fico satisfeito em afirmar que nossa dama rejeitou a ideia com repulsa. Acrescento ainda que exerço uma certa influência sobre seu pai, e não será culpa minha se você perder a pensão e retomar o trabalho de escrivão antes de esta semana acabar.

O tom da voz do velho era, se possível, ainda pior que as palavras. Francis sentiu-se exposto ao mais cruel, insuportável e degradante desrespeito. Abaixou a cabeça e cobriu o rosto com as mãos, soluçando de agonia, um choro sem lágrimas. Porém, mais uma vez, a srta. Vandeleur intercedeu por ele.

– Sr. Scrymgeour – disse ela, falando calmamente –, não se deixe afetar pelas expressões rudes de meu pai. Você não me causa repulsa alguma; pelo contrário, solicitei uma oportunidade de conhecê-lo melhor. Quanto ao que aconteceu hoje à noite, acredite que o fato me levou a vê-lo de outro modo, com respeito e compaixão.

Nesse momento, o sr. Rolles movimentou o braço de uma maneira convulsiva, o que convenceu Francis de que o clérigo estava apenas drogado e começava a lutar contra o efeito do sonífero. O sr. Vandeleur inclinou-se sobre o sacerdote, cujo rosto examinou por um instante.

– Vamos, vamos! – Exclamou, levantando a cabeça. – Acabemos com isto de uma vez. E considerando seu contentamento com a atitude deste senhor, srta. Vandeleur, pegue uma vela e leve o bastardo para fora.

A jovem apressou-se em obedecer-lhe.

– Obrigado – agradeceu Francis, tão logo ficaram sozinhos no jardim. – Do fundo do meu coração. Apesar de esta ser a noite mais amarga da minha vida, sempre terei uma lembrança agradável dela.

– Falei o que sentia e o que achei justo – afirmou ela. – Doeu-me o coração saber que usariam você de forma tão cruel.

Já no portão do jardim, a srta. Vandeleur colocou a vela no chão e começava a deslizar as tramelas quando Francis disse:

– Mais uma coisa. Esta não é a última vez... Vou vê-la de novo, certo?

– Ora! – Ela exclamou. – Você ouviu meu pai. O que me resta senão obedecer a ele?

– Ao menos me diga que está contrariada – pediu Francis. – Diga-me que ainda quer me ver depois de tudo.

– Sim – confirmou ela. – Quero. Você me parece honesto e corajoso.

– Então me dê algo seu como lembrança – emendou ele.

Ela parou por um momento, com a mão na chave; ainda que todas as barras e tramelas já estivessem abertas, faltava o cadeado.

– Se eu concordar – disse –, prometa-me que seguirá à risca o que eu disser?

– Basta pedir – assentiu Francis. – Farei de bom grado o que quer que seja.

Ela girou a chave e abriu o portão.

– Tudo bem – disse. – Não sabe o que está me pedindo, mas tudo bem. O que quer que ouça – prosseguiu –, o que quer que aconteça, não volte a esta casa; corra até alcançar a parte mais iluminada e movimentada da cidade, e mesmo lá fique atento ao entorno. Está correndo um risco maior do que imagina. Prometa-me que não vai nem olhar este presente até estar em segurança.

– Prometo – respondeu ele.

Ela, depositando algo envolto em um lenço na mão do rapaz, com uma força maior empurrou-o para a rua.

– Agora corra! – Gritou.

Ele ouviu a porta fechando e o som das tramelas sendo recolocadas.

– Deus me ajude a cumprir essa promessa! – Disse para si mesmo.

E correu, descendo pela alameda que levava à rua Ravignan.

Não havia se afastado mais que cinquenta passos da casa de persianas verdes quando um grito pavoroso, diabólico, eclodiu no silêncio da noite. Parou mecanicamente, assim como outro sujeito que por ali passava. Viu pessoas aglomerando-se nas janelas das casas vizinhas; talvez nem um incêndio chamasse tanta atenção naquele bairro vazio. O som parecia vir de um único homem que rugia entre o lamento e a raiva, como uma leoa que perdeu a cria. E então

Francis se assustou, surpreso de ouvir o próprio nome urrado a esmo e acompanhado de impropérios ingleses.

Primeiro, pensou em voltar para a casa; depois, lembrando-se do conselho da srta. Vandeleur, continuou a fugir com ainda mais rapidez. Estava prestes a sair dali quando o ditador, vociferando e com os cabelos selvagens agitando-se na cabeça sem chapéu, passou por ele como uma bala de canhão e desceu correndo a rua.

"Essa foi por pouco", pensou Francis. "Não faço ideia do que ele quer comigo e do porquê de estar tão perturbado, mas com certeza não é boa companhia neste momento, e o melhor é mesmo seguir o conselho da srta. Vandeleur."

Assim, Francis refez os passos pela rua Lepic, enquanto seu perseguidor continuou a busca pela direção oposta. Mas o plano não foi muito bom; na verdade, o rapaz deveria ter se sentado no café mais próximo, onde esperaria até que a poeira baixasse. Entretanto, sem experiência ou aptidão para as pequenas batalhas da vida privada e sem sequer conceber a possibilidade de ter feito algo errado, Francis só sentiu medo de aquilo terminar em uma conversa desagradável. Sabia que já havia aprendido o bastante sobre conversas desagradáveis naquela noite, e não supunha que a srta. Vandeleur esconderia dele alguma coisa. Sentindo-se com o corpo e o espírito feridos – um pisoteado, outro perfurado por flechas –, concluiu que o sr. Vandeleur tinha uma língua extremamente ferina.

Pensar nos ferimentos o fez lembrar-se de que não só havia saído sem chapéu, como também de que estava em uma situação levemente deplorável, pois as roupas tinham sofrido com a descida através da castanheira. Portanto, na primeira loja aberta comprou um chapéu barato e confirmou o estado do seu traje. No meio-tempo, colocou o presente intocado no bolso das calças.

Logo depois de ter saído da loja, um novo golpe para Francis: uma mão em seu pescoço, um rosto furioso perto do dele e uma boca aos palavrões em seu ouvido. O ditador, sem encontrar sua presa em uma ponta da rua, voltara para procurá-la na extremidade oposta. Francis, ainda que jovem e vigoroso, não era páreo para o adversário em força ou habilidade; assim, entregou-se ao sujeito depois de poucas tentativas de se defender.

– O que quer de mim? – Perguntou.

– Vamos falar disso em breve – retrucou o ditador sombrio, continuando a empurrar o rapaz rua acima, na direção da casa de persianas verdes.

Porém, embora sem apresentar qualquer resistência, Francis apenas esperava a oportunidade para arriscar uma fuga e, com um puxão súbito, deixou o colarinho do casaco nas mãos do sr. Vandeleur, correndo para os bulevares.

A situação se inverteu. Se o ditador era o mais forte, Francis, no auge da juventude, era o mais ágil, e logo escapou misturando-se na multidão. Aliviado por um momento, mas cada vez mais preocupado, andou com pressa até desembocar na Place de l'Opéra, completamente iluminada por luzes elétricas.

"Aqui pareço seguro", pensou. "Isso deve bastar para a srta. Vandeleur."

E, virando à sua direita nos bulevares, entrou no Café Américain, onde pediu uma cerveja. Era tarde e também cedo para a maior parte dos frequentadores do lugar. Só dois ou três homens marcavam presença em mesas separadas ao longo do salão, e os pensamentos de Francis, ocupados demais, nem sequer se fixaram em qualquer um deles.

Então, resolveu tirar o lenço do bolso. O tecido protegia um estojo marroquino, fecho de ouro e ornamentos dourados, o qual, aberto com um mecanismo de mola, revelou ao rapaz horrorizado um diamante de tamanho monstruoso e brilho extraordinário. A circunstância era tão inexplicável, o valor da pedra tão obviamente descomunal, que Francis ficou imóvel encarando a caixinha aberta, sem pensar em nada, como se acometido de uma estupidez súbita.

Até que sentiu o ombro tocado por uma mão leve, porém firme, e ouviu uma voz baixa, ainda que em um tom de comando, sussurrar-lhe no ouvido:

– Feche esse estojo e desfaça essa cara de besta.

Levantando os olhos, viu um jovem de aparência urbana e tranquila, vestido de modo simples, mas sofisticado. O sujeito saíra de uma das mesas próximas e, carregando o próprio copo, sentou-se ao lado de Francis.

– Feche o estojo – repetiu o desconhecido –, e coloque-o discretamente no bolso, em que acredito que nunca deveria estar. Por favor, tente parecer menos abobalhado e aja como se eu fosse um conhecido que encontrou aqui por acaso. Levante o copo num brinde. Isso! Assim é melhor. Pelo visto, meu caro, não passa de um amador – constatou o desconhecido; pronunciando as últimas palavras com um sorriso de quem queria dizer mais alguma coisa, recostou-se no assento e inspirou seu tabaco com prazer.

– Pelo amor de Deus – implorou Francis –, diga-me quem é você e o significado disto tudo! Não imagino por que deveria obedecer às suas sugestões estranhas; na verdade, esta noite já passei por poucas e boas, e parece que todas as pessoas que encontro agem de forma bizarra, o que denota que devo ter enlouquecido ou sem querer parado em outro planeta. Você parece confiável; sua feição sugere sapiência, bondade e experiência, então me diga, por tudo que é mais sagrado, por que me abordou desse jeito tão esquisito?

– Tudo a seu tempo – respondeu o desconhecido. – Eu faço as perguntas primeiro, e você deve começar me explicando por que o Diamante do Rajá está em suas mãos.

– O Diamante do Rajá! – Ecoou Francis.

– Se eu fosse você, não falaria tão alto – disse o outro. – Mas é óbvio que o Diamante do Rajá está no seu bolso. Eu já o manuseei diversas vezes na coleção de Sir Thomas Vandeleur.

– Sir Thomas Vandeleur! O general! Meu pai! – Exclamou Francis.

– Seu pai? – Repetiu o estranho. – Eu não sabia que o general tinha família.

– Não sou filho legítimo, senhor – explicou Francis, ruborizado.

O outro, com ar solene, fez uma reverência respeitosa, como a de um homem silenciosamente desculpando-se com um igual; Francis sentiu-se aliviado e reconfortado, mesmo sem saber o por quê. Estar com aquele sujeito lhe fazia bem; o homem parecia bastante centrado. Um sentimento de profundo respeito aflorou no coração do rapaz, que automaticamente tirou o chapéu, como se na presença de um superior.

211

– Vejo que anda tendo problemas em suas aventuras – disse o estranho. – O colarinho de seu casaco está rasgado, seu rosto, ralado e há um corte na sua têmpora. Perdoe minha curiosidade, mas preciso perguntar-lhe como se feriu assim e de que forma acabou com uma joia tão valiosa roubada e escondida no seu bolso.

– Discordo de você! – Replicou Francis, irritado. – Não guardo nada roubado. E se está falando do diamante, ele me foi dado há menos de uma hora pela srta. Vandeleur, da rua Lepic.

– Pela srta. Vandeleur, da rua Lepic! – Repetiu o outro. – Você é mais interessante do que imagina. Por favor, continue.

– Céus! – Exclamou Francis, a memória de repente em ebulição.

Ele tinha visto o sr. Vandeleur pegar um objeto do peito do visitante drogado e estava convencido de que fora o estojo marroquino.

– Alguma ideia? – Perguntou o estranho.

– Ouça – respondeu Francis. – Não sei quem você é, mas acredito que mereça minha confiança e possa me ajudar; estou navegando em águas desconhecidas e preciso de alguém que me aconselhe; se quer mesmo saber, vou lhe contar tudo.

Assim, resumiu o que tinha lhe acontecido desde o dia em que o advogado o convocara ao banco.

– Que história incrível! – Disse o estranho depois de o rapaz terminar o relato. – E você está numa situação difícil e arriscada. Muitos o aconselhariam a procurar seu pai e entregar o diamante a ele, mas discordo. Garçom! – chamou.

O garçom aproximou-se dos dois.

– Pode pedir ao gerente que venha falar comigo por um momento? – Disse, e Francis constatou mais uma vez, pela entonação e modo de agir, o hábito de dar ordens.

O garçom retirou-se e voltou um tempo depois com o gerente, que se dobrou em uma reverência respeitosa ao chegar.

– O que posso fazer pelo senhor? – Perguntou ele.

– Tenha a bondade – respondeu o estranho, indicando Francis – de dizer meu nome a este cavalheiro.

– O senhor – disse o funcionário, dirigindo-se ao jovem Scrymgeour – tem a honra de dividir a mesma mesa com Sua Alteza, o príncipe Florizel da Boêmia.

Francis levantou-se em um movimento apressado e fez uma graciosa reverência ao príncipe, que lhe pediu que se sentasse de novo.

– Obrigado – agradeceu Florizel ao gerente. – Lamento tê-lo distraído por um motivo tão trivial. – E dispensou o sujeito com um simples gesto. – Agora – disse o príncipe, voltando-se a Francis –, entregue-me o diamante.

Francis obedeceu sem dizer palavra alguma.

– Agiu certo – afirmou Florizel. – Foi muito bem orientado por seus instintos, e ainda viverá para ser grato aos infortúnios desta noite. Um homem, sr. Scrymgeour, pode viver em meio a mil problemas, mas, se seu coração está firme e a mente, clara, ele há de resolver todos sem cair em desonra. Fique em paz, que tomarei as rédeas deste assunto. E, com a ajuda de Deus, estou seguro de que o resolverei. Por favor, siga-me até minha carruagem.

Logo o príncipe levantou-se e, deixando uma moeda de ouro para o garçom, saiu com o rapaz para o bulevar, onde um coche discreto e um par de criados que não vestiam libré o aguardavam.

– Esta carruagem está à sua disposição – disse ele. – Pegue suas malas, e meus criados o levarão a um casarão nas cercanias de Paris, onde vai esperar com algum conforto até que eu tenha tempo de acertar sua situação. Lá encontrará um belo jardim, uma biblioteca cheia de bons livros, uma cozinha, um quarto e ótimos charutos, os quais lhe recomendo. Jérome – acrescentou, voltando-se a um dos criados –, ouviu o que eu disse? Deixo o sr. Scrymgeour a seus cuidados. Sei que vai zelar pelo bem do meu amigo.

Francis balbuciou algumas palavras de gratidão.

– Terá bastante tempo para me agradecer quando for reconhecido pelo seu pai e estiver casado com a srta. Vandeleur – disse o príncipe, que então se virou e saiu caminhando tranquilamente na direção de Montmartre.

Chamou o primeiro coche que passava, deu um endereço e, quinze minutos depois, após dispensar o cocheiro algumas ruas antes, estava diante da casa do sr. Vandeleur, batendo no portão do jardim.

O próprio ditador abriu a porta com toda cautela possível.

– Quem é você? – Exigiu saber.

– Perdoe-me pela visita tão tardia, sr. Vandeleur – respondeu o príncipe.

– Vossa Alteza é sempre bem-vinda – disse o sr. Vandeleur, dando um passo para trás.

O príncipe entrou sem cerimônia alguma, foi direto até a casa e abriu a porta do *salon* sem esperar o anfitrião. Ali havia duas pessoas sentadas; uma era a srta. Vandeleur, cujos olhos denunciavam que estivera chorando, ainda sacudida vez ou outra por um soluço. A outra o príncipe reconheceu como o jovem sacerdote que havia conversado com ele sobre livros, quase um mês antes, na sala de fumantes de um clube.

– Boa noite, srta. Vandeleur – cumprimentou Florizel. – Parece cansada. Sr. Rolles, suponho? Acredito que tenha aproveitado bem o estudo de Gaboriau, meu caro.

Porém, o clérigo, mal-humorado demais para falar, limitou-se a uma reverência dura, voltando a morder o lábio em seguida.

– A que bons ventos devo a honra da presença de Vossa Alteza? – Perguntou o sr. Vandeleur, seguindo o visitante.

– Venho a negócios – explicou o príncipe. – Negócios com você; assim que tudo for resolvido, vou pedir ao sr. Rolles que me acompanhe em uma caminhada. Sr. Rolles – acrescentou, severo –, permita-me lembrá-lo de que ainda não me sentei.

O sacerdote ficou em pé imediatamente, pedindo desculpas, e o príncipe se sentou em uma poltrona ao lado da mesa. Deu o chapéu ao sr. Vandeleur, a bengala ao sr. Rolles e, deixando ambos em pé – e assim claramente a seu serviço –, disse o seguinte:

– Como já mencionei, vim aqui a negócios, mas, caso tivesse vindo para me divertir, estaria profundamente desgostoso com a recepção que tive, ou menos satisfeito com minha companhia. Você, meu caro – disse ao sr. Rolles –, tratou um superior com descortesia;

você, Vandeleur, recebeu-me com um sorriso, mas sabe muito bem que suas mãos ainda estão sujas por má conduta. Não quero ser interrompido, senhor – acrescentou, imperioso –; estou aqui para falar, não para ouvir, e tenho de pedir que me ouça com respeito e que me obedeça à risca. Na data mais próxima possível, sua filha vai se casar na embaixada com meu amigo, Francis Scrymgeour, o filho reconhecido de seu irmão. Agradecerei muito se puder oferecer não menos que dez mil libras como dote. Quanto a você, tenho por escrito uma missão de relativa importância no Sião, a qual destino aos seus cuidados. E agora, responda-me em poucas palavras se concorda ou não com essas condições.

– Vossa Alteza me perdoe – disse o sr. Vandeleur. – Permita-me, com todo respeito, duas perguntas?

– Tem minha permissão – respondeu o príncipe.

– Vossa Alteza chamou o sr. Scrymgeour de seu amigo – continuou o ditador. – Acredite em mim, se eu soubesse que ele é tão honrado, com certeza o teria tratado com o devido respeito.

– Está se defendendo muito bem – disse o príncipe –, mas de nada adiantará. Ouviu minhas ordens; mesmo que eu não tivesse visto o cavalheiro antes desta noite, elas permaneceriam irredutíveis.

– Vossa Alteza interpreta minhas palavras com sua sutileza habitual – retrucou Vandeleur. – A outra questão: infelizmente, coloquei a polícia no rastro do sr. Scrymgeour, alegando que fui roubado. Retiro ou mantenho a acusação?

– Faça o que bem entender – declarou Florizel. – A decisão fica entre sua consciência e as leis deste país. Dê-me meu chapéu; e você, sr. Rolles, minha bengala, e siga-me. Srta. Vandeleur, desejo-lhe uma excelente noite. Acredito – acrescentou, olhando para Vandeleur – que seu silêncio significa que concorda sem questionar.

– Se não me resta mais opção alguma – respondeu o velho –, apenas concordo, mas deixando claro que não o farei sem resistência.

– Você é velho – disse o príncipe –, e o tempo faz mal aos perversos. Sua velhice é menos sábia que a juventude dos outros. Não me provoque, ou descobrirá que sou mais duro do que imagina. Esta é a primeira vez que me irrito com você; cuide para que seja a última.

Com essas palavras, depois gesticulando para que o sacerdote o seguisse, Florizel saiu do aposento e caminhou para o portão do jardim; o ditador, seguindo-os com uma vela, iluminou o caminho e uma vez mais desfez todas as sofisticadas trancas que mantinha como proteção contra intrusos.

– Como sua filha não está mais aqui – disse o príncipe, virando-se na soleira do portão –, deixo bem claro que entendi suas ameaças. Pense em levantar sua mão contra mim e verá como desabará sobre você uma súbita e irremediável ruína.

O ditador não respondeu, mas, assim que o príncipe ficou de costas para a luz da vela, o velho fez um gesto furioso, carregado de uma insanidade ameaçadora, e, no momento seguinte, saiu correndo a toda velocidade, virando a esquina em direção ao posto de carruagens mais próximo.

(Aqui, diz meu amigo árabe, *o fluxo de eventos finalmente se desvencilha de* A casa de persianas verdes. *Só mais uma aventura,* diz ele, *e teremos terminado com* O Diamante do Rajá. *Os habitantes de Bagdá conhecem o último elo da corrente pelo nome de* A aventura do príncipe Florizel com o detetive.*)*

A AVENTURA DO PRÍNCIPE FLORIZEL
COM O DETETIVE

O príncipe Florizel caminhou com o sr. Rolles até a porta de um pequeno hotel, onde o clérigo estava hospedado. Conversaram bastante, e o jovem mais de uma vez chorou em razão da mistura de gentileza e severidade nas reprimendas de Florizel.

– Arruinei minha vida – disse, enfim. – Ajude-me; diga-me o que fazer! Não tenho as virtudes de um sacerdote nem a destreza de um ladrão.

– Agora que já se humilhou bastante – retrucou o príncipe –, não lhe direi mais o que fazer. Os arrependidos que se acertem com Deus, e não com príncipes. Mas, se me permite um conselho, vá à Austrália como um colono, procure algum trabalho braçal ao ar livre e tente esquecer que um dia fez parte do clero, ou que alguma vez já pôs os olhos naquela pedra maldita.

– Maldita, sim! – Ecoou o sr. Rolles. – Onde está agora? Que outros sofrimentos trará à humanidade?

– Não causará mais mal algum – explicou o príncipe. – Está aqui, no meu bolso. E isso – acrescentou, gentil – demonstra que acredito no seu arrependimento, por mais recente que seja.

– Permita-me apertar sua mão – rogou o sr. Rolles.

– Não – respondeu o príncipe Florizel. – Ainda não.

O tom das últimas palavras foi bem claro aos ouvidos do jovem sacerdote. Depois de o príncipe ter se afastado, o clérigo ficou parado na soleira da porta por alguns minutos, seguindo com os olhos a figura distanciando-se, ao mesmo tempo que invocava todas as bênçãos do Céu sobre aquele homem tão bom conselheiro.

Por muitas horas, o príncipe andou solitário, passando por ruas vazias. Estava preocupado. O que faria com o diamante? Devolvê-lo ao dono, a quem julgava indigno daquela raridade, ou tomar alguma medida drástica e corajosa para afastar aquela pedra do alcance de toda a humanidade de uma vez por todas? Com certeza uma decisão séria demais, que deveria ser tomada com calma. A joia havia chegado a suas mãos parecia que claramente por obra da providência divina, e, quando a pegou, observando-a sob as luzes da rua, o tamanho e o brilho surpreendentes o levaram a pensar cada vez mais nela como um mal puro, um perigo para o resto do mundo.

"Que Deus me ajude", pensou. "Se continuar olhando para este diamante, talvez minha própria ganância desperte."

Por fim, ainda sem ter chegado a uma decisão, começou a andar rumo à pequena e elegante mansão à beira do rio, a qual pertencia à sua família real havia séculos. O brasão de armas da Boêmia estava gravado profundamente sobre a porta e nas chaminés mais altas; quem por ali passava vislumbrava um pátio repleto de plantas e de flores caras, e uma cegonha, a única em Paris, empoleirava-se em um telhado o dia todo, atraindo uma multidão de curiosos. Dentro, viam-se criados muito sérios passando para lá e para cá, e de hora em hora o grande portão se abria para dar passagem a uma carruagem sob o arco da entrada. Por muitas razões, aquele lugar, especialmente querido pelo príncipe Florizel, sempre lhe despertava o sentimento de retorno ao lar, tão raro na vida dos grandes; na noite em questão, observou o telhado alto e as janelas ligeiramente iluminadas com evidente alívio e satisfação.

Conforme se aproximava da porta dos fundos, que usava quando estava sozinho, um homem surgiu das sombras e apresentou-se com uma reverência.

– Tenho a honra de dirigir-me ao príncipe Florizel da Boêmia? – Perguntou ele.

– Tal é meu título – respondeu o príncipe. – O que quer de mim?

– Sou um detetive – explicou o sujeito –, e tenho que apresentar a Vossa Alteza esta mensagem do chefe de polícia.

O príncipe pegou o papel, cujo conteúdo leu rapidamente sob a luz de um poste próximo. A mensagem, subserviente e cheia de pedidos de desculpas, solicitava-lhe que seguisse o portador até a delegacia, sem demora.

– Em poucas palavras – disse Florizel –, estou preso.

– Vossa Alteza – começou o oficial –, tenho certeza de que nada estaria mais distante da intenção do chefe. Veja que ele não emitiu um mandado. É mera formalidade, ou chame, se preferir, de uma responsabilidade de Vossa Alteza para com as autoridades.

– Ainda assim – perguntou o príncipe –, o que acontecerá se eu me recusar a acompanhá-lo?

– Não esconderei de Vossa Alteza que foi me dado um considerável poder de decisão – respondeu o detetive, com uma mesura.

– Ora essa! – Exclamou Florizel. – Seu descaramento me deixa pasmo. Você é um agente, tenho de lhe perdoar, mas os serviços de seus superiores são lamentáveis e precisam melhorar. Tem alguma ideia da causa desse ato imprudente e inconstitucional? Perceba que ainda não recusei nem consenti, e minha decisão vai depender da sua resposta. Permita-me lembrá-lo, oficial, de que assumiu uma atitude muito grave.

– Vossa Alteza – disse o detetive com humildade –, o general Vandeleur e o irmão tiveram a inacreditável presunção de acusá-lo de roubo. Dizem que aquele famoso diamante está em suas mãos. Se negar isso, com certeza o delegado ficará satisfeito. Não, digo mais: se Vossa Alteza der a um subalterno, mesmo que seja eu, a honra de declarar desconhecer a situação, peço-lhe permissão de me retirar agora mesmo.

Até então, Florizel considerava trivial aquela aventura, cuja seriedade se apresentaria apenas ao discutir as relações internacionais envolvidas. No entanto, ao ouvir o nome de Vandeleur, ele despertou para a terrível verdade: não só estava sendo preso, como também era culpado. A situação, deixando de ser um incidente irritante, maculava sua honra. O que diria? O que faria?

Maldito Diamante do Rajá, de cuja influência maligna o príncipe seria a última vítima.

Uma coisa era certa: ele não afirmaria nada ao detetive. Deveria ganhar tempo.

Assim, hesitou por nem um segundo.

– Que seja – disse. – Vamos juntos até a delegacia.

O homem, depois de mais uma reverência, passou a seguir Florizel a uma distância respeitosa.

– Aproxime-se – disse o príncipe. – Estou animado para conversar, e, se não me falha a memória, esta não é a primeira vez que nos vemos.

– Considero uma honra o fato de Vossa Alteza lembrar-se de meu rosto – afirmou o oficial. – Há oito anos tive o prazer de encontrá-lo.

– Faz parte tanto da minha profissão como da sua a lembrança de fisionomias – explicou Florizel. – De fato, se bem ponderarmos, um príncipe e um detetive servem à mesma corporação: ambos combatemos o crime, ainda que o meu seja do tipo mais lucrativo, e o seu, do mais perigoso, mas de certa forma os dois são igualmente dignos a qualquer bom homem. Pode achar estranho, mas eu preferiria ser um detetive honrado e capaz a um soberano fraco e mesquinho.

O oficial comoveu-se.

– Vossa Alteza usa de bondade para retribuir o mal – disse. – Responde a um ato de presunção com total gentileza.

– Como sabe que não estou tentando corrompê-lo? – Perguntou Florizel.

– Que Deus me proteja dessa tentação! – Exclamou o detetive.

– Aplaudo sua resposta – concordou o príncipe. – É coerente com um homem sábio e honesto. O mundo é um lugar excelente, cheio de riquezas e maravilhas, e não há limite para as recompensas que podem nos oferecer. Alguém que recusaria milhões poderia vender sua honra por um império ou pelo amor de uma mulher; quanto a mim, já vivi ocasiões tão tentadoras, provocações tão irresistíveis à força da virtude humana, que me sinto feliz de trilhar o mesmo caminho que o seu e pedir a proteção de Deus. Portanto, graças a esse bom hábito – acrescentou –, você e eu podemos caminhar juntos, nossos corações imaculados.

– Sempre ouvi falar de sua coragem, mas desconhecia que também era sábio e piedoso – comentou o oficial. – Fala a verdade, e de um jeito que toca meu coração. Este mundo realmente nos testa o tempo todo.

– Chegamos ao meio da ponte – disse Florizel. – Encoste os cotovelos no parapeito e observe. Assim como as águas correm logo abaixo, as paixões e as complicações da vida arrastam a honestidade de homens fracos. Vou contar-lhe uma história.

– Estou às ordens – afirmou o sujeito, que, imitando o príncipe, recostou-se no parapeito, pronto para escutar.

A cidade já dormia, silenciosa; não fosse pela infinidade de luzes e pelo contorno dos edifícios na noite estrelada, os dois poderiam estar sozinhos à beira de algum rio no interior do país.

– Um oficial – começou o príncipe –, um homem de coragem e disciplina que já havia ascendido por mérito a uma alta patente, conquistando não só admiração como também respeito, visitou as coleções de um príncipe indiano em um momento bastante inoportuno para sua paz de espírito. Lá, viu um diamante de tamanho e beleza tão extraordinários que daquele dia em diante ficou obcecado apenas por um desejo: aquele pedaço de cristal. Honra, reputação, amizade, amor pelo país: ele estava disposto a sacrificar tudo em nome daquela joia. Por três anos, aquele nobre bárbaro foi escravo de sua obsessão; falsificou fronteiras, fez vista grossa para assassinatos, condenou e executou injustamente um irmão de armas que teve o azar de desagradar ao rajá ultrapassando certas liberdades. Por último, num instante crucial para sua própria nação, o oficial traiu os próprios companheiros, permitindo a derrota e o massacre de milhares de soldados. No fim, depois de juntar uma fortuna magnífica, trouxe para casa o cobiçado diamante.

"Anos se passaram, e o diamante se perdeu por acidente. Caiu nas mãos de um simples e dedicado jovem estudante, um ministro de Deus que apenas começava sua carreira, muito dedicado e até mesmo com alguma distinção. O feitiço também o atingiu: abandonou tudo, vocação e estudos, e fugiu com a gema para um país estrangeiro.

O oficial tem um irmão, um homem astuto, ousado e inescrupuloso, que descobriu o segredo do sacerdote. E o que ele faz? Fala ao irmão, informa à polícia? Não, o encantamento diabólico também recai sobre ele, que passa a cobiçar a pedra para si. Arriscando-se a cometer um assassinato, ele droga o rapaz e pega o prêmio. E agora, por um acidente sem qualquer relevância à minha moral, a custódia da joia passa dele para outra pessoa, que, assustada com o que vê, a entrega aos cuidados de um homem de uma posição elevada, acima de qualquer suspeita.

"O nome do oficial é Thomas Vandeleur. A pedra é chamada de Diamante do Rajá." O príncipe abriu a mão. "Esta, bem diante dos seus olhos."

Com uma exclamação, o oficial se afastou.

– Falamos de corrupção – disse o príncipe. – Este pedaço de cristal brilhante causa-me repulsa como se estivesse recoberto pelos vermes da morte; é impressionante, parece feito de sangue de inocentes. Vejo-o em minhas mãos e sei que arde com o fogo do inferno. Contei-lhe apenas um centésimo da história; tremo só de pensar no que aconteceu em tempos antigos, nos crimes e nas traições que a joia incitou em homens do passado. Por muitos anos, ela serviu fielmente aos poderes infernais; basta de sangue, basta de desgraça, basta de vidas e amizades arruinadas! Todas as coisas devem ter um fim, tanto o bem quanto o mal, tanto a pestilência quanto a mais bela das músicas. Que Deus me perdoe se eu estiver errado, mas o reinado deste diamante termina esta noite!

Em um movimento súbito com a mão, o príncipe arremessou a joia, que, descrevendo um arco de luz, mergulhou nas águas caudalosas do rio.

– Amém! – Exclamou Florizel em tom solene. – Matei a serpente!

– Que Deus me perdoe! – Bradou o detetive. – O que fez? Estou arruinado!

– Imagino – disse o príncipe, sorrindo – que muitas pessoas ricas desta cidade invejarão sua ruína.

– Ah! E Vossa Alteza me corrompe, depois de tudo isso?

– Pelo visto não havia outra alternativa – respondeu Florizel. –
Agora, vamos à delegacia.

*Não muito tempo depois, celebrou-se com bastante discrição
o casamento de Francis Scrymgeour com a srta. Vandeleur; o
príncipe foi padrinho. Os dois Vandeleur, surpresos com os ru-
mores do que teria acontecido com o diamante, dedicaram-se
a extensas operações de mergulho no rio Sena, tornando-se a
distração e o entretenimento dos desocupados. É verdade que,
devido a uma incorreção de cálculo, escolheram o braço errado
do rio. Quanto ao príncipe, um homem sublime, após o dever cumprido acompanhou o autor árabe em suas andanças
pelo mundo. Mas, se quem lê esta história insistir em conhecer informações mais específicas, alegra-me explicar que uma
revolução recente o arrancou do trono da Boêmia, devido à
ausência constante e à negligência permanente de Sua Alteza
em relação ao interesse público; agora ele mantém uma loja de
charutos na rua Rupert, muito frequentada por outros refu-
giados estrangeiros. Vou até lá de vez em quando para fumar
e conversar, e o encontro tão disposto quanto nos dias de mais
prosperidade, o mesmo ar majestoso atrás do balcão. Ainda que
a vida sedentária tenha começado a surtir efeito em sua cintura, ele provavelmente é, apesar de tudo, o vendedor de tabaco
mais charmoso de Londres.*

SIGA NAS REDES SOCIAIS:

@editoraexcelsior

@editoraexcelsior

@edexcelsior

editoraexcelsior.com.br

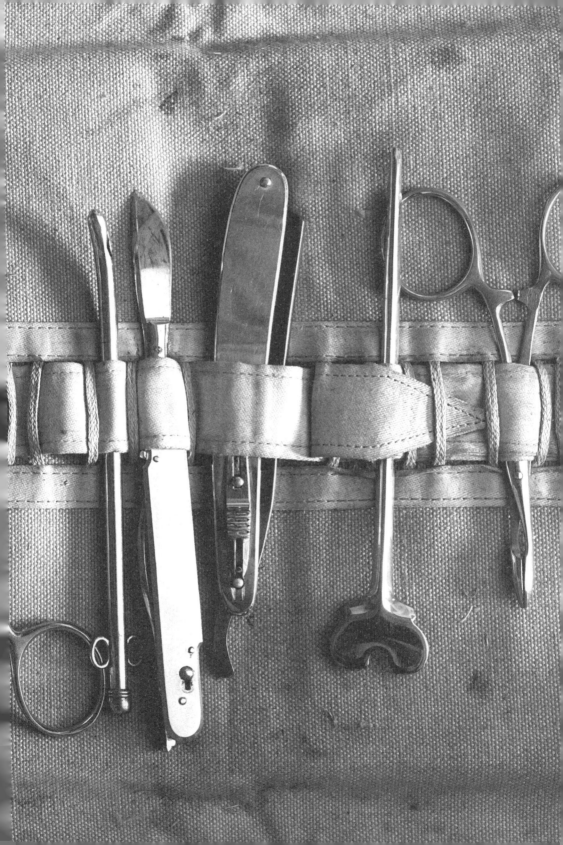

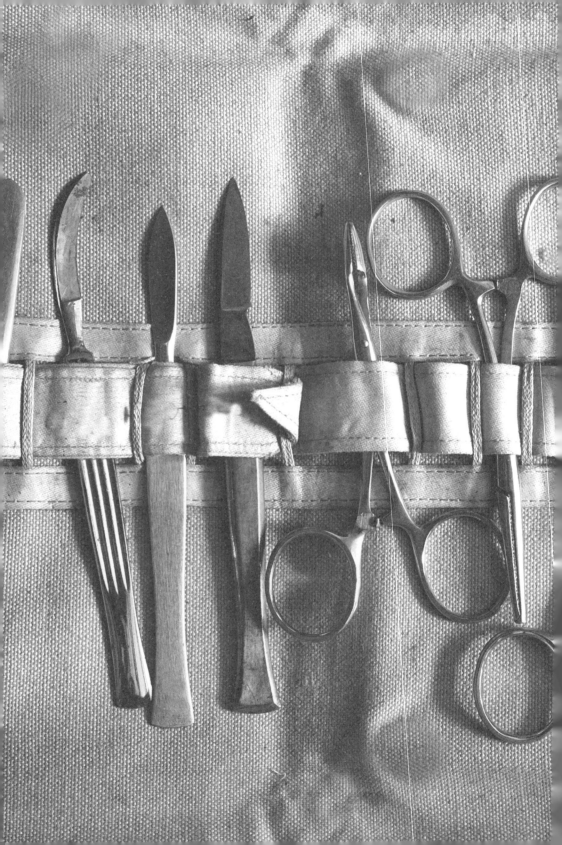